catch

catch your eyes；catch your heart；catch your mind……

catch 100　在北京生存的100個理由

作者：尹麗川等合著　責任編輯：徐淑卿‧沈帆　美術編輯：謝富智

法律顧問：全理法律事務所董安丹律師　出版者：大塊文化出版股份有限公司　台北市105南京東路四段25號11樓　www.locuspublishing.com

讀者服務專線：0800-006689　TEL：(02) 87123898　FAX：(02) 87123897　郵撥帳號：18955675 戶名：大塊文化出版股份有限公司　版權所有　翻印必究

總經銷：大和書報圖書股份有限公司 地址：台北縣新莊市五工五路2號　TEL：(02) 8990-2588（代表號）FAX：(02) 2290-1658　製版：瑞豐實業股份有限公司

初版一刷：2005年8月　定價：新台幣550元　特價380元　Printed in Taiwan

在北京生存的100個理由

100 Reasons to Enjoy Beijing

目録 CONTENTS

化石 Legacies

天地 Heaven and Earth

宋庆龄在上海协助孙中山工作
Soong Ching Ling in Shanghai helping Sun Yat-sen in his work.

人 People

轉變 Change

新 Newness

爽 Rush

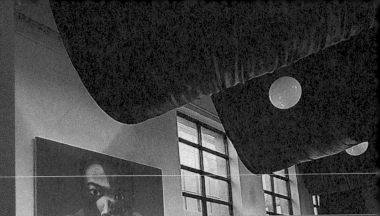

隙縫 Niche

飄 Drift

化石

Legacy

故宮博物院

何經泰攝影

中軸線北京生命線
文 王軍　圖 何經泰・陳政

The Axis: Life Source of Beijing

馬里奧・博塔，當代著名現代主義理性建築大師，從瑞士來到中國，徜徉在北京壯麗的故宮建築群落裡，對中國建築師說下這樣一句話：「你們沒有必要生搬西方的東西，只要把故宮研究透就夠了。你看，故宮只有兩三種色彩、兩三種建築材料，就是用這麼簡單的東西就營造出如此震撼人心的建築環境！」

這讓人聯想起1978年貝聿銘率美國代表團訪問中國時的一幕場景。貝聿銘站在北京景山之頂，憑欄遠望，燦爛的陽光下，故宮嵯峨俊朗的建築群顯示出萬物諧和的輝煌與安詳。驀然回首，貝聿銘微笑著對他的美國同行說：「我是一個中國人。」

兩年後，貝聿銘在美國紐約對清華大學訪美代表團作了一次學術演講，他動情地說：「故宮！金碧輝煌的屋頂上面是湛藍的天空。但是如果掉以輕心，不加以慎重考慮，要不了五年十年，在故宮的屋頂上面看到的將是一些高樓大廈。但是現在看到的是多麼壯麗的天際線啊！這是無論如何都要保留下去的。怎樣進行新的開發同時又保護好文化遺產，避免造成永久的遺憾，這正是北京城市規畫的一個重要課題。」

建築大師們歎為觀止的故宮，只是北京城市中軸線上的一個高潮。從景山

南北望去，人們可以清楚看見這條壯偉軸線的萬千氣象。在這裡，請允許我引用中國著名建築學家梁思成1951年4月在其傳世名篇〈北京——都市計畫的無比傑作〉中，對這條軸線的描述：

　　我們可以從外城最南的永定門說起，從這南端正門北行，在中軸線左右是天壇和先農壇兩個約略對稱的建築群；經過長長一條市樓對列的大街，到達珠市口的十字街口之後，才面向著內城第一個重點——雄偉的正陽門樓。在門前百餘公尺的地方，攔路一座大牌樓，一座大石橋，為這第一個重點做了前衛。但這還只是一個序幕。過了此點，從正陽門樓到中華門，由中華門到天安門，一起一伏、一伏而又起，這中間千步廊（民國初年已拆除）御路的長度，和天安門面前的寬度，是最大膽的空間的處理，襯托著建築重點的安排。這個當時曾經為封建帝王據為己有的禁地，今天是多麼恰當的回到人民手裡，成為人民自己的廣場！由天安門起，是一系列輕重不一的宮門和廣庭，金色照耀的琉璃瓦頂，一層又一層的起伏峋

峙，一直引導到太和殿頂，便到達中線前半的極點，然後向北、重點逐漸退削，以神武門為尾聲。再往北，又「奇峰突起」的立著景山做了宮城背後的襯托。景山中峰上的亭子正在南北的中心點上。由此向北是一波又一波的遠距離重點的呼應。由地安門，到鼓樓、鐘樓，高大的建築物都繼續在中軸線上。但到了鐘樓，中軸線便有計畫地，也恰到好處地結束了。中線不再向北到達牆根，而將重點平穩地分配給左右分立的兩個北面城樓——安定門和德勝門。有這樣氣魄的建築總布局，以這樣規模來處理空間，世界上就沒有第二個！

　　1264年，元世祖忽必烈棄金中都，在其東北方擇址建設元朝國都——元大都，即明清北京城的前身。中軸線的畫定，對元大都的規畫建設起著決定性作用。規畫師利用北京什剎海、北海一帶天然湖泊的遼闊水面和絢麗風光營造這個城市。為了使中軸線不湮沒於湖水之中，元大都的設計師在圓弧狀湖泊的東岸畫出了一條南北與湖泊相切的直線，

切點就是今天的後門橋，切線就是今天的中軸線。

明滅元後，改建了元大都，中軸線位置依舊並向南延伸，及至十六世紀修築北京外城，終於形成了今日所見的這條匯集著正陽門、天安門、故宮、景山、鼓樓、鐘樓等大型建築的雄偉建築長廊，它以金、紅二色為主調，與青磚灰瓦、綠枝出牆的四合院所營造的安謐，構成強烈的視覺反差，給予人極具震撼的審美感受。

美國建築學家E.N.Bacon坦言：「在地球表面上，人類最偉大的個體工程，可能就是北京城了」，「北京整個城市深深沉浸在儀禮、規範和宗教意識之中，現在這些都和我們無關了，雖然如此，它的設計是如此之傑出，這就為今天的城市提供了最豐富的思想寶庫。」

這個城市的營造，遵循了中國古代城市建設經典《周禮·考工記》提出的原則：「匠人營國，方九里，旁三門，國中九經九緯，經塗九軌，左祖右社，面朝後市。」它通過中軸線與什剎海相切，大膽地將成片天然湖泊引入市區，確定了整個城市的布局，在儒家思想的基礎上，又體現了「人法地，地法天，天法道，道法自然」的道家思想，第一次將儒、道兼融於中國都城營造中。

如此沉厚的文化與建築的奇觀所鑄成的美，難以言表。多少次，我登高俯瞰這條軸線，心中湧動著激昂的思緒，總會想起作家老舍的那一篇〈想北平〉：「我真愛北平。這個愛幾乎是要說而說不出的。我愛我的母親。怎樣愛？我說不出。在我想作一件討她老人家喜歡的時候，我獨自微微地笑著；在我想到她的健康而不放心的時候，我欲落淚。言語是不夠表現我的心情的，只有獨自微笑或落淚才足以把內心揭露在外面一些來。……真願成為詩人，把一切好聽好看的字都浸在自己的心血裡，像杜鵑似的啼出北平的俊偉。啊！我不是詩人！我將永遠道不出我的愛，一種像由音樂與圖畫所引起的愛。」

何經泰攝影

在冬風吹起之前，紫禁城外的筒子河邊，一直是我騎腳踏車的必經之處。不論是到後海或是美術館東街的三聯書店，我總是先繞道東華門外，晃晃悠悠的看著角樓和城牆在天際形成雄渾的線條，然後極其奢華的蹬車穿越古代森嚴的午門重地，往西華門行去，這時隔著筒子河的對岸是中山公園，我常在這裡驚奇的聽到公園裡傳來伍佰的〈浪人情歌〉或黃品源的〈你怎麼捨得我難過〉，讓我幾疑置身於台北街頭。

香港詩人也斯有回到北京，他對北京許多地方都興味盎然，唯獨表明對紫禁城等和「皇帝」有關的東西不感興趣。一些北京朋友也常有「身為北京人的悲哀」，因為只要外地朋友來，總要奉陪到紫禁城或長城一遊，就像很多傻冒觀光客一樣。不過說也奇怪，紫禁城始終給我非常美好的感受，就像只要騎車遠遠看到角樓剪影，我就覺得北京是個偉大的城市，因為這裡有著全世界獨一無二的紫禁城。

我一直希望能在落雪的天氣重遊紫禁城，但最近雖然濃霧湧起有落雪之兆，但雪終究沒有落下，於是我和一位遠道而來的朋友，只能帶著微微的遺憾，行走於已然帶有冬日蒼茫氣息的紫禁城。

初次踏入紫禁城，多半先參觀中路的幾個大殿。像屬於外朝的前三殿：太和殿、中和殿、保和殿，與屬於內廷的後三宮：乾清宮、交泰殿、坤寧宮。外朝是皇帝舉行登基、祝壽、大婚等重大典禮的地方，至於處理日常政務，從清朝雍正皇帝以後，就改在內廷的乾清宮。乾清宮內掛有「正大光明」匾額，雍正至道光年間，皇位繼承人的名單都是祕密寫在一個匣內，存放匾後。

不過我卻喜歡一種不循正路的走法，前提是捨棄多年前已到此一遊的中路宮殿。我們從太和殿東路往北直奔寧壽宮西夾道，這是由兩面紅色宮牆形成的長長甬道，據說電影《末代皇帝》溥儀學腳踏車一幕就是在這裡拍的。很難想像兩道宮牆能將天空切割得如此美麗，我們好像捲入時間的瀑布般，不斷的被一種奇特的美感經驗洗滌，而且彷彿走在一個已經不存在的過去。不過這種恍惚迷離之感沒有維持太久，因為最近故宮大修，許多煞風景的卡車在夾道長驅直入，硬生生的將我們拉回現實。不過即使如此，朋友還是有感而發的說，走過那麼多地方，只有紫禁城會讓她感覺這裡埋藏了古今多少事，我們只能看到一些細小的碎片。

走出寧壽宮西夾道，穿越似乎不及蘇州園林的御花園，可以到內西路。從內西路一路往南，就是后妃居住的儲

古墙无题最相宜
KEEP THE ANCIENT WALL
FREE FROM GRAFFITI.

廖偉棠攝影

何經泰攝影

秀、長春、永壽等宮，以及雍正以後歷代清朝皇帝居住的養心殿。養心殿與軍機處近在咫尺，平日皇帝批閱奏章或和大臣議事就在殿內西暖閣，東暖閣則是當年慈禧垂簾聽政的地方，清末宣統皇帝簽署退位詔書也在養心殿。

選擇走內西路，只是想更貼近曾經生活在這裡的人，想看看當年他們日常起居所看到的、曾經觸摸過的一景一物。當然，我們不能真正看到他們所看到的。

北京《三聯生活周刊》曾經製作〈故宮百年大修〉專輯，文中引述一位美國人赫德蘭在八國聯軍進入北京後，他因緣際會參觀慈禧宮殿寫下的感想：「慈禧居所之美絕不是語言所能形容的。只有看到牆上的中國五百年前繪畫大師的傑作，看到康熙、乾隆時代巧奪天工的宮廷瓷器，看到這些專門為皇室燒製的瓷器精心擺在精雕細琢的中式桌子上、托盤上，看到華麗的絲質繡花門帷，看到那些專為皇上、太后們織成的精美絕倫的掛毯，我們才可能體會到慈禧私室的富麗堂皇和優雅尊貴，才能體會到它的美。」

那些記憶中的富麗堂皇，如今已盡失光澤。透過沾染灰塵的玻璃窗往裡望去，慈禧曾經居住過的儲秀宮看來簡單尋常不過，一位遊客還開玩笑的說：

「暖炕看起來就像宿舍床鋪。」這些宮殿在失去帝王之家的權柄與尊貴之後，就像被抽離靈魂般黯淡失色。

穿越重重后妃宮殿就來到養心殿，皇帝和後宮距離如此之近，不難想像皇帝的夜生活何等快活。當然養心殿離軍機處也很近，要召喚大臣面授機宜也很方便，軍機處看起來只是一個普通不過的房間，和它在歷史上的顯赫地位遠不相侔，不過現在有王公大臣的奏摺、朝珠、紅綠頭簽等展覽，也可一看。

從軍機處出來已是日暮時分，一輪紅通通的落日以極其飽滿的姿態緩緩落下，幾隻昏鴉聒噪著從天空飛掠，以往站滿文武百官的太和殿廣場，如今幾無一人。如果不是謝絕參觀，我還真想順道往西南角看看武英殿，據說明朝末年李自成攻陷北京後，有高人勸他別在太和殿登基，因為沒有皇帝命是坐不住龍椅的，於是他轉而在武英殿登基並在此處理政事，不過沒有多久，他的皇帝夢還是破滅了。

最適合觀看紫禁城全景的地方是景山公園的萬春亭，這裡也是北京中軸線的制高點。從萬春亭往南眺望，紫禁城仍是一片金碧輝煌，只是當年鄭振鐸在這裡看到北京千門萬戶隱蔽在綠海中的情景，已經隨著他起高樓而不復追尋。

文 余六可　　圖 何經泰

天壇與天輝映的藍琉璃
Blue Glazed Temple of Heaven

03

　　1420年，明永樂皇帝朱棣用工十四年與紫禁城同時建成了天壇。這個巨大的祭天神廟位於故宮正南偏東的城南。也許和那個時候還保留著一些相似，南城在今天仍是京城中比較後發展的區域。拜後發展之賜，南城鮮有鱗次櫛比的高大建築群用來遮天蔽地，從長安街中心地段往南即使是步行也不需要很久，就可以張望到高撐空中蓋笠一樣的祈年殿鎏金寶石藍琉璃頂或是綿亙數公里素樸的灰磚圍牆之一隅。

　　北方的園林不比江南建造的細巧雅致，多是宏大敘事，動輒佔地數百公頃。有一種說法，天壇當年的設計者們顧忌天壇是祭天之所，皇帝既然自稱是天之子，「老天」的居所自然要大過「天子」，因此天壇的佔地面積比故宮要大兩倍。大概出於同樣的顧忌，天壇的主體建築都以深藍琉璃瓦敷頂，不敢僭越使用本屬皇家園林專用的明黃色琉璃，而每年度的祭天大典開始前皇帝更要到丹陛橋東側專設的具服台臨時將黃袍換成藍袍以向上天演示他虔誠的敬畏和頂禮膜拜。這樣的祭典在這裡延續了數百年，直到上個世紀的1914年，史稱竊國大盜的袁世凱當上皇帝的時候又聲勢浩大的操辦了一次之後就正式拉上了帷幕。

　　天壇的南北東西各有一門，其主要

建築集中在內壇中軸線的南北兩端。對於匆匆的遊客來說，最好從南門開始遊覽。從南門進園，依次先到圓丘壇，這座幾何造型祭天壇的建築充滿奇思巧技，壇面、台階、欄杆所用的漢白玉石塊全是九的倍數，象徵九重天；皇穹宇是放置皇天上帝牌位的地方，造型像是一個小號的祈年殿；在皇穹宇的外面，有一道圓形磨磚對縫的圍牆，門向南開，就是很有趣的的回音壁。在回音壁試回音要方法得當，如果同行兩人，兩人應面向北分別站在東西配殿後才能聽見彼此的說話。回音壁北有祈年殿、皇乾殿，是北端的重要建築，其間由一條寬闊的丹陛橋相連結。天高雲淡的晚秋時節跨出祈年殿的大門，順著這條三百多米長筆直的甬道往南望去，門廊重重，越遠越小，天地渺然雄渾似是極目無盡，令人不得不讚歎當年設計建築的手法和靈感。 天壇另有東側的遊廊、神廚、宰牲亭和西天門的齋宮等建築和古蹟。特別是齋宮，因為是皇帝典禮前沐浴焚香清心靜養留宿齋戒的地方，不似天壇的其他建築那麼恢弘高遠儼儼然天庭氣概。暮春時分，齋宮內外兩道護城河的河池鋪滿盛開的紫花沙參，榆葉梅絢爛的花枝隱現在紅牆懸山頂綠琉璃瓦建造的重重迴廊房舍和小小的月亮門上，透著庭院深深的人間氣息。難以想像，八國聯軍那時侯怎麼就能把聯軍總司令部設在這樣的清幽淨心之地而不得些感化。

其實對於把天壇當作自己生活空間向戶外延展的市民來說，天壇的華美建築只是他們在這裡活動的一個大背景，更大的吸引力來自這是城區獨有的森林公園。明清以來天壇廣植松柏，至今已成森然巨林。近年市政園林部門重新認識到這裡的經濟和生態價值，實施了一系列重建復原計劃，斥資挪走了在園內外駐紮的許多單位和建築以恢復擴大綠地。無污染的生物防蟲技術，也使得在天壇居住的鳥類群落的繁殖生息環境比大多鄉野地方還好，是偌大都市中非常難得的野生鳥類的天地。無冬例夏，每天晨曦微明大量中老年人就從遠遠近近的地方趕來，人手一張年票到園中的外壇舞拳使劍踢毽子喊嗓子遛彎，比鳥兒們都活躍，全然不顧醫生的勸告和氣象部門發布的晨間二氧化碳指數，神完氣足的開始他們新的一天。他們相信園子裡的百年古木會吐出足夠的氧氣，是天然的大氧吧，有利於身體健康。在北京這個不很容易找到舒適安逸生活感覺的城市，當地的老居民還是有他們簡單的方式來享受生活。

The Drum and Bell Tower
Silent Structures

鐘鼓樓沈默的建築

〔文〕徐瑞鎧　〔圖〕何經泰

北京城中軸線的北端是地安門大街的後門橋。後門橋更北又矗立著鐘鼓樓，宛如中軸線逶迤懸宕的壯麗餘音，這是元、明、清三代北京城的報時中心。

1924年，末代皇帝溥儀被逐出紫禁城，負責擊鼓撞鐘的鑾儀衛因而廢止，從此鐘鼓樓就成為失語的沈默建築。當然鐘鼓樓也不是全然無聲無息，作為一個可供遊覽的歷史古蹟，鐘鼓樓也肩負著故技重施的義務。遊客只要克服懼高症，攀爬又長又陡的階梯到鼓樓二樓，自有鼓手擊鼓奏樂遙想當年。除了新造的一面大鼓二十四面小鼓，還可以看到僅存的一面大鼓，上有刀痕數處，據說是1900年八國聯軍破壞的遺跡。

曾經，鐘鼓樓是北京人最熟悉的聲音。不論是文武百官上朝，或是百姓生活，都要傾聽「擊鼓定更撞鐘報時」的韻律。清代鐘鼓樓報時從晚八時開始，名為定更，十時為二更，十二時為三更，二時為四更，四時為五更，五時為亮更。定更與亮更都是先擊鼓後撞鐘，其餘各更只撞鐘不擊鼓。擊鼓撞鐘每次都是一百零八下，所謂「緊十八，緩十八，六遍湊成百零八」。定更、亮更各先擊鼓兩通，每通五十四下，故又說「緊十八，慢十八，不緊不慢又十八」，這「不緊不慢」的斯文勁兒，正是老北京人的寫照。

由響銅製成的大鐘，高約五點四米，重約六十三噸，堪稱中國最重的大鐘。據說鐘聲純厚綿長，京城方圓十數里均可聽見。有時不但可以聽見還可以看見，作家阿城曾聽老一輩的人說，當年只要看到音波促使家中碗盤搖動，就知道鐘鼓樓在報時了。

鐘鼓樓從元代始建以來，曾經歷雷擊、大火，直到清代仍不斷重建修繕，現在仍安立地表之上。登上鼓樓，向南可見什剎海水波清淺、景山萬春亭巍然屹立，令人感覺，鐘鼓樓的聲音雖成絕響，但是它的存在已經是一種美。

什剎海
Shi Sha Hai
The Most Ancient Park for the Ordinary People
圖廖偉棠‧陳小芃　文李琳

最古老的平民樂園

我生在北京，長在北京，兒時的回憶裡最多的便是什剎海，這裡是我童年記憶裡的天堂！

什剎海北起德勝門橋，南至北海後門，由相通一水的前海、後海、西海（積水潭）組成，名為十汊海。又因這一帶曾有十座寶剎，所以又稱十剎海。

在唐代，這裡是海子園的一部分。元代，為南北大運河的終點碼頭。當時積水潭寬闊如海，南北往來的糧船、商船多匯於此，呈現出「舳艫蔽天」的盛況。沿岸周邊相繼出現酒樓、歌台、茶肆，並形成米市、麵市、緞子市、皮毛市、帽子市、牛市、馬市和專門收賣驅奴的人市，一派市井繁榮景象。明清兩代，這裡成了王公貴族宅園別墅聚集地，如醇親王府、恭親王府、慶王府、羅王府、濤貝勒府、德貝子府分布周邊，為市井風情的什剎海平添了皇家的雍容貴氣。

歷史上這裡人文茂盛。元代的關漢卿、朱廉秀、趙孟頫，明代的李東陽、袁宏道，清代的納蘭性德、曹寅、劉墉、張之洞，近代的夏枝巢、郭沫若、張伯駒，經常來此活動或長居於此。以什剎海為中心輻射的周邊地區還有護國寺街的梅蘭芳故居、地安門內米糧庫胡適舊居、地安門內莊士敦（溥儀的英文老師）舊居、地安門東大街顧維鈞舊居，後門橋東帽兒胡同是大學士文煜的故居可園，與之相鄰的則是末代皇后婉容的娘家宅第。

從什剎海前海東沿一路向北。「烤肉季」餐廳廣告牌下的小橋便是銀錠橋，這裡曾種植過蓮藕，在清末光緒年間一些達官顯貴、文人墨客在這裡賞荷、遊湖品茶，於是集香居、清音茶社、爆肚王、烤肉季、會賢堂應時而生。當年這裡推窗而坐，便可覽芙蓉一片。

現在的什剎海不僅是市民的樂園，也吸引許多觀光客。「烤肉季」門前人力車、自行車、小轎車來來往往，幾個小學生正在畫夾前寫生，河邊搖櫓的小船裡不時傳來琵琶、二胡的絲竹聲，兩個小夥計正從「烤肉季」裡抬著送飯木

廖偉棠攝影

匣桶上船，一女孩著淡粉旗袍優雅地坐於船頭藤圈椅上懷抱琵琶，船篷裡的人在持杯注聽或轉頭觀看船外。河邊沿街的酒吧裡坐著一群群金髮碧眼的老外。

來自於不同國度的人們聚集在這裡感受和體驗著清末文人、貴族的風雅與別致，已成為什剎海邊一道新的風景。

什剎海邊上留存著許多古老的街道。像是煙袋斜街，它從銀錠橋斜插向北入中軸線的鐘鼓樓大街西側，形狀恰似一條煙袋。這條街裡有古玩店、魚具店、珠寶店、浴池、修車鋪、書店、艷媚坊等各種店鋪，有一家雲水閣的店主曾聊起他家從前是西服製衣店，北京的第一件西服便是在這個店製作的。

從煙袋斜街進入後海北沿的鴉兒胡同，漸漸地喧鬧聲隱去，清悠的胡同中一片開闊的水泥板路面上撒著古槐婆娑斑駁的樹影。胡同中保存著什剎海附近十幾座寶剎中唯一保存最為完整、創建於元代的北京著名古八剎之一廣化寺。曾在紫禁城內侍奉婉容的張太監生前也住在這裡。

在什剎海閒步，特別讓人懷想末代皇帝溥儀。他與這裡有著特殊的緣分。他本人生長於後海的醇親王府；居在柳蔭街的恭親王奕訢是溥儀的六祖父；而濤貝勒府主人載濤是溥儀的七叔；什剎海前海之東帽兒胡同則是其正宮皇后婉容的娘家；淑妃文秀與溥儀在北滿時期的貴人譚玉齡兩位的娘家均在恭王府北的大翔鳳胡同。

除了林立的王府建築，這裡的胡同也值得一看。南官房胡同、大翔鳳胡同、大金絲胡同、三座橋胡同、前海北沿、後海南沿的各種四合院落，因等級的不同，在門的形式、門的開間、門洞的進深、門簪、門檻、門枕石、門墩、聯楹、影壁牆，及磚雕的圖案、飾物的選擇，均有著不同的講究。

對我來說，什剎海是言之不盡的。在這裡漫步，你能品味出什剎海獨特的韻味。

什剎海的獨特在於她的清悠而柔美、市井而隨意。那是深邃、厚重文化底蘊下不經易中流露出的隨意，一種雅俗共賞的隨意。

如果在冬日，一個旅人 A Traveller in the Winter

⊗ 台北拜客

清晨醒來，人在四合院的廂房中。搞不清氣溫狀態，排汗衫風衣間加了件保暖衫，應該夠吧？也不能穿太多，真的不行就小跑一圈囉。四合院中做著暖身，已是口冒白氣，但還行，冷得舒服。據巴黎生活鹿特丹晨跑的經驗，應還沒到零下，約莫是攝氏兩度吧。

走出賓館，分不清方位，決定往胡同深處跑去。板廠胡同，兩排長牆一溜枯樹，胡同裡跑來有那麼點兒大俠練功的味道，彷彿三兩下即可踏牆上簷在屋頂上飛奔；實際上是跑沒兩下，淚腺就受不住那冷空氣的侵襲，不自主地掉下眼淚。嗨，你何時看過邊跑邊拿手絹拭淚的大俠？

胡同裡已有著清晨的活動：打著呵欠拖著步伐的小男孩，略施脂粉圍著圍巾急步走過的是上班族女士，騎著三輪車載著煤球或叫賣著燒餅的大叔參差劃過，出租車師傅已準備上工，老婆一旁拎著熱水瓶一邊兒嘀咕叮嚀著。板廠胡同拐進南鑼鼓巷，看人多又鑽進雨兒胡同接帽兒胡同；每條胡同都輕聲地向你傾訴她們的故事，可惜北京腔重了些，聽得一陣迷糊。

跑過僧王府，跑過賣早點的小店，豆漿五毛燒餅五毛油……，沒看到油條，油餅也是五毛，看來一塊或是一塊五就可解決早餐。跑過一家看起來還可以的咖啡店，名字也有些意思there caf'e那裡咖啡。

跑到了大馬路，地安門外大街，這是哪裡？

完全搞不清東西南北。有橋！

啊哈，那就往水邊兒跑唄。過街，沿橋走，清晨的陽光將人影拉得好長，回頭一看，北國的朝陽如夕陽一般地柔和橘黃。往前一瞧，竟然是個結冰的湖面。湖面上已有著三三兩兩的人群，或是散步，

或是溜冰；教人想起那幾幅荷蘭的冰上風景畫。更酷的是，一位大爺牽著單車下湖，就這麼從從容容地在冰上騎了起來。

路標上寫著「什剎海——前海南沿」，啊哈，原來是什剎海，那這下子就把方位搞懂了。五年前走過這城市的記憶，似乎重新被開啟。再往西是後海，那兒有宋慶齡故居；這之間有著恭王府，還依稀記得那花園的樣貌。那時，還有位北京友人何勇，跟我們說著他在這區裡的童年往事，說著什剎海還可以游泳時他那陽光燦爛的季節。

沿著湖往南跑，湖邊圍著鐵欄杆，瞧一位大娘攀著欄杆下蹲上挺，甚是熟練，看來是她自己發明的晨操。咦，怎麼前方圍了一圈人，清晨湖邊下棋？

不會吧?!

不是下棋，有幾位老兄打著赤膊，這天氣不會有人打著赤膊下棋。莫非是晨泳，那豈不是冰泳了?!

一位老兄拿著棍敲著冰，那十公尺不到的水洞中已有人游著泳了。原來真有人在玩這種遊戲，不只是新聞，不只是故事，偶爾你在人生中也會親眼目睹。

「這，這樣下去游，心臟受得了嗎？」問著岸邊可準備寬衣下海的大叔。

「當然不能第一次就這麼下去游，要從秋天就開始適應起，一路這麼過來就不會有問題了！」

看著大叔做著暖身，從單車上拿下一壺水，先適應下水溫，然後真的就可以下水了　口也。原來這世界上有這麼多「知難行易」的事，但哪些事是屬於「知易行難」呢？

這只是北京的一個清晨。

North Sea Park
北京的海

文 車前子　圖 何經泰

　　北京還有海？為什麼北京就不能有海！連我家都有一個海：《辭海》。

　　北京的海，是歷史遺留問題，是蒙古人餵馬時丟下的乾草。蒙古人是胡人，以前的漢人把中國北方的少數民族叫作「胡人」，蒙古話也就是「胡話」了。「胡話」「胡說」就是這麼來的，這其中有民族歧視的嫌疑，建議今後不用「胡話」「胡說」，改用「瞎話」「瞎說」。但想想，也不行，這有殘疾歧視的嫌疑——瞎子說的話一定是「瞎話」嗎？瞎子說就是「瞎說」嗎？語言是個坑，讓我們跳過去。還是接著說說北京的海。海在胡話裡，就是水地的意思。北京的海，就是北京的水地，如果說成「北京的水地」，多不浪漫，多不滄桑，多小家子氣。但把北京的水地說成海，浪漫是浪漫，滄桑是滄桑，大東西樣是大東西樣，只是很容易讓北京大學的同學們望文生義。當然不是讓北京大學所有的同學們望文生義，僅僅只是使北京大學裡的一兩個同學望文生義，也夠麻煩的。下面就是例子：

　　有個陝北高原上的少年，考上了北京大學，他從沒見過海，到了北京，他就去看中南海。中南海他是早知道的，課本裡有「毛主席住在中南海」，這曾使他常常夜不能寐浮想聯翩，想毛主席是住在船上呢還是一直在海裡游泳？後來知道海裡有鯊魚，不安全，毛主席肯定是住在船上的。他找到了中南海，沒看到船，心想鯊魚總能看到的吧。他在北海對面的橋上望中南海，望了整整半天，引起衛兵的注意。衛兵問他想幹什麼，他說我要看鯊魚。衛兵把他請進哨所，讓學校派人來領。這少年直到大學畢業，耿耿於懷的還是這件事：「沒有鯊魚，叫什麼中南海？」

　　中南海是北京的海中最有名的海，我沒有去過，我只是路過。有一次，我與老婆從北海出來，她說，那就是中南海。我一望，只覺得煙水蒼茫看不懂啦。不免有些感慨，中南海呀深似海。感慨什麼，深似海的是「侯門一入深似海」，我既沒有女兒讓嫁進去，也沒有情人被選進去。中南海和我沒關係。

　　誰說中南海和我沒關係？我常抽的香煙就叫「中南海」。我剛來北京的時候，遇到一位據說是老北京，他說：「俺們北京人全抽『中南海』。」

　　後來才知道他是山東人。我想我也應該融入北京文化啊，出門就帶上包「中南海」，如果遇到個把剛來北京的傢伙，我也可以給他一點北京生活準則：「我伲北京人儕吃『中南海』。」

　　這是江南話。抽「中南海」的極多，因為便宜。便宜的當然是——焦油量10mg／煙氣煙鹼量1.0mg——這一種。「中南海」煙在外地的煙草店裡很少見，所以在北京說到中南海，往往是指「中南海」這一品牌的香煙。

　　中南海在北京故宮西側，中指中海，南指南海，它是統稱。面積一千五百畝，水地約有七百畝。它像大運河一樣，是人工挖出來的。中海開挖於金元時期，南海開挖於明初。清代把中南海與北海畫成一片，列為禁苑。辛亥革命後，在中南海設立過總統府、大元帥府。目前又是禁區。

　　中南海與北海，又有一個統稱，叫「三海」。這名字不太叫，聽上去像「除三害」的「三害」。北海在北京故宮的西北側，是中國現存最完整的皇家園林之一，面積一千零七十一畝，其中水地有五百八十三畝，這水地，以前稱之為「太掖池」。遼金元時期建離宮，離宮就是皇帝正宮之外的臨時宮殿。明清時期為皇帝御苑。1925年闢為公園，平民百姓也就可以進去玩了。北海裡最耀眼的，是白塔——一座高三十五點九米的藏式白塔。

　　走在北海，我最強烈的感覺是它的視角是俯視的，不像蘇州的私家園林。蘇州私家園林的視角是一種平視。

　　有一首老歌〈蘇武牧羊〉：「蘇武留胡節不辱，雪地又冰天，苦忍十九年，渴飲血呀饑吞氈，牧羊北海邊」，如果能在北京故宮西北側的北海公園裡牧羊，我也要報名參加。可惜這北海是貝加爾湖。

　　北海凍住了，慈禧太后率領宮女太監玩起了冰床，豪華，奢侈，不無想像力。這是清代的事。現在，我看到的只是大人小孩在海面上倉促、簡陋地滑冰。但樂趣大概是一樣的。

　　北海我只去過一次，那天，從北海出來，老婆指著煙水蒼茫之處，她說，那就是中南海。

圓明園
The Old Summer Palace
An Artistic Haven Founded on the Ruins

從廢墟到藝術家村

文 徐淑卿　圖 陳政

時令已過「大雪」，圓明園的湖面凍成薄冰，像是灰藍色的鏡面。遠處樹木盡成枯枝，過午之後天色從蔚藍轉為厚白，顯出一派冬日遲遲的寂寥景象。

圓明園是圓明、綺春（又名萬春）、長春三園的統稱。從南門入內，順著湖濱行走，可以看見1993年重建的鑒碧亭，以及唯一倖存的單孔石橋。據說圓明三園當年有石造、磚造、木造橋梁一百餘座，現在只有殘破的單孔石橋可供念想。幾位遊客在一旁指指點點，忽聽一位男士說：「來圓明園就是要看這些毀壞的東西。」讓我心中一動。

他可能不知道，圓明園要重修或維持廢墟的面貌，已經爭論了二十年。直到2000年〈圓明園遺址公園總體規畫〉出爐，才重申保持遺址現狀的規定，並強調重修只能控制在古建築遺址總面積的百分之十以內。不過現在園內還保留一些和遺址不協調的設施，比如在單孔石橋後頭，居然有著「圓明園遊樂場」的招牌，鳳麟洲遺址又是「和平鴿休閒園」。不過管他重修也罷，設置遊樂場

也罷，我想多數人到圓明園，還是想看西洋樓的斷垣殘瓦，對此園方也了然於心，否則怎會在十元門票之外，又在西洋樓遺址區徵收十五元的參觀費呢。

西洋樓位於長春園北端，因為是石料建築，所以除了僻處一隅而逃過大火的正覺寺外，留存殘跡最多。1860年英法聯軍和1900年八國聯軍火劫搶掠，毀壞了圓明園大部，隨後幾十年百姓權貴來這裡拉石材撿地磚砍伐園樹，將圓明園剝皮削骨得更徹底，現在的圓明園可說歷盡千劫，從號稱三園四十景的繁華極致，反璞歸真到只剩下最樸素的面目。

走在西洋樓海晏堂、大水法的亂石堆裡，可以想見當年這些石柱倉皇倒下的狼狽，但是在夕陽餘暉中這種荒涼卻是如此驚心動魄，好像一場名為「時間」的裝置藝術，訴說著「一切有為法，如夢幻泡影」。站在這裡，我無從想像西洋樓原有的堂皇，卻從一隻喜鵲低飛穿越廢墟的身影，感受到人生只是美麗的一瞬。

在西洋樓的建物中，唯一重建的是黃花陣，這是一個歐式迷宮，據說每到中秋之夜，皇帝端坐陣中八方亭，看宮女提著黃綢製成的蓮花燈走迷宮，先到陣心者可獲賞賜。我試著走了一次，其實並不困難，因為迷陣的石牆不高，往往可以從別人的行止中找到參考座標。不過我覺得黃花陣也很適合拍攝哀怨情歌的MTV，因為在迷宮裡你可以看到別人，卻可能走不到一起。

或許是冬天，走出西洋樓，頓覺別無可觀，海岳開襟遺址甚至不見冰凍的湖面，只有乾枯的蓮蓬遍布湖底。古建專家王世仁曾說：「圓明園是不可再現的園林藝術。」也許圓明園之美就在凝固一種消亡的狀態，不管是傾頹的圓明園，還是已被清除的圓明園藝術村，圓明園始終闡釋的是人間廢墟。

卡通圓明園 The Old Summer Palace Cartoon

文 尹麗川

一百個人回想起圓明園藝術村會有一百種說法，倒不光在於經歷的不同，更因為每個人有自己的看待世界之心。

如果單說經歷，住過圓明園的畫家、音樂人、寫作者、學生和外國留學生們反而大多相似：都受過窮、過過員警盤問，夏天都熱都被蚊子咬，冬天都冷爐火滅了都去別人家借。

結論卻有天壤之別。有些人至今懷戀烏煙瘴氣集體開伙的烏托邦，有些人提起圓明園就開始了控訴。對圓明園的回憶經常被主觀意向竄改，而變成對圓明園的想像。這想像有時作為自身心理的補償，有時則是為了契合媒體的妄想症。

常有這樣的時候，為了證明某種生活的意義非要把這種生活描繪得壯烈。所謂壯烈需要精神上的浪漫、物質上的窮苦、再加上政治國情。確實，圓明園藝術村兼備了所有煽情的要素，它緊鄰廢墟和大學城，見證了中國當代藝術的發展變遷，倡導了一種波希米亞式的自由生活，最後在政府的干預下倉皇作鳥獸散——但這是歷史書的寫法。具體到個人，我相信每種生活都取決於天氣、人情、生意和飯菜，每種生活最終都是日常生活，它的本質不是政治不是理想不是大是大非，而體現於細節和對點滴的感受。

剛看了一部動畫片，講戰亂年間一對兄妹活活餓死的故事，聽上去苦情得不得了，看的時候卻依然不時地微笑，為了妹妹的可愛、兄妹的溫情和花花綠綠的果汁糖。有一幕廢墟的畫面，房屋倒塌成殘片，可天空碧藍，小女孩裙衫搖曳，還是個明朗的世界，而並非一味地淒風苦雨。

突然就很感動。卡通世界的祕密或許正在於此：始終以純真質樸之心來看待殘酷紛紜的外界。我說的不是孩童抗拒成人世界之類的哲學話題，我說的僅僅是「看待」而不是「抗衡」。抗衡是一種單向的姿態，看待是一種全方位的心境。同樣一片廢墟前，有人能看到野花看到風景，有人眼裡只有廢墟——他甚至刻意如此。

很多年前，圓明園一夥鳥人一邊說笑，一邊謀畫一部講藝術家軼事的電影。和很多被使勁討論過的計畫一樣，電影當然沒有搞成，但大家因此樂過一陣子，紛紛出謀畫策。記得有人提議其中一部分拍成動畫片，這主意立時得到讚揚並引起一片笑聲。是啊，那麼多精采絕倫的人物，那麼多尷尬滑稽的事件，用卡通來表現這一切，似乎比真人實拍更接近生活的本質。有人因為尋找精神同道來到圓明園村，有人因為房租便宜來到圓明園村，有人因為賣畫之便來到圓明園村，有人因為談戀愛來到圓明園村……；有人性格可親交到許多朋友，有人個性孤僻獨自熬過冬天，有人有才華有人沒才華，有人有運氣有人沒運氣……；如羅素說，幸福在於參差有別。圓明園的美好，大概為此。

因為卡通虛幻掉了背景，我們可以安全地擁有一顆誠實平和的看待世界之心。唯如此，才可發現那艱難現實中的美好與歡樂，或理想主義旗幟下的卑微人性。圓明園村是一代藝術家和青年的精神家園，同時也是個名利場——它滋養過當代藝術的投機主義與功利心。

The Summer Palace
Supernaturally Inspired

文 吳煥加　圖 廖偉棠

頤和園雖由人作，宛自天開

頤和園之美是說不盡的，細微處甚而無法用言語傳達，非親身體察不可。

你若是遊覽過蘇州、揚州的南方私家園林，欣賞過江南園林那種小橋流水之秀媚，那你還應該到北京來領略中國園林的另一種類型：大手筆、大氣派之北方帝王園林。

你若到過巴黎的凡爾賽，參觀過當年法蘭西國王的花園，你再來北京遊覽清代皇帝的頤和園，便會看到同是皇家的離宮御苑，東方與西方的造園風格有多麼的不同。

我出生於蘇州，已在北京度過幾十個寒暑，又一直住在離頤和園很近的地方，騎上自行車很快就到了。不僅如此，我的專業還與造園有些關係，所以，造訪頤和園如家常便飯，幾十年下來，實在說不清去過多少次了。

這裡，我只向讀者講一點我自己對頤和園的最突出感受，也就是它最令我驚歎的地方。

中國北方乾旱少雨，近世學者趙元任當年居留北京，他的一首詩說：「我來北地將半年，今日初逢一宵雨，若移此雨在江南，後園新筍添幾許！」 南人居北地，因罕見雨水而懷念江南之情躍然紙上，也凸顯了南北方氣候的差異。

南方濕潤秀麗，北方乾燥粗獷。北京處於華北平原的北端，放眼望去，一片北國風光，就是到了頤和園的跟前，

也是這樣。然而，踏進頤和園的東宮門，在宮殿的夾縫之間三轉兩轉之後，眼前忽地一亮，空間頓然開闊，你發現自己突然站在一片大湖的岸邊。湖水輕搖，水波瀲灩；稍遠處，長堤橫臥，堤柳依依，遠遠近近幾個小島浮在水面上，似有似無；再遠處，山巒連綿，山色有無中。

這裡說的是頤和園的前湖。待你轉到萬壽山後面，後湖的峽谷風光，又會讓你想起南方深谷山溪的幽深景象。

這樣的景色會讓你產生似曾相識之感，是的，曾經見過，是在江南，是在杭州，可這兒是北方，頭一次到頤和園的人不免一怔：北方怎有這樣的江南風景！

這就是頤和園的妙處：北方園林有南方美景；真令人驚異：清朝人在北京造出了一片北國江南。頤和園周圍有一圈圍牆，平常遊人不太覺察它的存在，因為圍牆被樹遮掩了。但如果爬上牆頭，立即看到牆外是北國風光，牆裡是

江南秀色，情調氣氛迥然不同。

這座頤和園是半天然、半人工的產物。現今頤和園的地方原本有一座不大的禿山，叫甕山。甕山的西南方有一個水泊，先前稱「西湖」。山不高，水不大，但在北方已屬難得。因此在元明兩代算是京城的一個景點，吸引不少文人墨客去那兒遊玩。到清朝，皇帝們在北京西郊大興土木，建了多處離宮御苑。但乾隆皇帝仍不滿足，他看中甕山及那個小「西湖」，認為可以加以改造利用，便決意在那裡營造一處新的園林。

乾隆一生六次南巡，他醉心江南的秀麗景色，早就想在京城附近營造一處有江南風味的園林。他命畫師摹寫江南名勝，帶回北京作為造園的參考。他特別以杭州西湖景色為營造新園的藍本。

乾隆十四年，趁整理西郊水利工程的時機，乾隆下令疏浚和擴大原「西湖」。那一帶的地勢是西高東低，水量增多以後，在東邊另築一道新的擋水堤，水面便向北、東、南三個方向擴

展。往北，湖水直逼甕山山腳。水面東擴後，原來位於「西湖」東岸上的一處廟宇被保留下來，成了水中一個小島，島與東面湖岸之間建一座十七孔長橋相連。在原西湖的西面另挖兩片較小的水面，三片水面之間有柳堤相隔。

擴大湖面達到兩個目的，一是北京城有了一個較大的水庫；另一是湖面擴展後大大改變了山與水的相互關係，使原來的小「西湖」真的變得蠻像杭州的大西湖了。杭州西湖有蘇堤六橋之景，頤和園的西堤也修了六座橋，可見乾隆仿效杭州西湖之熱忱。頤和園東北角有一個名為諧趣園的園中之園，那是仿效無錫惠山園而造的。

乾隆十六年（1751年），乾隆的母親六十整壽，他藉祝壽之機，將甕山易名萬壽山，湖則改稱昆明湖，又逐步添置建築，廣植花樹，完善景點。將這座新的皇家園林命名為「清漪園」。清末，西太后慈禧重修該園，改稱「頤和園」。

明代計成所著《園冶》是講中國造園的一本重要著作。作者提出了許多重要的造園藝術原則，其中最根本一條原則是「師法自然」。頤和園體現了這個原則。而你到法國的凡爾賽一看，那裡的布局整齊對稱，道路筆直，水池和花壇都是幾何形式，很多植物也被弄得規規矩矩。那個凡爾賽體現了歐洲人的原則：征服自然。

中國人的「師法自然」並不是簡單地照搬自然，而是本於自然又高於自然的藝術創造。《園冶》作者說，造園的過程是「有真為假，做假成真，稍動天機，全叨人力」，而造出的園林應是「雖由人作，宛自天開」。

頤和園裡的北國風光，是「雖由人作，宛自天開」的完美典範。

頤和園的事一時半會說不完，請來北京親歷親知可也。

明成祖與十三陵
Emperor Chengzu and the Ming Tombs

09

文 黃里 圖 陳學聖

明十三陵位於北京北面昌平縣境天壽山南麓，距首都北京約五十公里，陵域面積達一百二十餘平方公里，環葬著明代的十三位皇帝，統稱十三陵，是中國帝王陵墓中保存得比較完整的一處遺址。

明十三陵中的首陵，是成祖永樂皇帝的長陵。這位皇帝雖在明代歷史上的名氣很大，卻不是遵照封建帝位繼承法，用和平的手段當上皇帝的，而是以武力強取豪奪爭得了天下。原來，明朝開國皇帝朱元璋的太子朱標早死，不得已只好改立皇太孫朱建文為合法繼承人，另外分封諸子為諸王。太祖朱元璋死後，皇太孫繼任，是為建文皇帝。可是好景不長，他駐守北平的叔父燕王朱棣，以「清君側」為名，也就是說以剷除現任皇帝身邊的壞人為名，起兵推翻了他的統治，建文帝下落不明，燕王以勝利者的身分做了皇帝，這便是明朝歷史上著名的永樂皇帝。

按正常的國家制度和君臣倫理原則，燕王作為一方諸侯起兵反對中央政權本是大逆不道，而明朝的官員忠於國家合法制度之下的建文皇帝，積極抵抗燕王的軍隊，應該算是明朝的忠臣。可

是，當建文帝一完蛋，燕王率領他的難兄難弟控制了局勢，本人搖身一變成了永樂皇帝，這事態也就隨著急轉直下了。儘管明朝還是明朝，但卻是燕王的明朝，而非建文帝的明朝了，那些擁戴建文帝的忠臣也就自然地來了個驢打滾兒，猛地變成了反明朝的「奸惡」，也就是現行反革命分子。這朱棣受他老子朱元璋嗜殺成性的性格和理論的影響，也是一個極其出色的殺人魔王。根據「老子英雄兒好漢，老子反動兒混蛋」的血統論的原則，對那些直接參與抵抗運動的男性反革命分子，所採取的懲罰方法或剝皮，或油炸，或水煮，搞得整個南京城鬼哭狼嚎，哀聲一片。與此同時，那些現行反革命分子的妻女、姊妹、兒媳、乃至外甥媳婦等等一切沾得上邊的女人，統統弄到妓院裡充當妓女，包括五十六歲的老太太在內。

以上的慘景有的發生在南京，有的延續到北京。自從朱棣稱帝後，一是覺得南京的血流得太多，在明代故宮的廣場上，近自朝廊，遠及附郭的雨花台，無不是血跡斑斑，這使得新上任的皇帝難免目擊而心有不安。在這種刺激下，便動了遷都的打算，來一個眼不見心不煩，或者叫眼不見心可安。二是由於朱棣鎮守北平多年，深知此地在軍事上的重要地位，便毅然決定將明朝的首都搬過來。永樂四年（公元1406年），北平方面的臣僚開始奉旨徵調工匠、民夫上百萬人，正式營建北京宮殿。今天遊客看到的故宮、天壇、太廟（勞動人民文化宮）等規模宏大的建築，就是自此開始陸續建造的。不知當時的殺人魔王朱棣是否意識到，他的這個抉擇，客觀上為後人留下了一筆珍貴的文化遺產。

永樂五年，皇后徐氏（開國名將徐達之女）死去，朱棣經過慎重考慮，沒有在南京建陵安葬，而是派禮部尚書及「江西派」風水大師廖均卿等人去北京尋找「吉壤」，也就是通常說的風水寶地。人死之後，選個好一點的地方埋葬，並請這方面的專家看看風水，這在中國很早的時候就開始出現並興行起來了。古代書籍《儀禮》上就有選擇喪葬地要看風水的記載，大意是說：「土壤有厚薄，水泉有深淺，故必須相地之可葬與否，而後經營之也。」從這句記載來看，這個時候的看風水，考慮的還主要是地下水位、地氣、土質等自然條件，是否關係到棺木、屍體能否較長時

間保存的問題，並未涉及與子孫後代的關係。秦漢之後，隨著堪輿、相宅之風的盛行，開始摻進了許多迷信的成分。這種迷信色彩的加重，使許多相信風水之說的人認為，墓地選址的好壞與吉凶，直接影響到現實人生，如果墓地風水好，會給子孫後代帶來運氣，否則就要倒楣，並使家道衰敗等等。後來有一位叫郭璞的知識分子，寫了一本具有經典性質的著作《葬書》，他在書中將風水一說又披上了一層神祕的外衣，並很有些玄玄乎乎的味道。書中說，作為墓地，能具備左青龍、右白虎、前朱雀、後玄武等這些條件，就算是上乘寶貴之地。郭璞所說的這個條件，其實就是指靠山臨水、枕山面水、背靠山峰、面臨平原。不過這個條件說起來容易，要真正做起來就不那麼簡單了。如前邊已提到的奉永樂皇帝旨意專為徐皇后選擇「吉壤」的廖均卿等人，在北京四周足足跑了兩年時間，才好不容易找到了幾處可供挑選的地方。據說最先找到的是南口外的屠家營，但因皇帝姓朱，朱和豬同音，皇帝認為豬一旦進了屠戶的家，除伸長了脖子挨宰，別的沒有什麼好事，未能同意。另一處選在昌平西南

的羊山腳下，羊和豬本可以相安無事地各自生活，但山後卻偏偏有個村子叫「狼兒峪」，豬的旁邊有狼盯梢自然危險異常，也未被採用。再一處是京西的「燕家台」，永樂皇帝感到「燕家」和「晏駕」是諧音，不吉利，又遭到否定。後來廖均卿又呈上京西潭柘寺的繪圖給皇帝觀看，永樂認為景色雖好，但山間深處地方狹窄，沒有子孫發展餘地，亦未能入選。直到永樂七年，廖均卿等人才又在京北昌平縣黃土山下選中陵地，並由朱棣親自察看後拍板決定下來，這便是後來人們看到的十三陵區。

關於這塊被認為是「風水寶地」的具體情形，明代後期的知識分子蔣一葵在《長安客話》中曾有一段描述：「皇陵形勝，自其近而觀之，前有鳳凰山如朱雀，後有黃花鎮如玄武，左莽山即青龍，右虎峪即白虎，且東西山口兩大水會流於朝寧河，環抱如玉帶三十餘里，實為天造地設之區。」

蔣一葵所描述的這種「風水寶地」的概念，雖有些牽強和唯心主義色彩，但透過那層玄祕的外衣，就能使人通過現場觀察，得出古人所說的風水總體上是個什麼樣子。如果將之簡單化一點，

這就是為了生存和安全，人們選擇背山面水的地域建造住宅，背後的山遮擋寒風，前面的水提供飲用和澆灌之利，這些其實都是最樸素的生活經驗的反映。因為古人事死如事生，建造住宅的經驗也就自然搬到建造陵墓上來了，於是也便有了建陵要先找「風水寶地」之說。當然，永樂皇帝最終同意在黃土嶺下興建陵墓，不只因為像大多數如蔣一葵等老學究所津津樂道的朱雀、玄武、青龍、白虎等牽強附會的東西，還有一層不可忽視或者說更重大的意義和原因，那就是這裡山勢如屏，易守難攻，一旦駐軍把守，既可護衛陵寢，又便於保衛京師。事實上，對陵區的選擇和後來駐軍的守衛，也顯示了朱棣其人除了是個殺人不眨眼的混世魔王之外，也是明代少有的政治家和軍事家。其苦心遠見，在他死後不久便得到了證實，無論是北方的俺答、瓦剌大軍，還是再後來努爾哈赤的鐵騎，都把十三陵視為通向北京的咽喉和畏途，從而費盡心機，不惜餘力進行攻打，但無不又遭到守軍的迎頭痛擊而難以逾越。即使到了明朝的最後階段，曾在中原縱橫馳騁的李闖王，也是從柳溝先入德勝口，再下十三陵，只

因居庸關守將唐通投降，才使十三陵變得唇亡齒寒，最終導致北京陷落。

永樂七年（公元1409年），浩大的陵墓工程在黃土山下正式動工，所用軍工、民夫四十餘萬人。就在這年朱棣生日那天，這位皇帝來到黃土山視察自己的壽宮營建情況，並率領群臣飲酒作歌。待百官上壽時為討他歡喜，稱此山為天壽山。朱棣聽罷大喜，即以皇帝的九五之尊，傳旨改黃土山這土里巴唧的名字為比較順耳動聽的天壽山。

長陵的營建，先後用了十八年時間方完成，朱棣的皇后徐氏於永樂五年去世後，在南京停屍六年，直到永樂十一年，長陵的地宮建成後，才由南京移來入葬，成為開十三陵入葬先河的第一人。

永樂二十二年（公元1424年），朱棣第五次率大軍出征漠北，病死於歸途中。這位在明代歷史的中心舞台上活躍了二十二年的一代君主，終於走進了十三陵的首陵——長陵的地下玄宮。在那幽深黑暗的地宮深處等著他的，除早已死去的皇后徐氏那冰冷的屍骨外，另有剛剛被勒死的身體尚有餘溫的十六位年輕貌美的妃嬪。

恭王府
The Summer Tales of Prince Gong's Estate
夏日紀事

文 馮不二　圖 陳小瓦

10

二十餘年前，我所在的單位設在北京前海後海之間的一座舊王府——恭王府內。那時我還是單身，無拘無束，索性就住進了王府。

那座庭院叫做天香庭院，我提著隨身衣物進去的時候恰值春末夏初。北方春天來得遲，庭院裡還是一片新綠，夾雜在新綠間的是院子裡、房頂上一人高的枯黃宿草和建築物多年失修的老綠漆色。庭院的正房名叫「錫晉齋」，是一座著名的建築，是恭親王收藏他心愛的寶物——西晉陸機《平復帖》的所在，東、西廂房，一名「樂古」，一名「爾爾」，都是恭王收藏碑版字畫的藏室。因是收藏字畫的院落，所以全部漆成綠色，綠色象水，有防火的意思。據說這個院落「文革」中一直封錮，前不久才開了鎖，因此院中的宿草還未清除，東倒西歪的穿山遊廊也未得修繕。那時我一個人住在這個院子裡，享受著這片綠色，同時也享受著這份淒清與孤寂，經常不自覺地進入《聊齋》境界，幻想著狐仙野鬼的光臨。然而美麗善良的狐仙野鬼並未來過，倒是我經常「扮鬼」，嚇得那些夜晚來此談戀愛的青年們屁滾尿流。

天香庭院南面院落有六叢灌木，舊曆五月以後開花，花開串串白色，甜香四溢；花形十字冠頂，肥白多姿。因是去鍋爐房打開水的必經之路，花發期間，去欣賞那雍容富貴的姿態，去領受那沁人肺腑的幽香，就成了每天的晨課，往往駐足久久，不忍離去。以後在紫禁城御花園西側絳雪軒前見一壇這樣的花，看說明是太平花，始知自身竟是太平花下的太平人。若干年後，聽一位老旗人講述，才知道太平花原是皇宮禁苑的上林奇葩，難怪北京之大，也只在紫禁城和恭王府見過這種花。朱家溍先生在一篇文章中寫道，自家上房階前有兩株太平花，取名「太平雙瑞」。王世襄先生的一篇文章也說自家西窗外有一株太平花。然而這三株太平花都在「文革」初枯死，那時天下不太平，太平花枯死也是一種象徵。朱家溍先生的居處是寬街炒豆胡同的原蒙古博多勒噶台親

李憲章攝影（大地地理雜誌）

王府，其第二代親王僧格林沁，最為著名；王世襄先生的住所是南小街芳嘉園，出過兩位皇太后（包括一位皇后）的「鳳凰窩」，即北京人呼作「皇姥姥家」的慈禧娘家舊宅。大約也只有這樣的皇親國戚的宅邸，才能得到太平花這樣的內府珍卉。傳說太平花原產四川青城山，原名豐瑞花，北宋時貢入汴京，賜名「太平瑞聖花」，紫禁城的太平花，是乾隆平定大小金川時由四川移來。另外，清末的兩朝帝師翁同龢也喜歡太平花，恭親王曾親折數枝以贈，想來恭王爺所折之花必定是在恭王府這六叢之間的。

　　仲夏季節，天香庭院裡四株參天老槐濃蔭四合，連房頂瓦片間也生出密密的高草，厚厚的綠色，彷彿一層屏障，把暑熱擋在了院外。院內的陳年枯草已經打掃乾淨，但新生的草，幾場雨後，又長到了一人高。庭院內只有一個小自來水龍頭，由於水量充沛，水龍頭附近的草長得格外茂盛。每天下午四點後，大家下班回家了，院裡靜悄悄的，到了這個無人走動的時候，我照例要到水龍頭下洗澡沖涼，即便碰巧有人進來，水龍頭旁的長草也足夠藏身，一向是十分

安全的。不料一日正在洗著，聽到有腳步聲進了院子，急忙關了水龍頭，探頭望去，一片綠色障目，看不到人影，只聽得腳步聲音順著廊子走到垂花門下，停了下來。我縮在草叢裡，等了十幾分鐘，仍不見動靜。外面情況不明，忖度或許人家也是來納涼，若是貪戀這夏日庭院裡的靜謐，幾個小時不走，我當如何是好？當時不知是怎樣想的，竟陡然暴喝一聲「燕人張翼德在此」，只聽一串急促的腳步順著廊子跑了出去。於是放下心來，重開龍頭，細細沖洗，緩緩更衣，然後端一杯涼茶，坐在院中月台的台階上去欣賞那聒耳的蟬鳴了。整個夏天我都是這樣洗澡納涼，除了這一次闖入者事件外，盡享了深庭長草，高樹鳴蟬之樂。

　　二十多年過去了，原在恭王府內的機構都已遷出了王府，這座舊王府將修飾得規整鮮明，雖不是重現舊日權傾天下的顯赫，卻也將迎來另一番遊人如織的繁華，再也無復荒煙蔓草、寂寞廳堂的景象，只是那裡面也再不會容納居住者的生活，不論是帝子王孫，還是平民百姓。

長城還有一些東方式的自閉與害羞，它就像一個人的心理防線，堅強並且不可冒犯，裡面的脆弱和敏感，須在防線內好好梳理。

長城 帝國的象徵 文 陳政　圖 林崇誠・陳政・王建秋

The Great Wall: The Symbol of the Empire

11

林崇誠攝影

砌一堵牆，簡直可以算做是雞毛蒜皮的事，而砌一道世上最長的牆，並用它來界定疆域，抵禦敵人，卻把小事變成了奇蹟。秦始皇的一紙命令把這件事情變成了事實，而這個命令和工程並非人們想像中龐大，它甚至有些順理成章的意思。當時的情況是割據一方的諸侯國為了防守，在自己的領土上修築了城牆，秦始皇統一後，將北方三個諸侯國的城牆加以連貫修葺並延至一萬多公里，全部工程歷時兩百年才完成。

波赫士視長城為一種挑戰，他把嬴政築長城與焚書坑儒扯到一塊，認為焚書坑儒是為了終止歷史，希望重新開創時間，在毀滅的同時誕生一個千秋萬代的王朝，因此他自稱始皇。波赫士認為嬴政築長城是因為焚書坑儒式的破壞後出於無奈才做出的保護工作，或者在時間順序上反過來，因為大徹大悟，去破壞他先前維護的東西。他說長城也許是個隱喻：罰那些崇拜過去的人去幹一件像過去一樣浩繁、笨拙、無用的工程。

波赫士作為旁觀者，對東方的事情有一種讓人歎為觀止的浪漫想像。不知他對中國人的安全感缺乏症怎麼看，能不能理解有了長城後帝國裡面自給自足式的滿意程度。在我看來，長城還有一些東方式的自閉與害羞，它就像一個人的心理防線，堅強並且不可冒犯，裡面的脆弱和敏感，須在防線內好好梳理，秦始皇和他的方士們認為這樣外邪就進不了一個封閉的世界。

或許這也源於嬴政私生子的傳言，他對心理防線的急切渴求促成了一個國家的地理防線。有了完整漫長的城牆，他心底的暗傷就可以擱在暗處，得到精心料理後換取容光煥發，理直氣壯，直面各式攻擊。而嬴政的權力在空間中的實現，使他真正感受到自己權力所至，從而獲得滿足。

中文裡長城是以長度取勝的建築，在英文裡修飾牆的是「great」一詞，他們是否把這個看起來不著邊際的牆，驚歎為一種偉大的形式已不得而知。也許

這個稱呼並不重要，重要的是它給予人們的愉悅之感。許許多多攀越過司馬台長城的人都有一種特別的體驗：面對險境不可抗拒的恐懼，本能的退縮後戰勝自身恐懼換來的強烈快感，令所有人產生豁然開朗的感慨，對比生活或工作中遇到的挫折和內心障礙，變得微不足道起來。

始建於十四世紀明王朝的八達嶺長城，是大多數觀光客流連的地方，入口處遊人眾多，到處掛著「不到長城非好漢」的T恤。它蜿蜒於北京西北群山之中，遊人往往由於時間的關係，不得深入其中。如果時間充裕，你盡可以在這段城牆平均高七點八米，平均寬五點八米的山間大道上漫步，在群山的起起落落中，享受長城在不同光線不同高度裡的變化。從入口處的翻新段落到遊人稀少的衰敗段落，適合在這裡回想歷史，於黃昏中看相對於自己一生就是永恆的城牆，會感到十分美妙。如織的匆匆過客，在時光裡統統流失掉了，代代修繕

的古老而嶄新的城牆，傳言中它們都屬於從月球上可以看到的地球上的標誌性建築。

現在「長城腳下的公社」又成為長城邊上的標誌性建築。它由亞洲十二位年輕建築設計師設計的十二棟酒店別墅組成，是在水關長城建起來的一個建築群落，用張欣的話說，「它的初衷是創造一個私人住宅的當代建築博物館，要影響中國一整代建築師、開發商和消費者。」這份雄心或野心被大眾和媒體炒得沸沸揚揚，潘石屹和張欣做為商人最大的贏利還在於威尼斯雙年展上獲得的「建築藝術推動大獎」，而「房子是可以收藏」的觀念是他們「有新的觀念才有進步」的市場營銷學上殺手鐧。無論世人對它的評價如何，它的確在嘗試一種商業與藝術結合的刷新手法，而我們日新月異的時代沒法驗證它在歷史上的成就，就讓長城作它的參照物，在歷史的長河中篩選其價值吧。

天地
Heaven and Earth

何經泰攝影

雍和宮

The Lama Temple
Homeland of Two Emperors

產生兩個皇帝的風水寶地

12

文 徐裕鵬　圖 柯經泰・廖偉棠

八個月之內，我四度來到雍和宮。天氣有晴有雨，遊客時多時少，票價從十五漲到二十五。不變的是只要走進雍和宮輦道，看著兩旁銀杏松柏，便油然感到一陣祥和之氣。

雍和宮是北京最重要的藏傳佛教寺院，也是一位人間國王的潛龍府邸。雍正尚未登基前就居住於此，日後的乾隆皇帝也出生在這裡，以俗世的意義來說，雍和宮是產生兩位皇帝的風水寶地。第一次到這裡，我更有興趣尋覓王府時期遺留的痕跡。像是曾為雍正寢宮的永佑殿、永佑殿西牆懸掛著雍正孝聖皇后（亦即乾隆生母）以七千多片碎布繡成的「綠度母」像，以及她平日唸經禮佛的昭佛樓。

永佑殿和昭佛樓的地磚已經斑駁不平，似乎意味著人事雖然消亡，但是時間的重量仍壓在這裡。乾隆皇帝將雍和宮擴建為喇嘛廟的原因，主要是為了安撫蒙古、西藏，至今雍和宮仍矗立乾隆親筆闡述其宗教政策的〈喇嘛說〉石碑；但另有一說是，乾隆生母想為生前殺戮甚多的雍正祈福。這令人想到另一個贖罪的故事。傳說忽必烈的女兒長年在北京最古老的潭柘寺誦經拜佛，希望免除父王征戰之罪，年深月久，竟在觀音殿上留下兩個腳印。

雍和宮改建為寺廟後，依然保留著王府建制，分東中西三路，主要建築是位於中軸線的五大殿，由南至北是雍和門（天王殿）、雍和宮正殿、永佑殿、法輪殿、萬福閣。雍和宮既為聯絡蒙藏，在建築上也融合了漢滿蒙藏各族特色。像法輪殿頂仿西藏風格的五座鎦金寶塔，高達三層的萬福閣則屬遼金風格，萬福閣兩側通往延綏閣、永康閣的飛虹天橋，據說過去僅見於敦煌壁畫中，但雍和宮卻恢復了這種唐代建築遺風。

雍和宮不僅是宗教聖地，還是藝術寶庫。所藏唐卡、佛像、法器、經卷、

壁畫等精品無數，但最為珍貴的則有三絕。分別是法輪殿宗喀巴銅像後的五百羅漢山，由紫檀木雕成群巒疊嶂，五百羅漢則由金銀銅鐵錫製成；昭佛樓金絲楠木佛龕，上有九十九條盤龍；最後則是萬福閣的彌勒佛像，由產自尼泊爾的獨根千年白檀香木雕成，在地面上的高度已達十八米，地下還埋有八米，1990年被列為金氏世界記錄。

既然到了雍和宮，當然要看看名聞遐邇的密宗歡喜佛。據說雍和宮剛開放時，為了避免民眾產生不當聯想，曾用紅布遮住交合的歡喜佛，也傳說歡喜佛是清朝皇帝性教育的工具。我特地前往密宗殿和東配殿尋訪歡喜佛的蹤跡，但見密宗殿的五大金剛腰纏白布，東配殿的大威德金剛、永保護法、吉祥天母、地獄主、財寶天王也都穿著衣服，因此看不出門道。對於我這樣興致勃勃的尋找歡喜佛，殿裡的喇嘛師父不以為然地說：「佛教裡哪來的歡喜佛？只有金剛和明王。」

其實歡喜佛說的不是淫樂。據說，金剛獨像是鎮壓的象徵，意味著以大憤怒和異教徒（一說是自身魔障）搏鬥，最終獲得勝利而內心歡喜。擁抱的雙身佛像，有人認為是一種了悟的善權方便法門，傳說釋迦牟尼曾派觀音化成美女而和殘忍的國王「毗那夜迦」交合，以此將他引入佛門。另有人認為這是密宗智慧與禪定合一的上乘修身法「定慧雙修」。

提到雍和宮，不能不提的還有俗稱打鬼的「跳布札」。從清朝開始，雍和宮打鬼就是北京百姓迎接新春的熱鬧慶典。每年農曆正月二十四日，雍和宮先要舉行四天誦經法會，從二十八日再舉行四天打鬼儀式，以神舞來驅魔除祟祈禱安康。

其實，如果對宗教或藝術沒有興趣，雍和宮仍然值得一遊。有時走在各進院落，就能感覺靜謐閒適。同樣是旅遊景點，恭王府花園令人浮躁，雍和宮卻將湧動的雜質吸納，重新吐出一片清和氣象。

記得第一次到雍和宮來，看到一個年輕的男孩在佛像前頂禮膜拜，當時有種說不出來的感動。我想，不管宗教曾在人間引起多少紛爭，人心對超脫的渴盼，就像在無邊黑暗的隧道，追尋遙遠盡頭的一絲光亮。

廖偉棠攝影

The Weathered Dajue Temple

春風幾度大覺寺

13

文 馮不二　圖 何經泰・林崇誠

大約1965年春天，開挖從密雲水庫到北京的引水渠，機關、學校都參加了義務勞動。那時我正讀中學，參加的是北安河到周家巷段的工程。我們住在工地附近一個村子的農民家裡，按照學校的要求，每天早晚要學習當年八路軍的作風，幫房東老鄉挑水餵豬掃院子，因而也時不時的和老鄉們聊一會兒。從老鄉嘴裡探聽出附近有一座怡親王花園，現在還存有戲台等建築，向西有大覺寺和鷲峰寺，向北有七王爺墳和一座古剎龍泉寺。十幾歲的孩子，正是好動的時候，於是白天幹活偷懶，晚間就去尋幽探勝，一個星期下來，倒也把附近大致走到了。大覺寺當然也去過，但只到了山門前，並沒有進到寺院內，所以也沒有留下什麼印象。回到家後，翻看書架上的《帝京景物略》、《天府廣記》等一些北京歷史地理的舊書，才知道大覺寺是京西十分著名的寺院。寺在暘台山，建於遼代，存有遼碑、遼塔和明代佛像。初名清水院，沿用至金，為金章宗西山八院之一。以後改稱靈泉寺，明

何繼泰攝影

宣德年間重修，改名大覺寺。寺倚山面東，這是依契丹人「朝日」習俗而建。清初人多欣賞寺內玉蘭、銀杏、櫻桃及泉石之勝，以後則以山麓杏林名擅京師。看了有關記載，覺得十分有趣，很想一探究竟，就邀了三五個同學，下午放學後，整頓裝備，騎上自行車直奔陽台山而去。我們當時的「行頭」也值得一提，我的兩個同學，一個身背跟女同學借來的135照相機，一個背著軍用水壺，我則挎著一枝德國產的老汽槍，口袋裡揣著幾兩糧票幾毛錢，自覺瀟灑無比，威風八面。一路攢行，趕到大覺寺已是星月交輝，依然只得了個「僅及山門而返」的結果。儘管如此，還是興頭十足。歸途下坡，車順勢而下，路上也沒有什麼行人，我們則一路反覆高聲吟誦著：「我看青山多嫵媚，料青山，見我應如是……」肚子餓了，又找到一家小館，吃了一毛錢一碗的餛飩，六分錢一個的火燒。那種豪邁，那股子不倫不

類的不可一世，恰恰就是當時我們這一夥白袷少年的情懷。

跨入大覺寺的山門時，已是七○年代初的某個春天。當時我由上山下鄉的地方回北京探親，到家一看，父親仍關在「牛棚」，母親已去了湖北「五七幹校」，兩個姊姊也分配到外地工作，妹妹在近郊插隊。家裡房子被擠佔，只留一間屋一張床，讀中學的弟弟居住，根本沒有我的床，於是投奔到一個老同學所在的西山林場，到了，才知道他的宿舍就在大覺寺迤北的老爺山龍泉寺內。

每天早晨，我在林場食堂吃飯，飯後借輛自行車順山而下，七王墳、鷲峰、大覺寺，幾乎每天都去徜徉。站在鷲峰頂上遠眺，一川平疇，天氣好時可以望見北京城。那時的我不過二十出頭，說起來正當大好年華，卻已沒有了往日的豪情，只覺道路茫茫，不知前途何在。如此恓恓惶惶的心境，就算眼前天天掠過大覺寺內的玉蘭、銀杏、長

松、古塔、舊碑，也沒有特別注意，印象十分淡漠。只記得山下在修一個工程，進展十分迅速，後來得知，那是為美國尼克森總統來訪，對海外直播新聞用的衛星地面站。

再次進入大覺寺是又過了幾年之後的七○年代中期的春天，那年叢碧詞人張伯駒先生說起大覺寺的杏花盛事，準備舊地重遊，可我印象中並沒有看到過杏花，張先生說，農人不植新樹，舊樹日老，哪裡還會有當年的盛況？當年每逢花期，張先生是必往寺中觀賞的，為看杏花，還在大覺寺山門外北側杏林中建過一個亭子，題曰「北梅」，山門南側也築有一亭，名叫「倚雲」，是藏園老人傅增湘所建。張先生的亭名取義為杏花花期最早，是為北方的梅花；傅先生的亭名自然是出於「日邊紅杏倚雲栽」詩句。每年杏花時節，兩位先生必邀朋友，如夏仁虎、郭則澐、葉遐庵、陶心如諸老輩在寺前亭上修禊賞花。

如此這般，揀了合適日子，我也追隨叢碧老人一行上了西山。行至山門，老人拄著杖率先步入，不想門內閃出一看門人，攔住張先生，說這裡是研究所，不得隨便參觀。張先生大聲說，還有沒有和尚？看門人當即一愣，呆了半晌，突然躬身行禮說，您是張大爺吧，我就是寺裡的長修啊，我已經還俗娶媳婦生兒子了，現在仍在這裡幹點雜活──此一細節，如此具有戲劇性，所以記得十分清楚。

以後幾年，老先生每年都要在春天去大覺寺看花，那時他的白內障已很嚴重，所謂「看花」，不過霧裡相看，嗅嗅味道罷了。但他仍是年年必去，他要人給他講四周的景物，要聽松濤，要聽泉聲，要和同行的老友──夏承燾、黃君坦、徐邦達、周篤文諸先生吟詩唱和。只可惜每年的詩文，因沒有人留意收集保存，都隨暘台的山風飄散了。

李慧章攝影（大地地理雜誌）

白雲觀裡會神仙

Meeting with Gods
in the Temple of White Clouds

文 流帆　圖 糜岩

14

大概是小時候《聊齋》看多了，心目中的寺觀一直是殘垣破敗，供桌蒙塵，老樹昏鴉，日暮時分在人頭頂啞啞大叫兩聲。

而從記事起，白雲觀的名字就與「春節」、「廟會」等光鮮熱鬧的字眼聯繫在一起，以至於我對它的刻板印象一直是遊樂場所而非宗教場所，大概因為自小到大都要在農曆新年中選一天，去廟會的人海中奮力拚突一番罷，與其是為遵風從俗，不如說已成慣性。節目年年總相似：老三樣的場面，平日看都懶得看的陳年小吃，了無新意又失卻傳統的應節要貨，連逛的路線都一成不變，偏偏大人孩子，樂此不疲。

將近六百年了吧，成千上萬人點點單純的快樂，年復一年的，暖烘烘地在這間道觀與門前橫街構成的丁字形地帶上融聚。今年的春節我一如以往地在人流中載沉載浮，一邊批評著沒有變化的陳舊節目，一邊卻又慢慢地被那些粗陋花哨的小東小西的濃烈色彩感染，把自己這一點點的簡單快樂也加入進去。

省悟到白雲觀是觀而觀裡應當有道士，緣起於我的一個有趣的小個子同學，某天突然提起自己正為道觀澆菜掙零用錢。我聽後瞠舌不下，恨不能即刻跑去觀摩。那時候學生利用課餘時間打工尚算超前行為，除了對那位同學與自己同齡卻已懂得自食其力的肅然起敬，更多是各種聯翩浮想：烈日炎炎下，一個小孩左手木桶右手水瓢，在蘿蔔纓子上揮汗如雨，看菜園的道士自己卻躲在蔭涼地裡喝著茶，活脫脫一群評書裡的慵懶僧道。

但我始終還是沒能目擊到現場。看現在的白雲觀平面圖裡，開放與不開放的部分，都已不復見那位同窗揮灑汗水的菜地；道士們大概也用不著自己親手種菜吃了。

選個平常時間去白雲觀是很久以後的事。沒有任何法事或典禮的日子裡，院落雖不熱鬧，倒也未見得特別清冷，絡繹有三兩人來上炷香，或誠心默禱，或走走形式。冬日晴好，蒼白的樹影投射在青灰色方磚石地上，站在三清閣

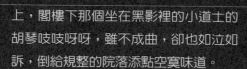

上，閣樓下那個坐在黑影裡的小道士的胡琴吱吱呀呀，雖不成曲，卻也如泣如訴，倒給規整的院落添點空寞味道。

這些位道士平時躲在觀內清修，做些日常功課，打打太極，練練經樂，根據那本觀印小冊子上圖片所示，個把年長位高的道長偶爾還要撫撫琴、畫畫梅花。但是一到了農曆新年，他們都會放下風雅身段，傾巢出動來抓錢，除了廟會門票、攤位出租、善男信女們比平時加倍的捐獻、出售香火蠟燭、符籙香包等，最歎為觀止的是打金錢眼的收入。

進山門不遠是窩風橋，橋下無水，懸一巨大木錢在橋拱下，木錢的方孔裡有個小小銅鐘，逛廟會的人用現金向道士兌換銅圓朝錢眼中猛擲，必要打中銅鐘而後快，彷彿如此方能與老天爺達成某種商量。屢投不中的人會去繼續換錢再接再厲，與角子機異曲同工，只不過對前者的不屈不撓換來的只有當的一聲脆響。

據說過去橋洞下還會有修為較高的老道士閉目打坐，一天不吃不動，如今已不得親見。橋拱下沒有高人，只有頭臉上蒙著圍巾的小道士，懷抱大笤帚，每每趁錢雨稀疏時鑽出來回收撒滿橋底的銅幣，以免橋頭的兌換處出現短缺。常為他們捏一把汗，因為那銅幣拿在手裡沉甸甸的，擲的人又因心情迫切憋足

力氣，腦袋若挨上一下德行多高都吃不消。不過如此無本萬利的生意，一點小小犧牲也值得，看他們賣力撮掃，和大把的朝口袋裡摟錢沒啥區別。

春節假期間可能是觀內大小道眾們一年中最緊張的幾天。他們要在這幾天裡應付三百萬人，跑前跑後張羅各種事務，廟會結束後還要花很多工夫收拾殘局，掃去紅綠紙屑、拆除臨時攤位、收拾大量垃圾、洗淨至少沾了五十萬人手上細菌的石猴（該猴刻於山門拱紋上，訛說有療病功效，遊客每年都會排長隊摸之，因此浮雕已一年比一年面目模糊）。辛苦歸辛苦，「廟會＝撈錢大會」是有目共睹的事實，其間僅一個糖葫蘆攤一天的油水就達兩萬，可想其中香火之旺，油水之厚，仙凡列眾，道友商販，理當皆大歡喜。

提到神仙，觀裡供奉的神仙相當齊全，從玉皇大帝到趙公明、孫思邈、八洞神仙、碧霞元君，大大小小至少都能享受到兩枚蠟桃，一炷香煙。一直認為中國的神仙滿可愛的，因為個個生活氣息十足，安胎鎮宅、出行入土，上個梁、如個廁冥冥之中都有一路神明保佑，有含含糊糊燒把香就什麼都管了的，有分工明確絕不逾矩的，也有什麼都不管，專門坐享其成的。因為世俗，所以親切。

本來道家就是相當貼近群眾的一門教派。想想最初修煉道術的人欲望都很明確，煉丹是為了平地飛仙、呼風喚雨、點石成金、長生不老。雖然無意中弄出了火藥，被後代子孫以之驕人，動輒拿來說嘴。到如今長生不老的沒有一個，黃白之術倒是愈來愈發揚光大。

近兩年觀裡又添了一宗新花樣：進玉皇殿，會見玉皇大帝像左右各有一簇高達藻井之下的塔形物事大放光明，從形狀到效果怎麼看怎麼都像兩棵聖誕樹，頗有氣勢；細看原來是由成千寸把大的賽璐珞小神龕圍砌而成，神像肚中亮盞小電燈泡，座下的小紙條上寫人名。香案邊設一投票箱，想來投的都是鈔票，旁邊的巨缽上貼張紅紙，等看清上面寫的「登記光明燈，祈福消災保平安，每位香資200，芳名寄放燈上一年」字樣時，不禁要為此燈設計者的發散型思維大笑三聲。

白雲觀原是長春真人丘處機受成吉思汗之賜的修煉之地，據說他的遺蛻就埋藏在觀內丘祖殿癭缽的礎石下。提到丘真人，無知如我者一般都會先默然想到射雕，想到全真七子，想到東邪西毒，思路漸行漸遠⋯⋯，但有人也會在回聲很大的院子裡響亮地說出來，道士們大約都聽慣了，面無表情，呈充耳不聞狀。

但因為有了丘真人這層關係，每年正月十九他生日那天，便為延九節。根據道家神仙喜歡破衣拉颯地混跡市井，尋訪點化福至心靈的有緣人的一貫伎倆，十八日夜便有「會神仙」之說，許多想一步登天的凡夫俗子在此時出沒於此地，妄想得遇真仙拉拔。也有頭腦靈活的道士趁機跑出來作怪，穿得奇奇怪怪的化點小緣，鄧雲鄉先生曾提及那首刻薄又有趣的〈京都竹枝詞〉：

> 繞過元宵未數天，
> 白雲觀裡會神仙，
> 沿途多少真人降，
> 個個真人只要錢。

他們自然不是真人，也不是俠客，他們只如你我平凡人一樣，認認真真地表演自己的身分與職司，畢竟這麼好玩的事情越來越少，管他上聞能否達天？要要錢又何妨，一個願給一個願拿，取捨由人，互利共存，就像周瑜打黃蓋。以光明燈來講，小老百姓，只需花筆小錢，把對未來、對生活的一點惴惴不安，化解進一盞盞靠電力維持的小燈珠上，不比買保險划算？

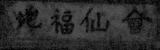

The Cathedral of Tragedy
蒙難悲堂

15

文 林崇誠　圖 何經泰·林崇誠·廖偉棠

如果天主也曾關注過北京的子民，那祂一定會記得，百年前因祂而引起的這一段令人感傷的歷史。

天主教在元代已傳入中國。當時雖然也曾在北京興建教堂，但隨著元朝的覆亡，天主教的發展也隨之中斷，一直到十六世紀後，由於新航路的開闢與西方殖民政策的影響，天主教在中國的開展，才又逐漸熱絡起來。明萬曆十年（1582）義大利傳教士利瑪竇來中國傳教，並於次年在廣東肇慶建立傳教會所，天主教於是逐步深入中國，並在內地扎根。

清初，天主教在中國得到較順利的發展，神職人員像湯若望、南懷仁等，都受到朝廷相當的禮遇，甚至封為朝臣。但由於與中國政治文化的矛盾和衝突，再加上是否允許中國教民祭祖祀孔的禮儀之爭，導致了從康熙後期開始的百年禁教，使天主教在中國的發展受到極大的打擊和挫折。這種情形一直持續到道光二十二年（1842）鴉片戰爭後，清廷與英國簽訂的《南京條約》，才解開天主教在中國被禁教的束縛。此後，隨著列強對中國的政治及軍事干預，天主教在中國得到快速的成長，到十九世紀末，各國傳教士已在多數府、州、縣建立教堂，特別是在中日甲午戰爭以後，全國各式教堂已急遽增加至四千餘處，教民約有近百萬餘人。

宗教的信仰，本是一種文化的承傳，與本國的歷史及習俗有極大的相關性，但由於各國國情的不同與文化差異的影響，有時會造成令人無法彌補的遺憾和災難。1900年義和團和天主教間的衝突所引發的「庚子事變」，就是這種遺憾的具體史實。

造成八國聯軍侵華的「庚子事變」，有其特定的背景因素。在文化上，由於天主教與中國傳統文化存在著對立的矛盾；在經濟上，部分傳教士又利用在中國傳教之際，強買民田，聚財斂富，導致民怨沸騰；在政治上，有些傳教士干預中國內政與地方政治和司法權力，於是加深了教民和一般百姓間的隔閡與怨恨。在這樣的背景下，加上當時反教思想與盲目排外的心態，以至於各地教案四起，最後終導致了由義和團運動所引起的八國聯軍侵華事件。

何經泰攝影

廖偉棠攝影

在「庚子事變」中，北京包括東堂、南堂、西堂和北堂在內的多座教堂，均遭義和團民焚毀攻擊。特別是在1900年6月21日，當慈禧對各國下達「宣戰諭旨」後，清軍亦協助團民攻擊教堂和使館，而其中以攻打北堂西什庫教堂最為慘烈，團民和防守在教堂的教民，均有極大的死傷。

那是從1900年6月16日開始至8月14日為止，約一萬名的義和團團民和清軍，聯合攻打由法國天主教駐京總主教樊國梁所服務的西什庫教堂。樊國梁在中國除了宗教的活動外，並長期為法國在華侵略的利益服務，因此，在事件發生後，他從法國及義大利公使館借來部分水兵，連同當時大約三千多名的華人信徒在內，以武裝抵抗義和團的攻擊。由於他與當時權傾一時的軍機大臣榮祿關係甚篤，在榮祿的授意下，命清軍不必猛攻，並在調撥攻擊的砲彈中，混入整批的廢品，致使手持大刀長刃、奮力攻擊教堂的團民，在法、義軍隊機槍的掃射下，傷亡極重。連續數十日的圍攻，義和團始終沒有辦法攻入教堂，只是讓更多的團民和教民，在這一場誰也說不清對錯的事件中，含怨犧牲而已。

西什庫教堂解圍之後，損毀的部分於次年修繕竣工，而在「庚子事變」中遭到焚毀的南堂、西堂和東堂，也先後利用庚子賠款，重新興建完畢。站在這些歷經風雨和戰火的聖堂下，我一直有著許多的疑問，在這件意味著深深國恥的歷史事件中，其發生的背景和過程，到底是義和團團民的無知所造成的災難？或是天主教文化和中國歷史文化、政治和經濟的衝突所使然？還是清末政治腐敗，政府無能以及帝國主義勢力的侵略，使得成千上萬的義和團團民、中國天主教教民以及雙方的軍隊，淪為政治角力的犧牲品？

我想即使在百年後的今天，處於不同立場，用不同角度來回想中國這一滄桑悲愴的歷史災難，各個當時曾經參與戰事的國家，也都會有不同的評述或論點，是非和對錯，就像一盤末下完的棋，誰也找不到最後的結局。但或許天主可能會記得中國這一段感傷舊事，那麼在祂慈祥的心中，應該會有一份明確的判斷。

16

Searching Ingot in Baoguo Temple

報國寺裡訪元寶

文 林景鵬　圖 林景鵬

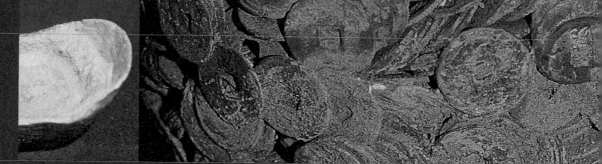

四塞河山環殿閣，諸天樓閣俯蒼瀛。
摩松似涌雲中出，觀日疑從岳頂行。

　　這是明代詩人歐大任描寫登報國寺
毗盧閣時所看到城外及市內的景色。從
詩文的筆觸，我們可以體會到，在毗盧
閣上遠望城郊，外有山河村落，內有亭
台樓閣，寺內的喬松從雲中湧出，而遠
處的太陽似在山頂盤行的優美意境。

　　今天這座遼代始建的報國寺，仍然
屹立在北京廣安門內的大街上。由於現
今城內高樓林立，再加上清末民國以來
幾經世變，這座曾因明周太后（孝肅皇
后）之弟吉祥在此出家，而賜名大慈仁
寺的廟宇，已失去當時的華麗輝煌，原
先殿前的兩棵元代峻松和名噪一時毗盧
閣內所供奉的窯變觀音，亦不復存在。

　　在北京近十年來，我留戀於古都的
歷史與文物，更醉心於古城的寺廟與建
築，隨著文化交易市場在寺內的設立，
報國寺更成為我旅居北京期間，經常造
訪憩遊的地方。

　　雖然已感受不到歐大任描寫登毗盧
閣的風景之美，但從現存三進的四合
院，與西路文化交易市場的規模與建

築，不難體會出當時報國寺院落之幽
穆、殿宇之輝煌及香火之鼎盛的盛況。
但較為可惜的是，現在的報國寺，原天
王殿、大雄寶殿和其他殿堂內所供奉的
佛像和菩薩早已蕩然無存，取而代之的
是近年來為建設文化交易市場，而在殿
內改建的世界錢幣郵票館、中國錢幣館
和中國郵票館等。在現已改為彩票、股
票和糧票館的二進堂主殿前，如今還留
有兩塊光緒年間的石碑。這兩塊在光緒
三十四年十月所設立的「重修昭忠祠記」
和「重修昭忠祠捐資銜名銀數記」石
碑，不但是寺內現存少量的歷史文物，
也記述了一段清末滄桑的歷史。

　　報國寺在清乾隆和光緒年間曾經多
次重修，清末庚子事變，八國聯軍攻陷
北京時，原在崇文門用於祭祀先烈將士
的昭忠祠，隨著聯軍的入侵亦毀於戰
火。清廷於是頒詔將昭忠祠移至報國寺
內重建，報國寺與昭忠祠於是合而為
一。這兩塊石碑就是記錄這段滄桑歷史
的最佳見證。

　　物換星移，隨著時代的演進，原來
入寺進香的善男信女已被從事文物交
流、錢幣交易的業者和收藏家所取代，

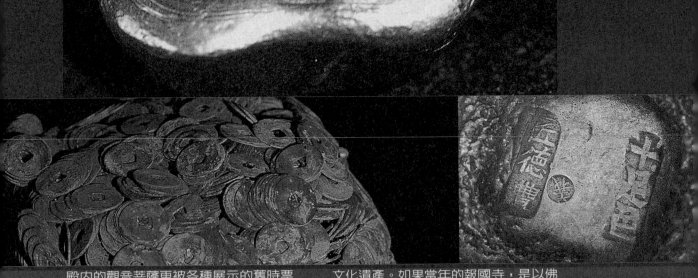

殿內的觀音菩薩更被各種展示的舊時票據契貼和錢幣郵票所取代。寺廟文化，已被轉化成以收藏品交易為主的文化市場，形成除德勝門古代錢幣交易市場、大鐘寺宜美嘉郵幣卡市場以及潘家園舊貨市場外，北京另一個極負盛名的文物與郵幣交易聚所。

明朝文學家歸有光在其〈贈大慈仁寺左方丈住持宇上人並序〉裡曾提到：

慈宮崇象教，構此絕華炫。
深嚴閟香火，危峻瞰郊甸。
鬱鬱虯松枝，低壓繞廣殿。
當年帝舅親，削髮住此院。

這一切清幽肅穆、蒼牙高椽的景況，在今天的報國寺雖已不復存在，過去香客信士到這裡來的目的，無非是想在這所氣宇非凡、莊重威嚴的廟宇及佛家諸神之中，尋求一種佛理的教化和心靈的撫慰；今天的報國寺則是讓來訪的人士在思古幽情和歷史文化的遺產上，尋求一種文化的素養及收藏的藉慰，它是從文物研藏的角度，讓來者藉著對郵幣等收藏品的熱愛，而傳延我國的歷史文化遺產。如果當年的報國寺，是以佛家的文化來達到它引領信士脫俗入佛、共歸禪界的教化，那今天的報國寺，就是以文化的交流來完成它引導文物愛好者同研共究、分享文化的歷史承傳。

在旅居北京的期間，報國寺是我生活中一個重要的寄託和支柱，特別是在研藏中國元寶漫長的歲月中，每逢星期假日一定會和三五同好在此相聚研談。我也曾從報國寺的錢幣交流會上，收藏到一些讓我愛不釋手的元寶，一個個攤位的瀏覽、一間間商店尋訪，在在都成為我在北京生活中的點點滴滴。每當我尋覓得具有研藏價值的元寶，心中那股感動和喜悅，往往讓我激動良久；然而從報國寺一路而來的滄桑，卻也讓我感受到世事變遷的遺憾和空留佛閣的悲傷，畢竟歷史在報國寺所落下的痕跡，是一段值得令人深思的歷程。

在生命的舞台上，人來人往，這和報國寺如今空留的殿宇又有何相異之處？走在寺內明成化年間敕立的大慈仁寺碑下，我有種「我老欲歸去，世事今已倦」的感傷。

看不見 The Invisible Lungfu Temple
隆福寺

17

文 黃佩玲　圖 黃佩玲

我站在隆福寺大街上，心裡想的卻是一個看不見的隆福寺。嚴格說來隆福寺並沒有消失，就在隆福大廈頂樓建有一層仿古廟宇建築，匾額上還寫著「大隆福寺」，只可惜電梯只到二樓，我詢問賣場人員能否到頂樓看看，她們說樓上是鎖著的，我根本進不去。原來這是一個此路不通，徒有外觀的虛擬廟宇。

在1976年被拆除之前，建於明朝景泰四年的隆福寺，曾經在地面上站了五百多年。它曾是朝廷的香火院，在清朝乾隆以前還是京城唯一和尚、喇嘛合駐的寺廟，善男信女香火鼎盛；在建築工藝上，隆福寺的鎮寺之寶是萬善正覺殿的藻井，據說精美絕倫，連紫禁城太和殿的藻井都略遜一籌。

還需一提的是隆福寺的廟會。從1744年開始到1950年結束，隆福寺廟會是北京最重要的廟會之一，每到廟會期間遊客如織，既可購買古玩花鳥、日用百貨，還可以吃小吃看雜耍。著名的相聲大師侯寶林、琴書家關學曾，都曾在廟會演出。除了廟會，隆福寺周邊店肆鱗次櫛比，據趙珩《老饕漫筆》所說，當時店家以書店、照相館、花店、飲食店居多。尤其書店雲集，在清朝時即號稱是琉璃廠之外北京第二條文化街。

當然這些都隨隆福寺一起消失了。但是沒有消失的是隆福寺廟會的庶民性格。現在隆福寺大街上還是有許多商店和小攤，衣物、飾品、日用百貨、飲食甚至假髮應有盡有。這裡商品一般價格廉宜，一件羽絨衣僅只索價六十，不過品質如何就不得而知了。

　　我曾拿著王玉甫《隆福漫筆》一書所附的〈三、四十年代隆福寺街店鋪形勢圖〉和今日作一比對，發現似乎只有白魁老號與蟾宮電影院留存下來。和白魁齊名的灶溫早已歇業，現在則多了餛飩侯撐場面。雖然舊的店家所剩無幾，但是隆福寺大街倒也相當與時俱進，我初次到這裡遊玩時，一眼便看到「專營精品內衣」的鋪子，櫥窗裡掛著狀如花瓣的胸衣、長著毛邊的透明薄紗，為老街增添了幾許性感。如果將新潮內衣、懸擱在半空中的「大隆福寺」與五百年莊嚴古剎的形象拼貼在一起，倒真頗有魔幻寫實的意味。

　　雖然五十多家古、舊書店都已不在，但是隆福寺大街西口的中國書店，還是愛書人流連之處。尤其一些特價書更屬物超所值，在淘淘選選中真有樂趣無數。我曾看到一套三冊的《追憶似水年華》，標價不過四十五元，我覺得字太小而順手放回，心想還可再做考慮，不料立時就被一位老先生拿走了。有了這個經驗後，當我看到《安娜·卡列尼娜》（八元）與辛克萊·路易斯的《王孫夢》（三點五元）時，可就知道該緊抓不放了。

　　作家劉心武曾經住在離隆福寺不遠的錢糧胡同。寺廟拆了之後，他心痛的說，隆福寺成了只存在書籍上的影子寺院。即使是這樣，我覺得隆福寺的影子依舊迷人，當我來到隆福廣場，我在找尋的，依然是許多人記憶中的隆福寺，一個看不見的隆福寺。

沙塵暴 Sandstorms
The Beauty of Violence in the Spring
春風激蕩的暴力美學

18

文 葉匡政　圖 劉偉聲

假如春天可以喝醉，會產生什麼景象？是不是世界開始模糊、飄搖，與此同時的冷顫開始污染人們的表情，天且昏地且暗，次序捲在了一塊，挺直的腰板不時會屈從下去，在強勁而混淆的空氣裡，想保持清醒，卻無力令世界清晰可辨。

北京每年必演的節目，沙塵天氣就像被灌醉的春天，與街頭桃花櫻花同時氾濫。

沙塵暴的到來，是冷酷的驟然降臨。它有氣味、有分量、有色彩，無孔不入，無所不在。比乍暖還寒的最難將息還難將息，令水平能見度禁錮在一到十公里的範圍內，令人們看不遠。人們皺著眉，向蒼天和自然提出質問，力氣在寒風裡消耗著。

卻有人在裡面自如運轉。他們看太陽浮塵中變得如同月亮一般清冷淡藍，看渾濁的迷霧把行人的思想行為攪得混亂，他們抬起腿，挪動身體，發覺行動開始變難。這是沒有拉上幕布的戲劇，很多人沒時間來看，來上演。有個朋友在風聲的嚎叫中來到室外，她是在2002年春天最暴力的一次沙塵暴中登場的。那場金色的塵霧令她覺得生活在舊相片裡。於是，她戴著黑色呢帽，著黑色外套，當然，墨鏡是必不可少的道具。步子邁得大而肯定，絕對不會左顧右盼。

獨行於風中，衣角攜上絲毫的悲愴，給這沉重的天地繡上輕盈的標點，冒充過往俠客。京城通體像在茶水裡浸泡過一樣，天氣抓住了人的目光，凝視著它，就會陷入一種有關末日狂歡的景象裡，無法把目光從狂亂中收回。失去秩序的時候，所有人都印象深刻，即使它是一場遮天蔽日無法躲避的災難。

如果它沒有和污染聯繫在一起，沒有寒冷的猖獗霸道，它也可以與良辰美景來一番較量，甚至……更美。然而事實是它同人類對草原和森林的破壞緊密相連，它是對自然的不珍重帶來的後遺症，抵消了人們對其美學價值的判斷。這冷酷的仙境，並不能讓眾人飄飄欲仙。在凡塵俗泥的奔忙中，人們正在喪失多視角的觀看。都市人已經疏遠了自然，當自食其果到來時，新鮮的視覺衝擊力已被殘酷的身體體驗沖散。

還有，審美是否還該劃上正義與邪惡的界限？

襲擊北京沙塵暴的三個來源：
1. 北京正西方向，來自鄂爾多斯高原的沙塵暴，沿永定河谷湧入北京。
2. 北京西北、正北方向，由內蒙古渾林格勒草原和渾克蓬春沙地，經河北境上直奔北京。
3. 北京東北方向，經科爾沁沙地、赤峰一線到達北京。

西山 北京人的後花園

The Fragrant Hill Park
The Backyard of Beijing

文 沈帆　圖 何經泰

19

西山之於北京人，就像很多酒店大堂上愛掛的那種北派山水，筆法、設色如出一家，題款也不外「層林盡染」、「燕山秋色」、「霜葉紅於二月花」，猛看時，鋪天蓋地、聲勢浩大；有好事者非要細賞，也沒有什麼不對；但轉過頭去，人就忘了。

西山就是這麼一面橫幅，掛在北京城的後牆上。

春來遍野爛漫，倒也鬧哄哄粉撲撲；濃夏中蟬噪一聲長一聲短，林子何曾見得靜過；冬天最好落雪，一落雪則百醜盡掩，則可躋身「燕京八景」；看它最為人津津樂道的秋色，紅紅黃黃綠綠，嘈嘈切切雜雜地堆個滿坑滿谷。

西山是頗對好享受又懶洋洋的京大爺、京大奶奶的脾胃的，不遠也不太近，不高也不算太低，既巧既拙，亦俗亦雅，擠不進名山譜，因它不雄渾、不險峭、不超然、不空靈，不是演繹仙俠傳奇的理想舞台。像其中的香山，一年四季有三季「遊人如織」，「如織」有

什麼好，不就是蟻垤似的遍山爬滿小人兒嗎？

西山又是很有些故事的，一些註定身上會發生故事的人來來去去，留下些故事，編造些故事，前者揉在後者裡，在土炕茅屋間，書寫曾經的浮華世家、錦衣美饌；在御園圍場上，上演些鬩牆篡位的野史鬧劇；飛虎雲梯健銳營，拷貝大小金川的碉樓，如今還剩下幾座？名宿才女悵惘的墨蹟，隨目光溫柔的小驢在山道上錚錚鈴聲的遠去而淡出。然而升斗小民依舊健步的健步、打水的打水、過生活的照樣過生活。

西山坦白、絮叨，十足煙火氣。

春日，穿香山後山小路，走幾里，古香道穿過一個夾道桃花的小村。古樸稚拙的小拱橋從光緒年佇立至今。橋下無水，大的紅色楊樹花落滿一溝。

法海寺，光線黯淡，壁畫頂部與藻井承接經年的香火，什麼帝釋天大自在天都黑黢黢的看不清，唯有鬼子母與她座前童子，色澤明麗如昔令人感動。

　　再向西，正午的沙洲闃寂無人，去年留下的發紅的衰草，一直延伸向很遠的荒地，色彩火紅濃烈。白沙灘地上，筆劃分明散落的黑色是某一次燒烤時未燃盡的枯枝，熏成了木炭，撿一塊拿來畫速寫，效果不錯。

　　沿河城，古代關隘，城裡有個古舊的戲台。人與狗閒坐城門洞下家長里短，彷彿時間無窮無盡。

　　橡子啪達、啪達地掉在頭上。

　　霧散後，秋陽下暖烘烘，把自己放倒在溪中大石頭上，突然真實體會到「枕石漱流」的詞義。昏昏欲睡時，隔著眼皮卻能感覺雲影在緩緩飄動，對話很遠，蟲鳴很近，水流卻融合了一切聲音──躺倒，世界與視角同時改變。

　　臥看過十渡峭壁上，一對鷹返巢，連呼吸都靜止時，耳邊只有山風。

　　躺在不知名小河溫暖的細沙地上，綠樹下，無數黑蜻蜓飛飛停停，鬼魅般悄無聲息。

　　永定河邊的碎石路，正走得天昏地暗，一抬頭，陡得不可思議的崖頂上，居然是座小小的敵樓。想見一個小兵，在冬夜裡搓著凍紅的手指，噴吐團團白色霧氣。

　　西山猶如那記憶中總是過去時的好日子。就像構成它秋景主要色彩的黃櫨葉，遠看紅釅釅煞是可愛，湊近瞧盡是蟲眼，但也不妨拾起來，與自己的少年時代一起夾進書冊，供多年後，翻檢舊藏時從泛黃的紙頁間滑落，茫然地愣怔一回那醇紅色的不變。

　　土生的北京人，計算不出一輩子究竟爬過西山多少次。踏青是它，登高也是它，香山、八大處、櫻桃溝、碧雲寺……，一年年的，這幾個爛熟的名字漸漸模糊起來，它在人的想像中和現實中都已生不出什麼驚喜，一切了然於胸。

　　但一而再再而三地登上那一脈荒禿的山頂，極力伸長脖子東望的人們，彷彿要證明什麼似的，每每望見平原上，那座自己生長於斯、或許還將終老於斯的灰濛濛城市，便鬆一口氣。

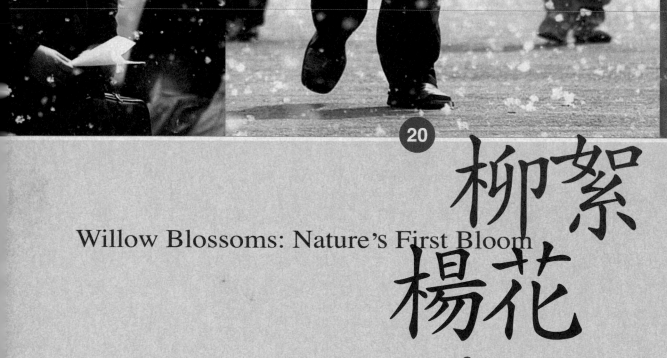

20

柳絮楊花

Willow Blossoms: Nature's First Bloom

文 沈帆
圖 左榮（北京娛樂信報圖庫提供）

　　無法統計古往今來中國的文人騷客為柳絮做了多少首詩，那東西輕如綿，白如雪，風薰日好，背景一片新綠時，漫天盈盈飛揚，想叫人不拿來當詩的題材都難！有說春雲白，有道離人淚，感傷多，歡快少。東坡先生一句「枝上柳綿吹又少，天涯何處無芳草」唱得寵妾朝雲淚沾衣襟。點點暮春殘絮，讓一位心思巧致的女子掬一捧同情之淚，怎知九百年後，惱人倒比愁人多。三四月裡，北京城內飛絮如降雪，先是超高密度在空中浮游，連成片，簇成團，浩浩蕩蕩沿馬路滾將過去，那份喜劇效果把好不容易攢出點的傷春情緒都慇了回去。這位喉嚨發癢，咳嗽一聲，不是要做詩，是支氣管炎犯了；那位煞車四顧，也不是坐愛柳林之晚，換熱器被柳綿堵了，水箱要開鍋；路上行人更是時時抓耳撓腮，好似季節性返祖。

　　據說造成柳絮氾濫的原因是雌雄樹的比例失衡，於是北京人又忙於砍樹。橘逾淮為枳，柳過剩而成災，樹本無辜，其實毛病都在人身上。一位環境學者認為，北京柳絮成災是因為缺乏生物多樣性觀念，統一植樹造成樹種單一，解決之道應是更多的種樹而非盲目換樹種。樹是這樣，人也一樣，缺乏變化的品種就成了病。古人曾以為柳絮落水而化萍，飛著還是漂著，總歸是飄零無依，這是一個不科學但很美麗的念頭；但今天的人一面笑著古人，一面卻在既不科學也不美麗地砍著樹。

Beijing Specialty of Fruits and Vegetables
瓜果蔬菜

文 沈帆　圖 何經泰・廖偉棠・鞠保華

21

桃

　　北京桃好。冬天在西郊，天是藍的土是黃的，天地間遠遠紅釅釅的一片，走近了一看，是桃園，枝條上像纏了圈密密的紅銅絲。天一日比一日長，風一日比一日軟，忽地一夜間就開得熱鬧非常，蜂蝶攘攘。不幾天，花落了，又不幾天，桃兒上市了。先是青桃，脆而硬，生生考驗人的牙齒，然後越來越紅，越來越甜，如此伴隨一夏。當年學校邊有個小果園，與三兩同學相攜，逾牆而入，偷一把小毛桃後速速逃竄，找個僻靜無人處分享贓物，酸澀難吃之極，至今難忘。

西瓜

　　早些年，夏天到來的標誌物是西瓜，一車一車瓜進城來了，大人買瓜，小孩逗拉車的馬和騾子，看牠們用大牙喀嚓喀嚓啃瓜皮。老北京有把瓜用網兜垂到井水裡鎮的，我只見過運河漂著圓咕隆咚幾個，白的是那游泳的胖叔叔的肚皮，綠的是西瓜。熟到剛剛好時，刀還沒下，喀咧一聲瓜皮已自己迸開，生甜水分的滋味撲面。「紅州吃到白州，白州吃到青州，青州吃到通州。」這是看小孩子吃瓜吃得是不是徹底，有沒有浪費。誰能吃到通州呢？又不是馬。

心裡美

　　冬夜寒冷，胡同裡人少活動，路燈昏黃，一個小販遠遠地唱過來：「買羊頭肉唻──」鹽水羊頭肉片成片，拿來下酒；「硬麵餑餑！」一種烤製的小麵餅，淡而無味，哄饞嘴孩子罷了；還有：「哎蘿蔔哎──賽過梨哎──」小院兒人家，木門吱呀打開半扇，叫住了買一個。小販一手捧定蘿蔔根兒，先一刀劈了纓子，繞四周豎片七八下，薄薄的青皮散而不落，花托似的托定蘿蔔心，再在蘿蔔心上橫橫豎豎切十字刀，便成水沁沁紅通通的蘿蔔條，掰而食

之，水分飽滿，微辣而爽口，生吃暢快淋漓。這是水蘿蔔，又叫心裡美，秋收冬藏。北方冬天攏火，屋裡乾燥，吃蘿蔔清火，舊時也常被抽鴉片、打麻將的人當作宵夜。

白菜

深秋第一場霜前後，白菜下來了。在物資匱乏、暖房菜蔬為奢侈品的那個年代，大白菜是北京冬天的看家菜，這一看就看了好幾百年。我父親上大學時，收白菜屬重大活動，院校裡會出一批學生跟卡車到地裡去幫著砍白菜，他們用鋤頭把白菜從地下挖起來，高高地碼到車上拉進城裡，幾百斤上千斤的賣給普通人家。成批買時是三、四分錢一斤，但要是自己家不儲存，到冬天必須去副食店買，就要貴到八分錢一斤。貯藏也是重要過程，北京很多大的機關單位也許還存有菜窖遺址，半地下，蓋草簾，帶通風孔，地上部分蓋一層厚厚的黃土。一吃一冬，當中還要「倒」菜，像對待特護病人一樣，給白菜翻翻身，挪動挪動位置，以免爛掉。到後來白菜越抽越小，春天的菜下來之前就已變得很難吃。困難時期連白菜必須憑本供應，過後有幾年白菜大豐收，運不出去，國家動員市民多買白菜幫助農民，叫做「愛國菜」。白菜在北京無非那幾種吃法，剁餡、做酸菜、熬呀燉啦。實話說我小時候是仇恨白菜的，不是討厭吃，而是討厭大白菜下來時，滿城爛菜葉的酸腐味道，一家老少為了買幾棵菜不得不在冬夜裡去排隊，用小拖車、三輪車和兒童車把那堆排隊買來的酸腐分散到各家，我覺得那時整座北京城都像一棵大爛白菜，一個大垃圾堆。但是許多年後，某個冬天傍晚，我在一條陌生的胡同裡走，聞到了飄來誰家蝦米皮熬白菜的味道，突然明白，那是我一生想忘也忘不了的，北京的味道。

夾縫中求生存的北京動物

22

文 沈帆　圖 何經泰・廖偉棠

八百年的皇家氛圍果然不是白白積攢的，如此深厚綿長的氣韻薰陶下，連北京的動物都像極了北京的人，氣度從容，彬彬有禮，恭敬裡又帶著股半真半假的譏誚。那副德行彷彿只恨不能開口，不然一張口也會蹦出個「您」字來。這裡講的，是幾種頗具代表意義、與老城渾然一體且又長相廝守的動物。

烏鴉

每到傍晚，暮色昏昏之時，大群的烏鴉從西邊飛來，停落在紫禁城紅牆外的白楊樹上，紅色白色黑色，高高低低，帶著君臨天下的神氣斜睨街市的車水馬龍。

據說，當午門外作為法場存在的時候（對，戲裡的皇帝龍顏大怒時總是要把某人推出午門斬首的），牠們的祖宗便曉得天天從西郊飛來享用一頓晚宴。天長日久，朝代更迭，午門外再無大餐可饗，但是烏鴉們的後代子孫卻把每到傍晚就進城的習慣傳承下來了。

其實按正確的說法，菜市口才是正牌的法場所在地，烏鴉們每日巡行的目的地應該是南城。但那些烏鴉確然已成為一道風景，剪影般裝飾著長安街的落日餘暉。

鴿子

鴿群在頭頂飛翔，灰瓦綠樹，藍天白雲，嗡嗡的鳴響聲時遠時近，寂寥悠遠，捎帶聽著的人心也跟著時遠時近。抬眼望天，恍惚中竟感到被時間拋離。

鴿子是頑強地與那個老北京保持著最後聯絡的信物。赫達・莫理遜為她三○年代的攝影所寫的筆記中，把鴿哨形容成一種「憂傷的吟唱」。

只要養鴿人還站在屋瓦上揮動拴著布條的竹竿，天空還有鴿哨的的聲音在縈縈迴盪，你就可以假裝相信，自己身在的還是那一個北京。

蟈蟈

夏天，農民伯伯來了，載著一自行車拳頭大的小籠子，在蟈蟈們嘈雜的重唱中，小孩子環繞周圍，滿眼好奇以及

充滿期待。終於拗不過的大人搖頭,無奈地笑著買了一個,準備被足足吵上一個夏天。一串青葡萄,幾個乾葫蘆,甜睡午覺的小孩子,蟈蟈抱著黃瓜花,像極了豐子愷的畫。

燕子

有城樓處必有燕子。年復一年,成千上萬隻燕子在正陽門寬大的房檐下做窩,夏夜裡的盤旋飛舞的場面可稱十分壯觀。牠們靈巧地穿梭於陰涼的城門洞間,呢喃聲帶著回響叩打在納涼人耳邊。

八哥

中午寂靜無人,隨便找個院落走進去,你以為只有你一個,突然就有個扁嗓子跟你搭腔:「吃了麼?」

貓

不能想像有胡同而沒有貓。在花蔭下慵懶地漫步的,在紅漆斑駁的窗櫺後好奇地向外張望的,在冬夜溫暖的火爐邊打著呼嚕的,還有雪靈的早晨那一串乾乾淨淨的梅花腳跡,從從容容地,就成了寫意小品的主題。

曾經租住過一個冬天的小院,發現住家的房頂是夜貓子聚會的必經之路,每每感受到輕盈的腳爪踏在瓦片上的振動,在夜闌人靜時常有嬰啼般的悚人嗷叫,三更半夜屋頂上發生一場廝鬥,敗方連滾帶爬逃竄時連帶著誰家瓦罐乒砰作響,鄰居半醒中囈語般的斥罵,至今還在日日上演。

不能想像北京沒有四合院,不能想像四合院裡沒有貓。即使在故宮,你也會常看到某隻白貓堅定泰然地走在牠的固定路線上,偶爾牠也會居高臨下看你一眼,然後繼續很昂然地揚長而去。沒錯,故宮對牠而言,也不過就是個大點的院子罷了。

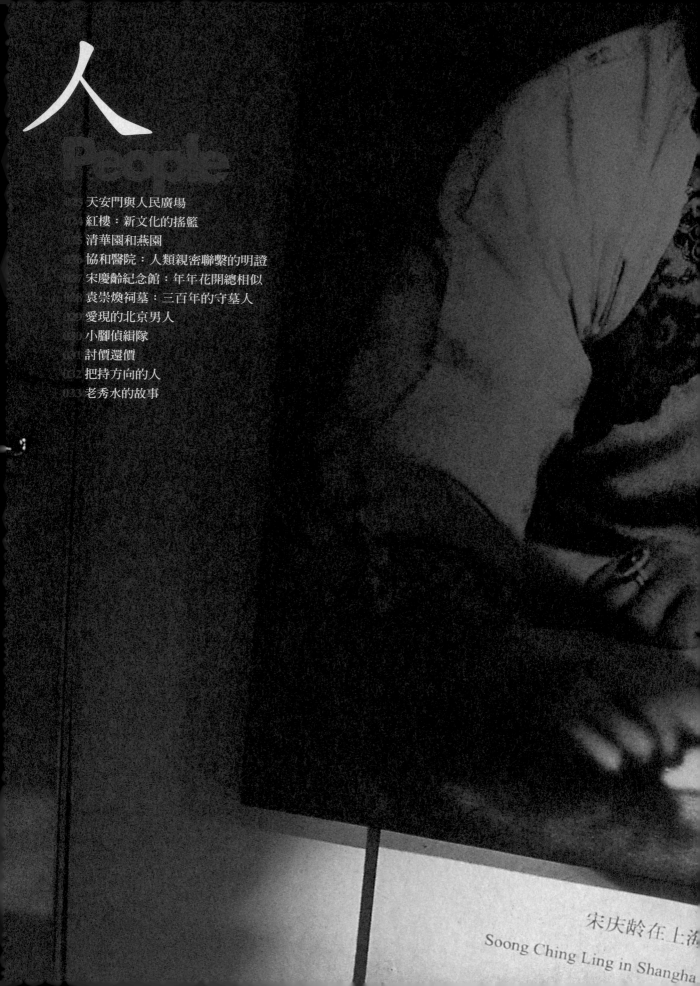

人
People

宋庆龄在上海
Soong Ching Ling in Shangha

小中山工作

23

文陳政　圖陳小芃・何經泰

天安門與人民廣場
Tiananmen and the People's Square

陳小芃攝影

數不清的中國家庭的相冊裡，都擺放著不同成員不同時期不同季節與這個建築群落的合影，人們與國家的血脈相連，在這裡作了最近距離的溝通。

　　平安恐怕是人們祈禱次數最多的内容吧。還有什麼比一個主張「和為貴」、「和氣生財」的國家更愛長治久安的呢。北京這座擁有千秋氣息的歷史名城，甚至把貫穿東西的中心大道命名為長安街。當然它還有平安大道輔佐。而它與長約十三里的中軸線的交會點，就是京城最著名的建築──天安門城樓的所在地。

　　這是我們每個人小時候在圖畫本上描繪過無數次的建築。也是「中華人民共和國成立了」的偉大聲音的始發點。如果讓人們投票選出最能代表中國的建築物，天安門極有可能奪得榜首。這個外觀造型極為簡潔，細節裝飾又極為繁複，名字氣貫天上人間的城樓，是那樣莊嚴、矜持、輝煌和引人注目，其光彩好像永遠也不會被不斷興起的新建築奪走，歷久不衰。

　　實在不能想像沒有它的北京是什麼樣子，像一座沒有靈魂的城市，萬千民眾的精神和意志將無處寄託。每天每天，來自全國乃至全世界不同地方的人群在這裡匯合，人們仰望著它，在它飄動的五星紅旗下流動。層出不窮的人流成了它永恆的背景。這座始建於明永樂十五年（公元1417年）的城樓，曾經是明代皇城的正門，叫「承天門」，有承天啓運之意。當時只是五座木牌坊，後

來改建為九開間門樓。兩百多年後（公元1651年）清世祖福臨曾經重建過它。人們現在看到的樣子，是建國後人民政府重建了城樓的木建築、加厚城牆後的結果。1911年以前，這兒是禁地，除皇親貴族，無人可過往，那時它最大的用途是皇帝登基或冊立皇后等國家級大慶典時在此舉行的「頒詔」儀式。如今只要有機會，你隨時可以登上這座非凡的城樓，在這個最能喚起愛國熱情的地方把目光投射出去：毛主席紀念堂和正陽門城樓聳立於南部，在人民大會堂、中國博物館、中國歷史博物館東西呼應的中央，是當今世上最大的城中廣場──天安門廣場，這個南北長八百八十米，東西寬五百米，面積達四十四萬平方米的地方，可容納一百萬人舉行盛大集會。一百萬人呵，相當於一座中型城市人口的數量。廣場中央，是人民英雄紀念碑。泱泱大國，自然有其氣魄和度量來鑄造其宏大之處。站在那裡，會不由自主被人類的智慧征服──讓各種具政治功能的建築，圍合起來的公共空間，把民眾的身心都納入了其中。而這個圍合的形式，像極了傳統建築四合院的形式，只是讓它更有氣勢，更具精神意義。它的偉大之處還在於用現代建築把古代建築聯繫在一起，在不破壞其原有風範的前提下賦予其新意。人們在這裡

人民大团结万岁

何經泰攝影

何經泰攝影

了解這個國家的重大史實，瞻仰偉人的面容，觀隨日升而升、隨日落而落的升降旗儀式，舉行重大的活動。

數不清的中國家庭的相冊裡，都擺放著不同成員不同時期不同季節與這個建築群落的合影，人們與國家的血脈相連，在這裡作了最近距離的溝通。那些頂風冒雪或者風清雲淡的清晨中，被肅穆的升旗儀式感染了的人們，珍藏下了有關個人和國家的珍貴記憶。那些不太寒冷的時日，這裡還是不成文的風箏競技場：風格各異、大小不一的風箏在這裡同時升空，不管放飛的是剛從小販手裡接過來的最普通的蝴蝶風箏，還是自製的需好些人同時操作的巨型奇形怪狀的風箏，都有它的一席之地。不同膚色不同年齡扛著不同相機的人們會在相同或不同的時間匯聚在這裡，捕捉他們各自心裡的那一刻感人瞬間。

人們來到這裡不是由於奔波，而是為了感受、體驗、參與和融合。我們的生活儘管不同，卻都是運行在國家命運裡的流動細胞和微量元素，即使微塵一樣的人物，也因為有了國家這樣的容器，思想有了依託。十三億人，傑出的歷史、文化遺產，無數藏龍臥虎之地，讓流連在這個巨大空曠場所卻不會寂寞的人心潮澎湃，讓國家與個人的意義，交織在一起。

紅樓 Red Mansion
The Cradle of the New Culture
新文化的搖籃

24

文 李海鵬　圖 阿紀攝

　　如果需要向那些外地來的計程車司機提供具體位置，你可以告訴他你要去的那棟樓在五四大街二十九號。實際上，當汽車拐到故宮的東北角、被稱作沙灘的地方時，你差不多會「自動」地發現哪個是它。在古典和現代建築混合而成的大片街區中，只有這一棟地上四層、地下一層的「工」字形長條建築閃爍出西洋式的磚紅色。它矗立在北京很少的以歷史事件命名的街道上，會在第一瞬間把你帶回歷史事件。

　　在它大門右側的牆壁上鑲嵌著一塊大理石。上面刻寫著由「北京市學生聯合會」和「北京大學學生會」題署的說明：「紅樓是北京大學舊址的一部分，是五四運動的重要活動地點之一。李大

釗、毛澤東同志曾在這裡工作過。」

　　李大釗是1918年底來到這棟樓的。當時它是北大校址，而他則是前來北大任圖書館主任。曾是北京共產主義小組創建時十四名成員之一的張申府回憶道：「1918年夏，沙灘的紅樓建成，圖書館也搬了進去，佔了紅樓的第一層樓。李大釗的主任室就設在紅樓東南角上的兩間房子裡。」他的房號是119。

　　不到一年前發生在俄國的十月革命正在北京知識界產生影響，而紅樓119辦公室的主人做出了最快的反應。1918年11月，他發表〈庶民的勝利〉，次年5月，又為《新青年》主編了《馬克思主義研究專號》。在這間辦公室裡，李大釗主持成立了北方第一個共產主義小組

——北京共產主義小組，他還在這裡召集過少年中國學會的會員開會，北大紅樓成為北京早期馬克思主義者活動的重要場所。

張申府回憶道：「在李大釗的領導下，圖書館成了北大校內一個研究、傳播馬克思主義的中心，許多激進的學生經常到圖書館和大釗討論各種新的思潮，聽他介紹新的思想。大家也常常在此聚會，探討中國的出路，尋求救國拯民的方法。」

1918年8月，與李維漢等二十四人為了組織湖南青年赴法國勤工儉學而來北京的毛澤東第一次走進紅樓，他留了下來，經人介紹結識了李大釗，並在圖書館當上了一名助理員。

很難說是那些創造時代的人促使紅樓成為非凡的建築，還是紅樓的文化中心的地位塑造了他們。魯迅、胡適等人當年都曾在其能容納約六十人的大教室裡講過課。中國最衝動、最聰明和最有野念的青年們像被恆星之光吸引一般聚攏進來，他們崇拜他們的教授，對西方有著複雜難解的愛恨，對其文化卻有著最徹底的服膺。這種服膺演化為紅樓最偉大的製品，也就是新文化運動和五四運動。

1918年的紅樓是北京最時髦的建築，它的思想也是如此時髦，以至於即使放在今天依然足夠激進，儘管在八十多年後的北京大雪中看過去，那紅色有點舊了。

清華園和燕園

The Tsinghua Gardens and the Yan Gardens

文 龔書鐸　圖 廖彬宇

海淀區最有名的兩所學校，也是共產主義中國最有名的兩所學校清華與北大只有一路之隔。今天的北大校園與清華校園、圓明園遺址公園形成鼎峙之勢，佔據了海淀地圖上好大的一塊面積。清華校園的主體部分清華園曾是皇家園林，是咸豐皇帝未登基前的私人花園；北大校園的主體燕園則是乾隆時的重臣和珅的花園。清華與北大校園裡往來的都已非當年的烏衣子弟，只有圓明園還用它的斷壁頹垣訴說著歷史的滄桑。

在國立清華大學時期，清華校園的主體是由前清皇家園林清華園和近春園組成。清華園景點包括現為清華黨委、校長辦公室所在地的工字廳和其周邊的一些景致。其中最有名的當屬工字廳後的「水木清華」。謝渾詩云：「景昃鳴禽集，水木湛清華」，此即「水木清華」得名的由來，「水木清華」區正門所懸匾額筆致清逸，據說是康熙帝所書。

工字廳正門的「清華園」三字是咸豐皇帝的親筆，園名「清華」，蓋出自《聖教序》：「松風水月未足比其清華，仙露明珠詎能方其朗潤。」它與現為北大老教授公寓區的朗潤園當建於同一時期。近春園原址在今荷塘的荒島，原來也是咸豐皇帝的私人產業，英法聯軍燒了圓明園的時候，也順帶著把近春園給燒了。這裡後來因朱自清先生的名文〈荷塘月色〉而聞名於世。

在上世紀三四〇年代的時候，清華農學院學術力量很強，當時政府有意把圓明園劃歸清華農學院，後來因故未能實行。不過清華校內現有許多斷柱殘碑都是由圓明園搬過來的。清華依託這樣一個環境，照說應該相當守舊才對，然而並不，清華的前身是留美預備學校，它始終是中國最具有英美自由主義教育風格的學校。它的早期建築如大禮堂、圖書館、清華學堂、體育館都是美國大學的建築風格，這些西洋風格的建築與中式的皇家建築融會無間，正體現了清華先進而不趨時，沉穩而不保守的學校精神。在清華二教旁邊的小樹林裡有海寧王靜安先生紀念碑，這塊碑由陳寅恪

撰寫碑文，提出了「獨立之精神，自由之思想」的著名口號，它本身就是文化保守主義與自由主義最好的寧馨兒，就是清華精神最集中的體現。

在1952年以前，清華人從來不曾瞧得起北大人。他們覺得北大人只會搞學生運動，不肯用功學習。朱自清回憶他在上北大的時候曾參加一次英語演講比賽，最後是清華的學生拿了冠軍，當時他就覺得清華人一個個都高傲得很。當時的清華人可能只看得起燕京大學的。1952年以前的北大校園是在沙灘今國家文物局所在的紅樓校區，後來又有漢園等附近的幾個園子。今天北大的校園是原燕京大學校園。燕大是教會學校，對學生的綜合素質要求特別高，清華和燕大是同一種教育體制下的產物，因此燕大和清華的學生互相不服氣，經常幹仗。現在燕園的南北閣，據說就是司徒雷登和他的女兒居住的地方。而今天幾乎成為北大象徵的末名湖和博雅塔，原來也都是燕大的產業，所以北大人在湖邊塔下很難生發思古之幽情，只好讓來自五湖四海的流浪者去糟踐了。

1952年院系調整讓北大遷到燕園，應該說是一件意味深長的行動。首先，作為帝國主義文化侵略象徵的燕京大學從此消失了，中國人終於開始自力更生地搞教育。其次，燕園原是和珅的花園，那麼，在新社會裡，北大就要學會像和珅那樣聽話。

院系調整以後的清華大學變成了一所純工科的院校。毛澤東說過，我看大學還是要辦的，但是首先是理工科的大學。因此他欣然命筆，為清華大學題寫了校名，對於那個讓他每個月拿八塊大洋的北大，他的心情是矛盾的，聽說在為北大題寫校名的時候他很費了一番躊躇。不過北大畢竟沒有虧待他，現在由鄧小平題字的北京大學圖書館裡還擺放著他的半身像。以一臨時工而能擁有半身塑像，與那些國際知名的大學者平起平坐，他也算得是古今第一人了。

協和醫院
人類親密聯繫的明證

26

The Union Hospital
Testimony to Good Relations among Peoples

文/李海鵬　圖/許磊峰

對於二十世紀初期為中國服務和促進中國發展的中美人士來說,坐落在今天的東城區王府井帥府園一號的北京協和醫院是他們長期以來緊密聯繫的明證。在它的令人激動的故事中,一些歷史上的風雲人物扮演的角色至關重要。其中最重要的人物是石油巨頭約翰·D·洛克菲勒,正是這位富商慷慨解囊提供了一筆數額不菲的資金,並親自趕赴中國主持了北京協和醫學院的開辦儀式。另外一位重要人士是胡適,他作為首批中方董事之一參與了慶典。

這個故事中其他引人入勝的部分,包括進行了一項導致「北京人」出土的最初發掘工作,協和醫院因此成為「北京人」頭蓋骨在第二次世界大戰中失蹤前最後的存放場所。

從1915年開始,協和醫院作為醫學院核心部分之一,始終有著顯赫的聲名。在醫學院建立的頭三十年中,洛克菲勒基金會投入了數千萬美元,使其教學和醫療均能符合當時世界的「最高的實用標準」。1919年9月,第一批女生真正地踏入了預科學校,並於1921年進入了中國協和醫學院,從而使它成了中國第一所男女合校的醫學院。1920年,該醫學院的護校開學,雖然只有三名學生,但他們卻是中國最初一批護士。

在此後的數十年中,北京協和醫院一直是中國最好和最值得信賴的醫院,即使在日本佔領期間,由於卓越的聲望,它也依然保持了正常的秩序和效率。

協和醫院歷史的轉捩點出現在1950

年11月，在那個月中國參加了朝鮮戰爭。當時在美國的四名美國職員取消了預訂的返回北京的船票，後來又只好辭去了他們在北京協和醫學院的職務。12月，美國財政部正式凍結了所有與中國的金融業務以及與中國有關的銀行帳戶。儘管成功的希望十分渺茫，基金會馬上尋找給北京協和醫學院匯款特別許可證的途徑，直到第二年1月才克服了第一道障礙，可以使基金部分解凍。但在1月23日早上，一位在北京的中國醫學博士的簡短回電被送交基金會：

「1951年1月來函回覆：1月20日本院收歸國有。」

這是基金會收到來自協和醫院的最後的直接通話。中美雙方就協和醫院進行的漫長和富有成果的合作歲月，到此突然畫上了句號。對於協和醫院來說，一個新的時代開始了。

多年後，洛克菲勒基金會的一位成員寫道，北京協和醫院的故事使人回想起「一個崇高事業中的光榮成就。它是激動人心的故事——人與命運搏鬥，失敗摧不毀的理想。」

事實上，這個理想確實未被摧毀，如果當年的創建者能夠歸來，他們會看到他們沒有失敗。今天，北京協和醫院仍是亞洲一流醫療中心之一，它目前的醫務人員仍在提供高質量的衛生保健和世界水平的醫學教育，這正是將近一個世紀前這所醫學院的創建者所希望的。

趙寶成攝影

宋慶齡紀念館
年年花開總相似

文 徐淑卿　圖 趙寶成·何經泰

The Memorial Hall of Madam Song Qingling

宋慶齡臥室外的老式掛鐘永遠停留在晚上八點十八分，那是她去世的時間，從這一刻以後她和這棟居住了十八年的屋宇凝固成永恆。

每次到她生前居住的小樓，有兩個地方總讓我徘徊不去。一個是植有兩株西府海棠的院落，西府海棠是醇親王府時代的遺物，直到如今仍然「春花繁榮秋實累累」，宋慶齡經常將過了天時的海棠果製成果醬。

另一個地方則是她生前辦公、睡眠的房間。房間裡滿滿放著辦公的書桌、梳妝台、穿衣鏡、衣櫃、施特勞斯鋼琴、可以休息喝茶的小圓桌與沙發，還有一張毫不起眼的睡床，1981年5月29日，她就在這張床上離開人間。床邊小桌的玻璃墊下是一張照片，那是孫中山為泉州培元中學所題的「共進大同」四字，據說宋慶齡不論居住何地都必定攜帶這張照片。房裡的家具簡約舒適而又一應俱全，可以想見宋慶齡晚年多麼希望將生活濃縮在這一方斗室中。

每次到了這個不准拍照不准入內的房間，我看著裡頭的鏡子，總疑心恍惚間會瞥見宋慶齡的身影一閃而逝。

宋慶齡故居原本是醇親王府的花園一角，當年劉少奇特別安排在這裡蓋棟小樓讓宋慶齡居住，從1963年開始，宋慶齡在這裡度過生命最後的時光。

最早這裡是清朝康熙年間大學士納蘭明珠的淥水院，納蘭明珠的兒子納蘭性德曾在詩中歌詠過的明開夜合花，如今依然隨風招展。園中還有一棵王府時期留下的古槐，因為狀似飛鳳回首，宋慶齡特別命名為「鳳凰國槐」。

從清朝初葉，這裡一直是王公府第，如今貴族的年代已經過去，曾經深似海的侯門，也開放為平民參觀遊覽之所，「人生代代無窮已，江月年年只相似。」唯一永存的似乎只有西府海棠、老槐與明開夜合，靜靜的在時間中展露著它們的姿妍。

袁崇煥祠墓

三百年的守墓人

The Mausoleum of General Yuan Conghua
and His Loyal Tomb Guards for Three Centuries

文　圓　圖　圓

28

深秋裡即使陽光明亮，風吹來也有種徹骨的寒意。袁崇煥祠墓坐落在廣渠門邊上的東花市斜街五十二號，據說整修後的祠墓還得等一個月才開放，如今看來外觀煥然一新，只是大門深鎖，我想今天肯定要撲空了。

一位大娘在旁邊縫布，她說：「敲敲門吧，也許有人開門。」門很厚重，拍門時只有幾陣悶響，不見人跡。我又拍了拍門，一位先生出現了，他說：「現在還沒開放，很多東西都沒有放進來，就算妳現在進去了，什麼也看不見。」我說我從外地來，只要隨便看看就好，他遲疑了一會把門打開了：「外地到這裡不容易，進來吧。」

進門後走過空地就是袁崇煥祠，果然空空如也，但是左邊牆上有袁崇煥手書的「聽雨」二字，以及康有為撰寫的〈明袁督師廟記〉，據說以後這裡會陳列袁崇煥的畫像。祠堂後面但見兩個隆起的圓墓，袁崇煥墓位於正中，前面有一個石碑上書「有明袁大將軍墓」，左邊

較小的圓墓據說埋葬著冒死盜取袁崇煥頭顱的佘姓義士，也就是為袁崇煥守墓三百七十二年的佘姓家族的先人。

袁崇煥之死可說是千古奇冤。十七世紀初，還在山海關外的努爾哈赤率領八旗軍隊連破明軍，只待攻下袁崇煥固守的寧遠城就可直驅北京，但努爾哈赤卻在這裡初嘗敗績，而後鬱鬱以終。第二年努爾哈赤之子皇太極又攻寧遠、錦州，仍然失利，於是皇太極特意避開袁崇煥守衛的遼東，繞道從西邊直逼北京。這一年是1629年，袁崇煥聽到皇太極將攻北京城的消息，千里馳援趕赴北京，他在廣渠門外擋住了清軍，但是明朝崇禎皇帝卻誤中皇太極的反間計，以通敵之罪將袁崇煥下獄。

1630年中秋節後一天，力扛明朝半壁江山的袁崇煥在北京西市被處以凌遲極刑，當時北京城民都相信袁崇煥叛國的傳聞，因此劊子手每削下袁崇煥一片皮肉，百姓都爭相購食以洩怨恨，未幾「皮骨已盡，心肺之間，叫聲不絕，半

日而止」。

袁崇煥心肺間嚎叫停止的一刻，恐怕連天地都無言以對，人世間的冤屈莫此為甚。

到了夜裡，袁崇煥的頭顱在刑場，與中秋剛過的明月兩相對望。他的佘姓部下趁夜盜取了頭顱，就埋在現在東花市斜街五十二號院內，還交代子孫，不必再回嶺南原籍了，世世代代就在這裡陪伴袁將軍的一縷忠魂吧。從1630年至今，佘家已經守了三百七十二年的墓，歷經了十七代，現在的守墓人是六十多歲的佘幼芝老太太（見左圖）。

從清朝乾隆年間以後，袁崇煥的冤屈就已大白於天下，袁祠墓也成為廣東義園，安葬著袁崇煥未能返鄉安葬的廣東同鄉。在三百年的悠悠歲月中，人世間經歷了許多變化，唯一不變的是佘家子孫，一代一代像春泥護花般守衛著袁崇煥墓。在文化大革命期間，袁崇煥祠墓受到很大的破壞，不但石碑被推倒，因為傳說袁崇煥的頭顱是黃金打造的，

袁墓還被刨開來，結果挖了一丈多深，沒有找到黃金頭，也沒有人敢看到底有無屍骨，最後院裡還搬進十幾戶居民，袁崇煥祠墓成了大雜院。

從1978年以來，這一代的守墓人佘幼芝到處陳情，希望能重修袁祠墓。許多人將辛苦奔走的佘幼芝稱為「佘瘋子」，她卻將所有的委屈化成兩句話：「苦守靈園三百載，誰知我氏心中情。」1992年，政府在原址重建了袁崇煥墓，到了2002年初，北京市政府又決定重修袁崇煥祠，但是沒有想到，這次重修袁祠居然要佘幼芝和其他居民一起遷出，佘幼芝幾十年恢復袁祠墓的願望，反而中斷了佘家三百七十二年的守墓史。

其實細想守墓的緣起，正是因為袁崇煥不見容於當時，因此要由佘家暗地裡護守忠靈，一旦袁崇煥冤屈昭雪，自然成為國家褒揚的民族英雄，又何須私人守墓呢？只是可惜了當時佘家先祖夜盜頭顱的大義大勇，可惜了這三百七十二年來日夜陪伴袁崇煥的一片癡心。

29

愛現的北京男人

The Vain Beijing Men

文 綠妖 繪 夏吧

北京是一個有很多缺點的城市。但我就喜歡它的缺點。

北京於我，有種複雜的愛恨交織。它有點痞，流氣，但大方，寬厚，肝膽相照心胸寬廣。如同好男人是相似的，不好的男人各有各的不好一樣，很多女人在北京的感情生活，愛上的多是不好的男人，他們是這城市的縮影。我喜歡這種男人和城市。

每次到外地，快要回程時，真的不由自主地興奮，根本不管這段旅途有多新鮮刺激好玩，只想快點到機場，飛機快點開，等一落地在首都機場，就覺得很幸福。有時坐晚班機，開上機場高速，看見墜在面前大大的滿月，有一種疾馳在美國公路上的感覺，我是想說那種痛快。

北京男人，首先，能說。當然好多地方的男人都能說，但能說得像北京男人這麼有意思的，極少。與他城男青年在一起，真有如坐針氈的感覺，但北京男人基本上不會讓場面難看，有他們

在，你只要聽就可以了，他們都有相聲底子，說學逗唱完全不懂得怯場，用北京話說，全都能給「吆喝」起來。

北京話管能說笑叫「貧」，我也不知道這是什麼來歷，是不是越底層的人民越有樂天知命的精氣神兒？他們不興「玩深沉」這一套，跟陌生姑娘見面，總是用貧嘴來吸引對方注意，時間一長，就算長得不濟，可表情生動活潑，也討人喜歡。

這種耍嘴皮子的功夫，打上一輩傳下來的。有一次我看北京台的招牌節目《螢屏連著我和你》，談「喝酒」，請來一位南城的老爺子當嘉賓。這老頭兒太逗了，估計就是「高」著來的，一張嘴逗笑一片。說什麼人才叫「酒膩子」？天天吃飯時候喝酒？那算不得什麼。這老頭，據說平時沒什麼下酒菜的時候，就嗄一根釘子喝一口「二鍋頭」——沒聽說過吧？就愛到這份兒上。主持人也有點犯傻，問：「大爺，您每天喝酒，那是出於什麼理由呢？」老頭醉眼昏花

還特別倔地混蛋地說：「理由？理由太多了。天兒好，喝一杯；颱風，得喝一杯；下雨，喝一杯；打雷？那更得喝一杯。」什麼理由？什麼理由都沒有，就因為活著呢。

風行神州大地的「段子」，就是打北京來的。北京人能講「段子」，葷的素的全能招呼。你也別小看了這玩藝，這裡面都是智慧，是有聰明才智的人才想得出來的。有一陣兒，短資訊還沒興起的時候，我一到外地，那些外地朋友就滿眼渴望地說：「哎有什麼新段子說說說。」一副嗷嗷待哺的樣子。

因為嘴皮子太利索的緣故，好多北京男人被人看成是「光說不練」的廢物。北京的貧富差距很大，那些南城或者胡同、四合院裡長大的男人，本身條件不夠好，但因為在皇城根上長大，肯定見過的聽過的比別處多，第一手新聞神神祕祕抖落出去，別人張口結舌頗為佩服的樣子讓他們很受用。有一陣兒都煩北京的出租司機，據說就是因為他們

知道政府裡的事，誰誰誰提升了誰誰誰失勢了，你以為他真知道啊？他們不過是嘴快，又仗著是北京人，別人自然會信三分。

但北京男人對女人還是好的。愛吹，也從某種側面表現了他們的大男人主義。大男人主義也沒什麼不好，最起碼，如果讓女人跟著他吃苦，他那大男人主義會受不了，他再辛苦，或者說，他的辛苦，就是要女人在人前光鮮得意，他才覺得掙足面子。北京人，尤其是老北京人，就好個「面兒」，禮數很多，也是自抬身價的一種方法。

我還是喜歡跟北京男人談戀愛。因為他們有好多缺點，那些愛現，愛吹，大男人主義的德性，其實背後是極孩子氣的，我喜歡孩子氣的男人，好玩。

每個城市，都有它自己的一種精神，北京男人身上，其實就有那種悠哉遊哉的逍遙。

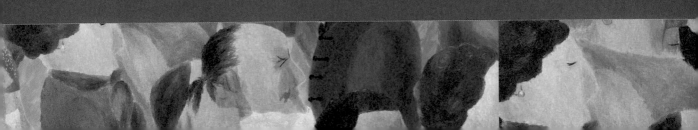

小腳偵緝隊 The Old Ladies Who Know Everything

文 尹麗川　圖 鞠保華・廖偉棠

應該是通過圖片、影像、文字和口頭傳播，小腳偵緝隊成為繼天安門、烤鴨、自行車之後的另一類北京特產。外國人提及此處便微微一笑，彷彿非常了解其中奧妙似的——那必定又是跟政治有關了。

然而「小腳」跟「偵緝隊」分明是兩個概念。「小腳」乃舊時代女人被迫害的產物；而「偵緝隊」則是指新時代居委會等民間督察組織，雖沒有官方錦衣衛那麼厲害，但在很長一段時間內，確實起到了天羅地網督察全民之功用。

一部分小腳女人擔當起居委會大媽的重責，但更多數的居委會大媽是新時代成長起來的「大腳」婦女。之所以有「小腳偵緝隊」的稱謂，大約是將「小腳」作了定語，形容居委會大媽大嬸的瑣碎多事和神出鬼沒。

二者交合的部分，是她們的女性身分。殘酷地說，她們皆為曾經的時代的犧牲品，活的「物證」與人證；她們又同被現有的時代拋棄，逐漸成為笑柄。

一群小腳老太太顫顫巍巍地走街串巷，戴著紅袖章，在胡同口打聽東家長西家短，過分關心男女青年的交際生活，時刻準備著議論、匯報和干預是非——這確是荒誕可笑的一幕。然而所有荒誕之事的背後都藏著大的悲哀，政治的悲哀，時代的悲哀，人性的悲哀。

這些女人，年輕時被同樣小腳的母親粗暴地裹了腳，成為畸人。她們承受一切為了取悅男人，成為最女人的女人。（多說一句，非常見不得許多獵奇「小腳」的攝影師和至今癡迷於「小腳美學」的文人。）後來時代變了，政府代替母親們當家作主，不僅要求女人們立刻自強獨立，還鼓勵她們成為男人，甚至禁止她們顯露女性身分——我母親

年輕時十分地積極向上，只因穿了高跟鞋和裙子被批鬥，一直入不了黨。

這些女人，身體被封建制度殘害過一遍，精神又經過了集權政治的多次洗禮；她們帶有舊時代所謂「女人」的烙印，又被灌輸了新時代所謂「男人」的價值觀——以「文革」為最的那段時期，男人、女人皆不存在，只存在政治的人，被抽掉自身感情和道德判斷的聽命的符號。

這些女人，其中怎可能沒有一些會變得面目可憎。肉體心靈的雙重畸形，使她們無法得到人世樸素的歡愉，由被迫害轉向迫害別人，並且是理直氣壯的——其中有麻木、愚蠢、無聊，亦有人性之惡。由於民間的偷窺偷聽與告發，不知發生過多少慘烈的悲劇。

現在時代又變了，個人的自由開始受到前所未有的尊重，居委會即將失去現實意義，很快就會被收進歷史博物館，像那些繡工精美的三寸小鞋，在玻璃展台上靜默無言，不發出當年的疼痛的嘶喊——一切歸於歷史，歸於平靜。

女人重新被要求成為「女人」：既要美，又要獨立。好在這回女人們意識到了這些，懂得了自我選擇與決定。而那些小腳偵緝隊的婦女，樂呵呵地宣傳申奧、節水和計畫生育。她們已經老了，不管如今的女人獲得了多大的權益，也與她們無干了。她們對時代的推進起不了任何作用，也無力阻礙時代的前行，她們的形象在巨大的美女廣告牌前顯得可笑——但嘲笑她們是可恥的——她們是我這一代人的祖母和母親，她們經受了時代所能給予個人的最大的傷害。

討價還價 Haggling

31

文 洪米貞　圖 何經泰

「討價還價」，這是每個到中國來的人的第一課，尤其想長期住在中國（不論哪一個城市），還沒學會這門課的人千萬要趕快學，因為這事攸關你的荷包大事。

「討價還價」的功力也是有等級的，初入門者，欲語還羞，一個百來塊的東西，如果能跟商販求個十塊、二十塊的折扣就已經心滿意足，不料到下個攤位，再問一次價，肯定會讓你血衝腦門，哎，誰叫你是「菜鳥」一隻呢。

「討價還價」過了初級，接下來就進入凡事不安的階段，面對市場上各式各樣那麼多貨色，你還不能掌握每一種東西的實在價格，所以你只好隨著商販定的價錢起舞，他說一百，你說二十。他說九十，你又說二十五。他接著說八十，然後你再說三十。三塊五塊地殺，這麼一邊降一邊漲，到最後你們的價錢總會碰到一塊兒，可是，萬一買的是一個價值萬元的商品，兩邊這樣十塊五塊地上上下下，那該有多累呢？幾樣東西買下來，我看你已經差不多快癱瘓了。

「中級班」出去買東西是最辛苦的，我初來北京六、七個月的時候，陪幾個來中國觀光的外國人到天壇附近的「紅橋市場」買紀念品，因為怕他們這些老外被中國商人「矇」得太慘，我只好硬著頭皮親自披甲上陣，雖然自知此行任務艱難。

果不其然，當這些老外的臉一出現，價格馬上就翻了五、六倍（比台灣人的三、四倍還高，當然比不上日本人的十倍貴，其實從這一點看，也忍不住佩服這些商販對各國人民所得的精闢並公平的價差分配）。那裡的商人個個見多識廣，瞄一眼你的穿著長相，聽聽你的口音，價錢應該怎麼定，心裡的算盤馬上有了譜兒。

不幸的是，同行者都是初次來中國觀光的人，鋪上擺的貨色，從骨董字畫、陶瓷製品、手鐲項鍊、民間工藝品，甚至是各種仿冒的皮飾、背包、服裝一律看得津津有味，一個觀光客隨便買上個二、三十件紀念品是很稀鬆平常的事，開價七、八百的苗族刺繡一路殺

到一、兩百塊，開價一條一百五的陶瓷項鍊殺到十二元，花布包從一百五到三十塊，珊瑚珠從一百一顆到十元一顆，看得一旁的這些老外們瞠目結舌，一則讚嘆我砍價的功力，一則驚愕於如此不實的標價。等他們人手數包地回到家，興高采烈展示一個下午的戰利品時，我看著那攤在桌面、床上花花綠綠的數十件商品，件件都有我的斑斑血淚。

隨著在中國生活的時間越久，閱歷越多，便自然而然訓練出來一種自衛的能力，不要說去跟人家搶奪什麼利益，但至少，要做到——不容你的利益讓人隨意侵犯。說來真是很殘酷，很沒有人情味的，所有我們小時候在課本上學到的什麼「禮義廉恥、忠孝仁愛信義和平」在這裡全都用不上，唯一的生活原則就是「我」，這是一個「只有我的利益最重要」的社會，為了利益，其他的一切都可以拋棄，拋棄形式、道德，完全地赤裸裸。當然，這並不是說在這個社會

中不存在誠實正直的人，只是在面對別人對你有意識的生吞活剝之際，你只能力求自保，做不到，那麼，很抱歉，你就是這場利益競逐下的犧牲者。

當你了解了此地生活祕訣的時候，那麼你幾乎就可以上高段班了，你不再那麼天真地把別人跟你講的東西當一回事，因為你知道待會兒另一個人跟你講的又會是另一套，甚至，等一會兒你再去問同樣一個人，他告訴你的鐵定跟剛才不一樣，其中的曖昧與模稜兩可，就留給你自己慢慢去揣摩吧。這時候，你再上街去買東西，肯定是另一種光景，兩年來的練習，你已經學就一套存活祕笈，並且那些你常買的東西該是什麼價格你也差不多了然於心了。

所以當商販跟你開出二百一件麻料襯衫，你摸摸下襬，撥撥袖口上一條沒剪掉的線頭，你腦際迅速閃過一個數字，老神在在，你說：「四十！」他當然唉苦著調說，「哎喲，大姐，您也看

看這料子，純麻的，今年最流行的，四十，太少了吧，怎麼，我再降一點，就一百五吧。」

你搖搖頭，什麼話也不用多說，「就四十！」他又說了，「大姐，這純麻的，四十怎麼成啊，我進貨都超過四十，這樣吧，讓我開個市，就一百吧，最低了，真的，您買不到這個價錢的。真的，就一百。」這時，你把眼神瞟過襯衫旁邊的另一件洋裝，再摸摸襯衫，用非常篤定的語氣，「就值四十！」他看你不動如山，顯然你也不是省油的燈，好吧，只能再降，「就這樣吧，你也別說了，真的是賠本價，七十，七十，真的不能再少了，好吧?!」

你心裡想，在台灣這麼一件麻襯衫大概要賣到四、五百塊新台幣，更別說在巴黎買了，這衣服標籤上貼的這個法國牌子，就值他兩百塊法郎，雖然你也不是看牌子買衣服的人，你差不多有點心軟了，反正已經不貴，算了吧，就七

十吧，看他那副可憐相，你這麼想著，臉上幾乎就要流露出婦人之仁；可是另一個念頭同時浮現，這樣一件麻襯衫在中國的價錢真的不會超過四十，你不能妥協，千萬不能，多年成敗就在這一刻。於是你鐵了心腸，只冷冷地說，「四十不行，那算了，我再到別地去轉轉吧。」你邁開步伐，狠下心連眼角餘光瞟都不瞟它一眼，儘管你好不容易才找到一件接近你想要的樣式。

可是更不堪的現實是，你都還沒邁開第三步，馬上就聽到身後一個孤注一擲的聲音，「好吧，好吧，你帶走吧！」你飛快回轉身，一個燦爛的微笑，你通過高段班考試了。

當然，你也知道，最後的贏家還是他，賠錢他是不會賣的，你只不過是「盡可能地維護了你的權益」罷了。

把持方向的人 Taxi Drivers

文 陳政　圖 陳啟

二十世紀末北京的馬路上甚是熱鬧。麵的（小廂型車）、夏利、富康、桑塔娜等三六九等的計程車阻塞著京城的運輸系統，三六九等的人們乘坐著各種交通工具到達了各自的目的地。

新世紀的到來把麵的永遠留在了上個世紀，這種車容納人數最多，十公里內起價十元，十公里以後每公里1元的收費，令這座越來越大的城裡的人對距離和金錢不會有那麼多恐懼和擔心，從而誕生了一大批麵的的熱愛者，在這駕駛起來有幾分飄忽、空調設施有幾分破敗、座位有幾分不適、相貌有幾分方頭楞腦的車上，在這美中不足的車上，大眾拋灑了他們最大眾的消費。

時代進程加大了砝碼，城市蔓延的地圖上，麵的到了影響市容的地步，它慢拖拖的速度顯然沒有跟上時代發展的速度，它給囊中羞澀之人帶來的美好回憶變成了奧迪A6加入計程車行業帶給世人的物欲新刺激。麵的在1998年徹底從京城消失後，不知何日奧迪A6——全城業內只有兩輛的新玩意，在計程車行業成了傳奇。很少有人見過，據說在機場見過的人，號稱其起步價不明，又說機場，有什麼好活呢？對大多數人來說，它的行蹤和乘客永遠是個謎。

這座龐大的城市，到處都儲藏了它的祕密。整天穿行在大街小巷的計程車司機們，總會有機會破譯。在北京不論男女統稱師傅的計程車司機們，即使沒有讀萬卷書的閱歷，也能輕易收穫行萬里路的經歷，加上閱人無數的機率，見多識廣自然成了他們的資歷。他們在城市裡的旅行是與乘客共同度過的，他們能侃出了名，時政百姓明星電影地理經濟，總能收羅出些段子，無論乘客擰到哪個頻道，都有可能聽到他們的播音。

當然師傅們很懂得因人而異。你要是懶得說話，他（她）也不會驚動你。通常這時候收音機開始響起，好些個夜晚，曾聽見他們收聽鬼的故事，在冷颼颼的子夜，沈默的空氣有些令人不寒而慄。有次終於忍不住問師傅會不會害怕，他說這樣不會打瞌睡，你想呵在清淨的馬路上，終於有車與你相向而行。你望過去。司機的位子空無一人，車一駛而過，這樣的夜晚會不會保持清醒？

要是我，寧可不要這清醒。還是白天好，這時候他們會把收音機的聲調放得恰到好處，通常被評書消費的耳朵，會在乘客手機響起的剎那放低音量。從後視鏡裡看你的表情。如果你露出分不清東南西北的表情，保不準就被兜了圈子，毫不留情。這並不排除他們不熟悉所行路段的原因，並且他們幾乎都會在快到而未到終點的地方抬起打錶盤，毫不奇怪。這就是那個連計程車司機也不能窮盡的城市，什麼都說不定。

Ramble on Xiushui Silk Market
老秀水的故事

文 趙趙　圖 陳小芃

89年左右吧，秀水市場悄然成形。

當時「練攤兒」的，都是北京當地人，現在基本上全換作江浙一帶的了。問最早那批「攤兒爺」去哪兒了，不好說，但肯定是都發了大財，據說民間最早掙到百萬的，就是秀水街出來的。

從已經拆了的秀水街，到現在剛蓋好的大樓，秀水市場都是集中了各階層人民的購物場所。從演員、模特，到白領、家庭婦女，都到秀水市場淘貨。尤其老秀水的假名牌，誰都知道是假的，但做得真像真的，一次有個朋友去買LV的錢包，賣貨的說了：「五百，不能砍價——你看看，多像真的啊！」假的也分等級，最高等是A貨，能買到A貨已經很幸福了，那幾乎跟真的沒區別。據說老秀水有五大假名牌：LV、FENDI、BOSS、MARLBORO、PRADA。我有個在網站當CEO的朋友，身上永遠掛滿名牌，但她悄悄說：「全部made in秀水，我一CEO，誰能懷疑我穿的是假名牌，全覺得我倍兒有品味。」至於她為什麼那麼有錢還穿假名牌，我覺得主要還是因為苦孩子出身，會算計。

當年秀水街上的「攤兒爺」，沒什麼會英語的，所以好多外語學院的小孩，假期就到那兒勤工儉學去，一個月掙一千多塊錢沒問題，那可是九○年代初，算高薪了。現在，「攤兒爺」不但能用英語砍價，還懂流利的俄語，現在俄羅斯人成為秀水的一支主要消費力量，這是從前的「攤兒爺」所不齒的。

以前什麼時候去秀水，永遠是人挨人人擠人，如果夏天去買東西，無異於蒸桑拿。不過二百多米長的兩條街，愛出汗的能兩個來回瘦下兩斤去。後來在「秀水」的北面又有兩個小樓裡開設了攤位，裡面賣的東西更高檔些，江湖人稱「小灰樓」，「小白樓」。

我認識一對夫妻，九○年代初在動物園那邊練攤兒，掙了錢以後搬到秀水，更加掙錢。兩個人一齊到南方進貨，把大包小包運回京，掙的真是辛苦錢，但錢掙到手，人就不出意外地變了，男的與女的離婚，另外成家，也不要孩子，女的也沒說什麼，除了孩子，也只留下了那輛早早買下的「桑塔納」，賣攤位的錢也歸了男的。最近聽說，那男的買股票，錢都賠光了，想跟女的重婚，她拒絕了。這並不意外，但意外的是，女的把世事看穿，什麼掙錢呀，打扮呀，全放在一邊，到公交公司當了一名售票員，等著吃養老金了。其實不過四十歲，年輕時極漂亮的一個人，現在如果肯打扮，追求者不會少。但她就是算了，富過了，也窮過，什麼都無所謂了。

老秀水街上，有好多這樣的故事。其實，真是值得寫一寫的。

轉變
Change

死而復生的

城牆

文 王軍　圖 陳政・陳小兵

眼下，在北京城裡，城牆是太惹人的字眼，一提起它，真不知是悲是喜。

要說悲，對於我這個出生於上世紀六〇年代末的年輕人來說，真是有說不出的滋味。在我出生的那會兒，北京古老的城牆走到了漫長歲月的盡頭，建築工人們卯足了勁兒，從城牆上直挖下去，修成了地鐵環線。

要說喜，那就是北京市政府投入鉅資，拆走了兩千六百多戶簡易工棚，將僅存的一段從東便門至崇文門約兩公里長的內城城牆亮了出來，並加以修繕，成為了城牆遺址公園。

當然，對於那些熱愛老北京的人來說，這個「喜」是要大折扣的，城牆的消逝，是他們心頭永遠也抹不去的痛。人們還會記得建築學家梁思成先生在1957年寫下的那段話，「拆掉一座城樓像挖去我一塊肉；剝去了外城的城磚像剝去我一層皮。」那時候，許多市民被發動起來，以義務勞動的方式拆除城牆，取磚取土支援建設，這被稱為「廢物利用」。

從致力於把城牆徹底拆除，到小心翼翼地整理已殘存不多的城牆遺蹟，這個城市僅走過了短短幾十年，然而，已破碎了的記憶，卻永遠無法復原。

對北京人來說，除了胡同、四合院，就再也沒有什麼建築能夠像城牆那樣讓他們感到親近的了。紫禁城是皇上的，王府是皇親國戚的，城牆雖圍護著這些權貴，但也保衛著小老百姓。明清以來，永定河屢發大水，有好幾次是城牆用它堅實的身軀擋住了洪水，全城老少倖免於難；明正統十四年，也先兵犯京師，兵部尚書于謙在德勝門坐鎮指揮，取得了歷史上著名的「北京保衛戰」的勝利；在廣渠門，袁崇煥正是有了城牆作依託，才得以大敗敵軍。

明清北京城共有四重城牆，最裡面的一重，是圍合封建皇宮、至今仍保存完整的紫禁城城牆；再往外，是圍合紫禁城及其周邊宮廷服務區的皇城城牆；接著向外，便是清代時只允許旗人居住的內城，以及會館雲集、在十九世紀末經常發生「公車上書」這類知識分子參

陳政攝影

政事件的外城。

與紫禁城城牆一樣，內、外城城牆內外包磚，中心夯土，而皇城城牆則華麗而簡約，只是磚築的一層薄牆，現在長安街一線北側及中南海的部分金瓦紅牆便是遺存。

北京皇城城牆的北段與東段是在上個世紀二○年代被拆除的，當時北洋政府拆城取磚修下水道，或將其售賣充薪。皇城牆被拆除後，其遺址就被叫作皇城根了。

現在人們通常所說的北京城牆，是指北京的內城城牆和外城城牆，全長三十九點七五公里，共有十六個城門。內城城牆型制高大，建成於明代初年，外城城牆型制較小，建成於明代中期。當時築外城城牆，是想在內城城牆之外再套上一圈，以鞏固城防，可是財力有限，僅將今崇文、宣武兩區圍住，就匆忙內收，與內城城牆相接，形成了北京獨特的「凸」字形城廓。

北京的城牆，見證著古都的變遷，

也凝聚著沉重的歷史。

1900年，八國聯軍侵入北京，在天壇圜丘架砲轟擊正陽門，箭樓被毀；後印度兵駐紮正陽門城樓，一次夜間取火，引發火災，正陽門城樓被焚。在此次入侵中，八國聯軍還用大砲轟塌了崇文門箭樓與朝陽門箭樓，擅自拆除廣安門和東便門處的城牆、拆崇文門甕城築鐵路洞口，鋪軌至正陽門。

1903年，袁世凱重修正陽門，由於工部圖紙被八國聯軍焚毀，正陽門的建築尺寸無從查找，就依照崇文門城樓和宣武門箭樓形制，略微增大尺寸建成了今天我們看到的正陽門城樓和箭樓。

1927年，宣武門箭樓呈傾圮之態，北洋政府無力維修，就乾脆將其拆除只餘城台。出自同樣的原因，德勝門城樓於1921年被拆除，東直門箭樓於1927年被拆除，阜成門箭樓於1935年被拆除。

內城的甕城除西直門、阜城門外，大部分在1915年修環城鐵路時被拆除。同年，北洋政府內務總長朱啟鈐為緩解

正陽門及東西火車站的交通緊張，拆除正陽門甕城，並在城樓兩側各開兩個券門。為交通考慮，這一年，又在正陽門和宣武門之間開兩個券門，稱和平門；後來，日偽政府又在內城城牆南部東西各開一個豁口，並恬不知恥地稱之為啓明門、長安門。日本投降後，中國人嚴正地將之更名為建國門、復興門。

上世紀五〇年代初，關於城牆的存廢在北京城裡引發了一場大討論。梁思成寫文章呼籲保留這處珍貴的文化遺產，將其闢為環城立體公園，可在城樓兩側開券洞穿行，使之成為交通環島，實現新舊兩利。但是，他遭到了強大的反對，有人舉出了幾十條拆除城牆的理由，並稱：磚土堆成的城牆不能與故宮三大殿、頤和園等同日而語，它能算是文物嗎？

時至今日，北京的城門只剩下了「一對半」，「一對」即正陽門城樓和箭樓；「半」即德勝門箭樓；角樓只留下了內城東南角箭樓；城牆只在崇文門至東南角箭樓之間以及內城西城牆南端殘存了兩段。

歷史悠久的中國城市，多未逃脫城牆被拆除的命運。除了西安、平遙、興城等少數幾個城市，其他地方的城牆，大多是在短短數十年的建設中，被拆毀殆盡。

北京城牆的殘跡，今天被修成公園了。在這裡，人們能夠自然聯想起梁思成的雄辯：「古老的城牆正在等候著負起新的任務，它很方便地在城的四周，等候著為人民服務，休息他們的疲勞筋骨，培養他們的優美情緒，以民族文物及自然景色來豐富他們的生活。」

同時，人們還能夠回想起當年他面對一位高層官員說下的斷言：「五十年之後，歷史將證明，你是錯的，我是對的！」

現在時光正好過去了五十年。

35

Changpu River Awakens

菖蒲河的甦醒

文 王軍　圖 何經泰

沉寂了三十餘載之後，在天安門城樓東側的古河道——菖蒲河甦醒了。

這是值得慶賀的工程。上世紀六〇年代，為了解決節日慶祝活動所用器材的存放問題，菖蒲河被蓋了板，上面搭建起倉庫、民房，從此菖蒲蔥蘢、魚躍清波的這條「明河」，成為了「暗渠」。2002年4至9月，北京市政府投入五億元人民幣，又讓它重見天日了。

因菖蒲叢生而得名的這條河，讓人遙想起老北京的美。那個時候，北京是綠色的啊！我曾貪婪地尋找著老北京的照片，企圖觸摸已經消逝了的故都景象。深深打動我的是上世紀三〇年代一位外國攝影師的一幅作品，從北海瓊島朝東北望去，這個城市似乎消失了，消失成一片由綠樹匯成的海，而從碧濤中巍然矗立著的，是威武的鼓樓與秀麗的鐘樓！

現代的規畫師們孜孜求著人工建築與自然環境的融合，因為他們已被「現代化」的鋼筋混凝土森林壓得透不過氣來。我的一位同事被遣往香港工作了兩年，回來後發現自己血壓高了。探查病因時，他慨歎在港奔走於高樓大廈之間

的「井蛙」生活：「那個城市環境真是太壓抑了，而北京城是多麼舒朗啊！」

是的，北京城是宜人可居的。老舍先生曾這樣寫道：「北平的好處不在處處設備得完全，而在它處處有空兒，可以使人自由的喘氣；不在有好些美麗的建築，而在建築的四圍都有空閒的地方，使它們成為美景。每一個城樓，每一個牌樓，都可以從老遠就看見。況且在街上還可以看見北山與西山呢！」

對於許多現代城市的居民來說，「房間種樹」已是一種奢求了，而老北京城對「天人合一」的領悟卻是如此之徹底，它簡直是「樹間種房」。世界著名生態建築大師楊經文前不久對我說，他最讚賞北京的四合院，這是多好、多美的生態呀！

是的，盛夏之際，當你不願被烈日曝曬的時候，四合院裡的綠樹為你撐起了一把巨大的遮陽傘；而在數九寒冬，當你需要溫暖的時候，樹葉沒了，直射而來的陽光讓你滿屋生輝！

這般愜意的圖卷，讓人們感到，古人活得是那樣的精緻，而今人卻走得離自己越來越遠了。這大概是人類的悖

論。所以,在這個時候,菖蒲河顯示出了它的價值,因為它開了「時代的倒車」,把水泥蓋板還原成了綠草碧波,把逼仄擁擠還原成了北京城裡以往處處都有的那個空兒,那個讓城市生息繁衍的肺泡。誰又能否認,這樣的「倒車」又不是實實在在的進步呢?

設計師們在菖蒲河公園裡安排了「凌虛飛虹」、「東苑小築」、「天妃閘影」等影致,這些當然是今人造的「骨董」了,一些仿古建築的比例和尺度尚有推敲的餘地,但不管怎樣,菖蒲河又淌起來了!這汩汩而流的河,讓我想起了營建元大都的水利家郭守敬,是他為北京這個降雨不甚豐沛的北方城市引來了清流如許。

古人有言:「逐水草而居」。北京城的起源正是憑藉了自然山川的賜予。金中都是逐蓮花河而居,忽必烈棄中都之後,則是在其東北方向,逐高梁河而居,另建元大都。雖然高梁河水量充足,又有今天積水潭、什剎海等湖沼調節水量餘缺,但當時京杭大運河要直抵城內,就必須整治水利。這時,忽必烈大膽起用了郭守敬,授予他統籌規畫全

國水利的大權。

郭守敬以六旬高齡遍探京郊,尋找水源,終於在1293年完成了著名的白浮引水工程,從京西北昌平引水注入什剎海,這樣,江南的運糧船就可以直抵什剎海,一時「艫舳蔽水」,蔚為壯觀。

有了充沛的水源,內城中海、南海及宮城水系與大運河水系就編織成網了,而菖蒲河正是宮城水系與運河水系的連結處。遺憾的是,城內的大運河河道在上世紀被填埋,今天只餘北河沿、南河沿、沙灘、銀閘等地名,與這條古代運糧河道相關的地方還有內城東部的海運倉、南新倉、北新倉、祿米倉等糧倉,現在這些古糧倉有的還有倉房存世,有的尚餘倉牆,有的則僅留下了地名。近年來,北京市加快了危房改造的步伐,成片大規模拆除舊城的歷史街區,而古糧倉集中的南北小街一帶,則是危改的重點。

最近我跑去看了一趟,那一片已被推土機「削光頭」了。這使我寫作此文多了萬分的愁悵。是啊,菖蒲河甦醒了,可是我們什麼時候覺醒啊。

The Disappearing Tianqiao
Street Artists Who Made It and Who Didn't

消失的天橋
成功與不成功的藝人

36

文 王學泰　圖 鞠保華

小時候家住西西河沿，1949年搬家至菜市口以南的米市胡同南口。從和平門一帶搬到這裡居住彷彿下鄉一樣。學校也轉到城隍廟街小學，從城隍廟街再往東走就是「四面鐘」（現已經拆掉，其位置就在友誼醫院南面），過了四面鐘就進了天橋的範圍了。自五○年代以來天橋市場核心只是東、西兩個市場了。西面是「三角市場」，東面就是四九年以前所說的「公平市場」，現在天樂劇場的北面一帶。四面鐘距離在它西南面的三角市場還有一里左右，過了四面鐘就有零零星星的卦攤和其他小攤，使這個本來荒野之地有了市場的氛圍。

對於十來歲的孩子來說，天橋是我們看熱鬧、玩耍和開心智的地方。小孩到了天橋主要是吃、玩二字。這裡的

「吃」和「玩」都比其他地方便宜得多。比如天橋最高檔的食品是炸黃花魚，賣這道食品的太多是小飯館，半斤多的黃花魚，裹上麵糊，炸得焦黃，剛出鍋的，你要買的話，再從鋥光瓦亮的大銅鍋中捵一勺滷給你澆在剛出鍋的魚上，發出滋滋的響聲和香氣，這只要一千元（幣制改革後的一毛錢）。至於窮人和小孩子愛吃而又易於填飽肚子的炸油箅子（類似油餅，但它是有香油炸的，比油餅大而且厚，賣的時候，切開按分量賣），一斤兩千四百元，一個人絕對吃不了一斤。聽玩藝兒也便宜（老北京把一切演出都稱之為「玩藝兒」），露天演出可以不給錢，特別是小孩，即使給錢一場下來，不過給一、二百元（一、二分錢）而已。如果要給五百元

或一千元，藝人就要向你特別致謝。像我這樣的小孩往往是在場子外一站，看藝人演出，一分不花。有一次，在一個場子聽相聲，聽完一場，給錢的不多，恰巧我衣兜有二百元，就扔到藝人打錢的小筐籮裡。藝人很高興，非要把我讓進場子裡，坐在板凳上。我很尷尬，因為從來我都是站在場子外看的。

天橋給我留下印象最深的是拉洋片的筱金牙、唱西河大鼓的劉田利、說評書的趙某、砸石頭的老者和東西兩個市場中的相聲場子。他們有成功的也有不成功的，但都使我難忘。「洋片」又稱「西洋鏡」，人們坐在鏡箱的凸透鏡前看被放大的圖片；藝人站在鏡箱的左上方演唱，介紹畫片的內容。樂器只有一個扁鼓、一個小鑼，一副鑔，敲打鼓和鑼的小錘與另一面鑔都被一根繩索操縱

著，藝人拉動這根繩索，三件樂器都有節奏地響了起來。我沒有看過筱金牙的「洋片」，但常聽他的唱，他演唱時面部的滑稽表情使我歷五十年而不忘。筱金牙當時四五十歲，光頭，面部團團，一副無錫大阿福的長相。夏天是一身白紡綢的中式褲褂，顯得乾淨而俐落。他站的只是一個凳子，但卻使人感到他是站在大舞台上，躊躇滿志，微笑著接待每一個看洋片的和聽他演唱的人，沒有一點寒酸氣。不管是誰，只要你在這裡駐足片刻，你就會感到筱金牙對你報以的微笑，這個笑容是永遠的，不論你什麼時候來，不論他的生意好、還是不好。他沒有某些天橋藝人的污言穢語和損人挖苦人（這套語言很巧妙，甚至可以說發展得很「藝術」）那一套。他唱的調子類似蓮花落，唱完四句就有一個「嗨

——」的拖腔。每當唱到這裡，筱金牙的面部所有的大大小小的皺紋都集中在面部的中心，彷彿是包子小摺集中的核心，然後這些皺紋慢慢地舒展開來，展現出一副孩子般滑稽的笑容，並露出亮晃晃的兩顆金牙。不知道他一天能掙多少錢，但在我眼中，筱金牙是天橋的成功的藝人。

說評書的趙某是我眼中不成功的藝人。他並非是筱金牙的反面，許多方面他與筱金牙一樣。他同樣乾淨俐落，同樣謙虛敬業，同樣沒有污言穢語；他的不成功可能與他不是行內人有關。天橋的黃金營業時間是下午兩點到五點，而這位趙某只能在早上九點到下午兩點以前開書營業。暑假某天上午，在天橋趙某說書的場子，趙正在碼板凳、掃地，為開書作準備，人們也慢慢聚攏來。他開始說《永慶昇平》了，他似乎就會這一套書，沒有聽到過他說別的。而且就這套書也只會說一小段，即從康熙微服私訪到張廣泰回家那一段，說完後翻回來再從頭說起（這也是他非行內人的證據之一），使觀眾從內心產生一種對他的輕視。人們只是無聊的時候才走到他這裡來，別的場子開了，聽眾就會逐漸散去。如果他在黃金時間說評書，恐怕不會有什麼人聽。從收入看，他的收入也不一定少。他就一個表演，平均二十分鐘一段，每段一打錢。每次能掙三四千元。上午能說十二三段，收入四五萬元。交了百分之三十的場地費，還剩三四萬元。當時，這是一筆不少的收入。然而，在我眼中他仍然只是位混飯吃的藝人。

Tales of Beijing's Hutongs

北井胡同 憶往

37

文 揚之水　圖 翁保華·柯經泰

前些年九月裡的一天，坐車路過南池子，北井胡同正在一瞥間，卻是已成一片瓦礫，不免心裡一震。早就聽說南池子要大拆，沒想到這麼快真的就拆了。

五八年從福州到北京，住在外婆家。外婆家在南池子北井胡同。南池子在天安門旁邊，明朝的時候，這塊地方大部分是內南城；清朝，為內務府所屬機關。現在這裡最有名的古蹟，當然是明清兩代保存皇家檔案的皇史宬。北井胡同卻是名不見經傳。南池子大街偏南的一段還有個南井胡同，好像比它名氣稍稍大一點，大約南井胡同裡的那口井，井水是甜的，而北井胡同裡的井，井水是苦的。

北井胡同窄而短，用北京話說，是條死胡同，所以胡同口的牌子上寫明「此巷不通行」。南池子大街上這樣的胡同不止一條，箭廠胡同、馮家胡同，都是。胡同裡一共住著七家，獨門獨院的只有兩家，其一是二號，其一是六號。二號是個兩進的四合院，據說主人是資本家，當時最惹人注目的，是他的家裡

有一輛摩托車。三號院裡住著兩戶，記得都是工程師。雖然不是很正規的四合院，但四面的房子齊齊整整，院子裡兩個花池，也總是收拾得很有樣子。五號是個大雜院，住在院子裡的幾家，家境都不大好。其中一家的女主人，是街道居委會主任。我家住六號。小小的院子裡，北屋兩間，西屋兩間，東邊一間小板房堆雜物，南屋做廚房，旁邊是一間只有一個蹲坑的小廁所，化糞池開在院子裡，滿了，要請掏糞工背著糞桶拿著糞勺來掏。北屋和西屋之間還有個夾屋，便是我的臥室。院子的東北角，是一棵兩摟多粗的大槐樹，夏秋時節，槐蔭匝地，把院子遮蔽得嚴嚴實實，槐花開起來，清香縷縷。槐樹霸佔了幾乎所有的陽光和養分，北房前邊原有一方小花池，也曾種過不少花草，可細細瘦瘦總是長不旺。只好養幾盆文竹，繡球，秋海棠，常年放在北屋的窗台上。

外婆十六歲結婚，做了一輩子家庭婦女。公園遛早，戲園子聽戲，打毛線，看小說，是生活的主要內容。中山公園（社稷壇），文化宮（太廟），是天

鞠保華攝影

天去的地方。文化宮的東門，就開在南池子大街，走去很方便，門票三分錢。從文化宮的西門穿出去，是午門，中山公園即在午門西，門票五分錢。公園裡的唐花塢，鮮花四時不敗。唐花塢外的藤蘿架，春夏秋三季，都是清幽的坐處，看書，打毛線，無不合宜。藤蘿架不遠，便是有名的來今雨軒。來今雨軒常年賣著冬菜包和豆沙包，那是留在我童年記憶裡的美食之一。

南池子離王府井不算遠，但徒步去也還不是很輕鬆，所以多半是回來的時候坐三輪車，記得車錢很固定的是兩毛五。東安市場的北門有個清真小吃店叫豐盛公，裡面賣奶油炸糕，酥脆的皮兒，綿軟的芯子；再來一碗杏仁豆腐，清涼爽口。豐盛公往裡，便是吉祥戲院，吉祥戲院看戲，一個月大概不少於三次。外婆喜歡的是青衣戲，悲戲，苦戲。印象深刻的一齣，是《生死恨》。

女主人公苦了一生，卻在幸福即將到來的時候死了。整齣戲，唱腔特別多，幽咽悽婉，催人淚下。每唱到精采處，人們都要為它幽咽悽婉得好而鼓掌。每月十五號，是外公發薪水的日子，第二天一家三口必定要去吃西餐。最常去的是文化餐廳。出胡同口往南拐，走到南灣子，穿進去，出來就是南河沿。文化餐廳坐落在街西。餐廳是長方形的，寬敞，潔淨，人很少。常點的菜是土豆沙拉，炸豬排，奶油雞茸湯。

南池子在天子腳下，每年國慶日街上都要過遊行隊伍，穿著各式豔麗的服裝。高興的話，可以坐在胡同口，從早上看到中午。晚上天安門廣場上放禮花，運氣好，說不定還會有降落傘飄到院子裡。

雖然地處中心，有四達之便，但南池子從來是安安靜靜。夏日裡，街道兩旁的大槐樹綠蔭交午，總有著特別的清

涼。早點攤，副食店，菜站，小酒鋪，不多，卻正好夠用。靜悄悄的胡同，靜悄悄的街道，平靜而有秩序的生活，不知道這是不是因為緊貼著皇城才特有的氣象。

北井胡同的第一次消失，是在文化大革命的時候。那時候南池子大街改稱葵花向陽路。胡同本來是大街中大大小小的凹曲，門牌號碼，大街、胡同，各成系統，這一回都被抻直，用門牌號把大街和胡同統一起來，北井胡同六號，便成了葵花向陽路一五八號。

外婆是湖北黃陂人，父親名叫金永炎，曾為黎元洪幕僚，還做過短短幾天的陸軍次長。短壽，四十七歲就死了，老家的田產分在子女名下。外婆早早嫁人，田產放棄，土改劃成分，本沒把她算在內，文革一起，卻成了漏網地主，抄家之後，勒令返回原籍。外婆不露聲色吞下安眠藥，從容而去。很快，不知

從哪兒遷來一戶工人成分的五口之家，超負荷的小院從此再沒有往日的恬靜和安寧。二號院也抄了家，主人被驅逐出去，院子裡一下子住進了四五戶，成了大雜院。經歷了文革，承載過古老文化的真正的四合院其實已經很少，胡同所包容的，幾乎都是雜院，居住環境乃至生存環境都很差的大雜院和小雜院。

九四年的時候，忽然有點兒懷舊，於是到離開二十多年的北井胡同看了看，看見胡同裡的房子都很破舊，窄而短的胡同越發顯得可憐巴巴。回來寫了一則〈院兒的雜拌兒〉，記我生活過的小院和大院。如今胡同和小院已經拆得乾淨，大院的拆，據說也不久遠。在北京生活了四十四年，可是能夠作為生活見證的，差不多都不存在了，真不知道應該黯然，還是應該欣喜。

何經泰攝影

庭院深深四合院

The Innermost Courtyards
How Private Can They Be?

文 馮不二　圖 何經泰・廖偉棠

　　北京城裡的舊院落，現在統以「四合院」呼之。其實，四合院是一種標準化了的特指院落，雜湊在胡同間的院落大多不合規矩，但這並不影響院落的功能。舊時生活在這些院落中的家庭，多是一家一戶累世而居的大家庭。我出生並長期生活其間的那個舊院落，就是一個三代人聚族而居的居處。院落雖不是標準的四合院，但建築形制仍是大同小異，如大門開在東南方，廚房、茅房也都各在其方位，即使第一次登門的送煤夥計、送水把式或掏糞工人也無須問詢，就可以徑直找到地方。

　　舊院落中房屋主次是分明的，主院北屋是上房，住老人；其他廂房、南房和跨院等屋宇各房分住。有老人在堂，無人敢喧嘩，有時父母有些小爭吵，時間稍久，或說話音調有點激動了，隔著院子，聽見上房裡一聲嚴厲的痰嗽，大家立即住口，誰也不敢再多說一句話。放暑假時，各房的小孩子都在院子裡玩，可一到午飯後必須回屋睡覺，因為那時爺爺奶奶也在睡覺。直到堂屋裡一

聲輕咳，各屋的房門才紛紛打開，放出孩子去玩耍。在這樣的院落裡，祖父祖母的權威和一家人的生活安寧是至高無上的。有一件事一直忘不掉，那是我家一位住在附近另一座四合院中的至親，他在1957年「犯了錯誤」。他仍然早出晚歸，晨昏不忘到上房問安，像沒事人似的，直到老人在報紙上看到他的名字，把他叫到堂屋問話，他才「撲通」一聲跪到地上說：「兒子不孝，把差使丟了。」老人「哦」了一聲，說：「回家就好。」他才緩緩退去。

這些場景，都能讓如我這樣作為家族晚輩的四合院居住者感到被限制了自由，感到有些壓抑。可如今人過中年，在回首往事、重新打量逝去的生活時，卻也覺得有所領悟：現在的我，不論在外面遇到多少不愉快，回到家仍是平平靜靜——用四面牆圍住一片安寧，為人生的不測守護一個避風港，供鳥倦飛而知還——這是最平庸又極實在的四合院的智慧。

我最懷念的是我家一進大門的那個大天井，這個天井約有百餘平方米，裡面沒有房屋，南面是一個終日關著的大門，西北角有通向內院的屏門。因離上房較遠，又有屏門阻隔，吵不到老人，

可以想幹什麼就幹什麼，因此是我兒時最喜歡的地方。院子的東面是一個半人高的土台，大約也有上百米，台上種有花樹。我曾在土台上抓到過一隻碩大的、叫聲極宏的二尾蛐蛐，引得小朋友們豔羨不已。土台下停放著一輛人力車，當時稱「洋車」，是爺爺外出時的代步工具，同時也是我的一個大玩具。家裡沒有雇傭專職的車夫，爺爺要出門總是臨時招呼隔壁大雜院南房的一位關姓、小名三兒的小夥子。每當爺爺出門時，這位關三兒總是乾乾淨淨、俐俐落落地早早過來，把車子的瓦圈、輻條、腳鈴、車把桿兒擦的鋥亮，然後坐在門道厚重的大條凳上，拿著大大碗公喝水，一邊坐等，一邊給我講乾隆爺的故事。有時等的時間長了，他閒不住，就自己抄起斧頭劈柴，或者到後院井中打水提到土台上澆花。他拉著爺爺和我出門兒，也如當今的「的哥」，話特別多。我聽他說過他家是旗人，祖上曾立過軍功，是「揪著龍尾巴」進的關。我們一家不分長幼都稱呼他「三爺」，這個「爺」字不代表輩分，只是尊稱。關三爺曾送我一個用粗鐵絲做的彈弓，後來被爺爺沒收了。爺爺總在背後說三兒沒出息，不上進，連個媳婦兒也說不

上。可在我眼裡，他可是個有來歷的人物、應屬「遊俠」一類。算起來，這位「遊俠」也該在七十歲以上了。

記憶中至今還特別清楚的一件事是：一次關三爺拉著我和爺爺由街上回來，他們一路上仍是熱乎地聊著，突然爺爺跺腳喊停車，然後緊盯著電線桿上貼的約兩寸寬半尺長的黃紙條瞧，原來這是一張宣傳火葬的宣傳單。隨後的幾天裡，爺爺總是神色黯然，不大說話。那時的宣傳品不過是這樣的小紙條，但仍能使人人看到，造成影響；直到1966年「文化大革命」的「紅海洋」，北京街頭才充滿了大字。

我家最後一進院落不大，只有三間北房，院中有一口井，院西一棵老棗樹，主幹樹枝向東傾斜，夭矯如臥龍，覆蓋了整個院子。三間房居中的一間是爺爺奶奶打牌的地方，西面一間是佛堂，供奉有幾尊佛像，現在想起來，那些佛像並非屬同一個教派，有密宗的，也有顯宗的，擺在一起一定很可笑。上世紀四○年代，西藏某僧官呼圖克圖來京，駐錫雍和宮，爺爺曾請他來家裡為幾尊藏佛開光。後來這些佛像都捐到北海公園白塔南面山坡上的闡福寺去了。東面一間是祖先的享堂，牆上掛著祖先畫像，案上供有牌位，還擺著香爐、蠟扦等物品。據說我出生那天，得了長孫的祖父就是在這裡祭告的祖先。這些牌位和畫像早在「文革」初期，被我悄悄填進灶膛，一把火燒了。

我的父母都是三○年代畢業的大學生，他們是「五四」後的新一代，對封建家庭制度深惡痛絕，他們是不肯參與祭祖這一類事的。祖父母也早已認可了他們，從不勉強。每次祭祖，祖父總是對我說，你爸媽不在，去替他們磕個頭。如今我的父母都已高齡，也早已搬到樓房居住。一日，我那曾熱中於「科學救國」，並在醫藥化學等方面很有成就的父親，喚我到他跟前說：「後院的祖先牌位應該擦一擦了。」，讓我大吃一驚。父親確實有時有些「老年性癡呆」的初步症狀，已經想不起他一生從事的化學專業了。但奇怪的是，他竟然忘記了他的科學，卻還惦記著他的祖先。看來，四合院的魂魄其實始終追隨著他，他一定曾經盡力去擺脫、去忘記過，但沒有完全成功——因為深深的庭院，太深了，太深了……

從八大胡同到琉璃廠

From Ba Da Hutongs To Colored Glaze Workshop

文林崇誠　圖林崇誠‧陳美群‧徐欽敏

陝西百順石頭城，韓家潭外伴歌笙。

王廣斜街胭脂粉，甘井濕井外廊營。

　　這偈順口溜我想是形容北京八大胡同最佳的寫照。它不但將八大胡同部分的街名嵌入到順口溜中，更將胡同裡，胭脂飛雪的情景作一深刻的描述。

　　八大胡同到底是哪八條胡同，時至今日有多種說法。一般以陝西巷、百順胡同、石頭胡同、韓家潭、王廣福斜街、胭脂胡同、外廊營、皮條營等八條胡同，為較普遍的說法。清代以來，八大胡同一直是北京風化業者著名的集聚之地，清末及民國早期，更是許多官宦權貴，文人墨客聚會之所。儘管清初康熙皇帝對朝廷命官狎妓冶豔多所限制，但在晚清，特別是庚子事變之後，八大胡同已成為當時縱酒尋歡、言區歌作樂的最佳暢遊之地。

　　煙花業本是對舊時特種風化行業的別稱，這裡的青樓別院依裝飾的高雅程度和女子的才藝及素質，可分為四個等級。「清吟小班」為四級之首，此等煙花女子擅長琴棋書畫，吟詩作對，其秋波明媚，顰笑情深之態，往往令名流士紳、權貴富商趨之若鶩，位於韓家潭胡同裡的慶元春，即是當時著名的清吟小班。「茶室」則為次於小班的二等風塵聚所，茶室亦屬於較為高尚的風化場所，室內的裝飾、雕花豔染頗為講究。至今從朱茅胡同的聚寶茶室，朱家胡同的臨春樓及福順茶舍，仍可看出當時茶室的華麗和精緻。當時茶室這一等級的鶯鶯燕燕，其擅畫精唱之藝，雖然不及小班藝女素質之高，但仍不乏年輕貌美、識文尚藝之質。而三等的「下處」，則無前兩者樓院之美，室內裝飾簡單，煙花女子相對年齡較高，貌質一般。至於最下等，俗稱的「窯子」，則房屋極為簡陋，室內更沒有清吟小班或茶室裡內室中常有的條案、八仙桌和各

式筒瓶畫器，一般僅有簡桌鋪炕，而來者多為腳夫、車工和苦力之流。

八大胡同的滄桑歲月雖然與罪惡、墮落和煙毒，有著如影隨形的關係，但它卻也見證了滿清末年列強入侵的暴行和民國初年政權物換星移的悲哀。在這段令人心酸的歷史過程裡，八大胡同卻也曾出現過幾段感人肺腑的軼事和感情。狀元夫人賽金花傳奇的身世、備受爭議的經歷，以及令人悲憐的結局，致使從曾樸的《孽海花》，至劉半農、商鴻逵的《賽金花本事》，都為她在亂世中曲折離奇的一生，留下很多想像和爭議的空間。

至於小鳳仙和雲南都督蔡鍔將軍的一段情，與她協助蔡鍔逃離北京的傳說，更創造出小鳳仙這名青樓女子在八大胡同和這名歷史上令人景仰的護國將軍，纏綿動人的世紀之戀。蔡鍔在小鳳仙處留宿時的提聯曾寫道：

不信美人終薄命，古來俠女出風塵。
此地之鳳毛麟角，其人如仙露明珠。

從這首嵌入鳳仙名諱的提聯我們不難看出，出於八大胡同的小鳳仙，她俠女的形象，在蔡鍔心中所佔的分量。

走在八大胡同，蜿蜒迂迴的巷道，恰似穿梭在無盡的時光隧道之中。每一個胡同就像生命過程中的每一個站點，不但充滿著一段段令人感受深刻的陳年舊事，對當時居住在這裡的不幸女子而言，更希望早日走過這些胡同口，到下一個充滿希望憧憬的未來。

走過櫻桃斜街，和八大胡同一街之隔的琉璃廠，雖僅有盈尺之遙，但卻來到另一個完全不一樣的世界。我不知道世人常將風流才子與紅粉知己相提並論，和琉璃廠與八大胡同比鄰而居是否有相關之處，是巧合也好，是自然演進也罷，這一個特殊的組合，讓人們對這

兩地區千絲萬縷的牽掛，留下很多想像的餘地。

琉璃廠一地的由來，我們可以追溯到遠在元朝時，就在這裡設置的琉璃窯廠。明成祖永樂皇帝移都北京後，在建築北京城時，需要大量的琉璃瓦和相關的構件，因此在元代原有的基礎上，又擴大了琉璃窯廠的設立規模。數百年來，琉璃廠一直默默的扮演著一個並不起眼的歷史角色，甚至到清乾隆年間，當琉璃瓦件的生產從這裡搬到門頭溝的琉璃渠後，琉璃廠也僅以一個地名被保留下來。

而後琉璃廠的出名則是由於文人及骨董商在此聚集的結果。不但眾多的文人雅士、字畫書商在此成市交易，文物古玩業者亦多在此地開店收售，一時間諸多字號店鋪如雨後春筍般，屹立在琉璃廠這個文化長巷。如專營文房四寶的榮寶齋，擁有金石陶瓷的萃珍齋，經營古玩銅器的悅雅齋，再加上數以百計的書店，已使琉璃廠成為具有深度歷史意義的文化地區。

八大胡同對比於琉璃廠，有如販夫走卒之於文人學士，夢覺黃粱之於實至名歸，但在歷史的長河裡，我們對不同立場的爭議與評價，往往並不能很客觀的表現一件事情的真相與真意，更何況從不同角度對同一件事情的評估，有時會有南轅北轍的結果。就如同陶瓷的精美可用眼睛去觀賞，字畫的意境需用心靈去體會一樣，琉璃廠在歷史過程中的儒雅高尚，我們可以用雙眼去欣賞它，而八大胡同的流離與滄桑，讓我們用最誠懇的心去感受它。

大柵欄
舊商業街與永遠的老店

文／沈楓 圖／陳小茂・鞠保華

大柵欄或許會被城市新貴們打上「市井消費」的烙印，它也確確然在代表著市井消費。

在胡同以秒計算飛速消失的今天，只有那裡還保有著成片的舊店鋪，黑黢黢的門臉、岌岌可危的小樓、幾十年不變的面孔、那些擁塞的巷子、那家落滿灰塵的樂器行、那個騙了多少人的所謂環幕影院還在騙人，在這裡，時間的流速與人頭的攢動呈現反比。

大柵欄是一條街，又不止是一條街，還包括了周邊的橫衢豎巷，你可以稱之為古典的shopping mall。在正陽門的注目下：從有這座門開始，每個夏夜成千上萬隻燕子在簷下穿梭，不為朝代更迭所動；遠處老火車站鐘塔上的時針永遠靜止在一個時刻。你跟我一同站在街口的鐵枝盤紋的牌樓下朝西看去，層層疊疊的招牌幌子一直延伸進昏黃的天色，五百年的繁華興衰就重疊進去，耳邊也彷彿混入當年的市聲。它的輝煌不

屬於帝王家也不屬於宗廟，它是市民商賈的，販夫走卒的，土洋雜處的。

我們可以一同穿街過市，主街上大敞四開的門面裡，永遠擺設著你不知道拿來做什麼用的，質地拙劣、色澤豔麗的物件，招徠著風塵僕僕的外地遊客。他們的面龐被那些五色琳琅的招絲彩蛋、檀香扇、繡花兜肚和大而無當的鍍金工藝禮品映照得亮晃晃。

前面就有一家這樣的店，它的店堂裡常常擠滿人，高音喇叭裡夢囈般重複著：「瑪瑙玉器，五元一件，瑪瑙玉器，五元一件……」手鐲、墜飾、煙嘴，最具視覺效果的是黃的綠的紫的白的健身球，堆積如座座小山，拉開一副清倉時的告別演出的架勢，如是多年。很多人都知道所謂的瑪瑙和玉器其實都是些玻璃料器，可是很多人又都喜歡摸出幾個錢來買這種廉價又沒品的小東小西，帶回家去，很快滾落櫃底床腳，蒙塵落灰被遺忘了。

我們還可以去看看那家軍品店，買一頂鑲著紅五星的八角軍帽戴戴，試試老式的飛行防風鏡，對那台手搖破電話的話筒喊：「喂？喂？」經過一條小旅館雲集的熱鬧小街，旅館建築歷史動輒可上溯八十年，門童每見孤男寡女路過便奮力招徠，過去只在文藝作品裡見識此種場面，我等不可久留，速速離去是為上策。然後拐進一條陋巷，歪斜的小二樓一家家連成一片，絲瓜架跨搭街兩邊的房子，髒乎乎的窗玻璃後有隻貓在打呵欠，破臉盆裡的死不了花欣欣向榮，忽的拐角就冒出家舊衣鋪，從貨到賣貨的人都呈現一種迷離的灰色調，鬼知道它的貨源從哪裡來的，好奇看看就行了，千萬別買。有人伸頭問：「遊戲軟體，要不要？」說要，就帶你走過幾個胡同，鑽進一間破爛的小房子，挑去吧。門框胡同以當街搭的功能不明的石頭門框得名，門框胡同的搭褳火燒是上

了吃客榜的，再有就是爆肚馮、小腸陳、老月盛齋的醬牛肉，胡同裡氤氳著醬油燉煮的熱氣。走著走著就見座東倒西歪的老屋，山牆上一排「瑞文齋玉器鋪」的字樣碩果僅存，至於房子本身，既沒有玉器也談不上「齋」了。

就想起那位明代百戶王敏，上奏孝宗皇帝，於京城內外小巷路口置立柵欄，晝開夜閉，用來防範宵小，加強治安。大柵欄因此得名。如今東西兩座柵欄已蕩然無存，只剩逼仄的曲巷還能想像當年「一聞有盜，昏夜追趕，長街小巷，輒被藏匿……」的一幅古代警匪片畫卷。

和琉璃廠那份今人虛擬出的古意不同，大柵欄跨朝越代，卻沒有蘊蓄出多少優雅的氣質，它綿長的商業史記載於各種典籍中，然而珠寶市只剩寫著「珠寶市」三字的石牌坊，再不復昔日的珠光寶氣；錢市胡同的爐行裡，當年鑄造

銀錠的爐火也已熄滅多年。幾間老字號的牌匾還支撐著這條街的繁榮，我們可以在祥義號綢緞店門前稍做停留，仰頭欣賞欣賞它完好的鐵花立面，蓋頂的鐵雨棚，和雨棚下做工精緻的鐵花眉子，雖說新上的綠漆太過油光乍亮；我們可以溜達進同仁堂，貼著藥櫃玻璃看百年老參扭出一個個敦煌飛天的姿態；或是站在張一元清涼的廳堂裡，嗅吸著清苦的茶葉香；廣德樓裡絲竹吱吱呀呀，貼紅紙的戲牌子上寫著今晚的戲碼《挑滑車》、《空城計》；瑞蚨祥裡一匹匹綢緞的陳列彷彿幾百年來都是一個次序；而狗不理店前那對泥塑的李蓮英和慈禧太后，手托泥塑的包子，一臉泥塑木雕的滿足的表演，卻足以讓我們大笑一場。

即便不是老字號，近朱近墨的，大柵欄街上的店也都染上些老氣橫秋，或者說陳舊、因循，簇新燦亮的鋼化玻璃後面，有些東西是死也不變的，就像那些貌似時新的服裝店，說它不時新有失公允，但是身在那樣半明半昧的店堂裡，五十年以上歷史的老電扇緩緩轉動，無論多麼時髦的款式放在那裡都恍惚產生出時代移位的錯覺。

可是我喜歡極了大柵欄那份億俗可愛，它是奇異的，愛俏又不會打扮。五百年歷劫而後重生，有如隨時間剝落的金漆，總被隨意補上兩刷，後人也就這麼湊湊合合著過下去，舊了就再抹上新的顏色，也不管是不是協調，然而隨便擦拭去某處的灰塵，都可見在層層的漆殼下，不像那些人與地的靈魂已經死亡的廢墟，也不同於那些光鮮的贗品，它是活著的，土里土氣的，紅紅火火的，真實的活著的，而且活下去。

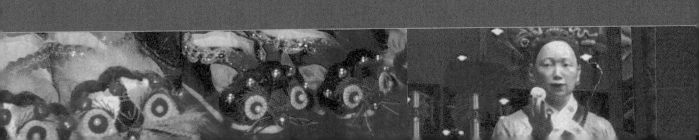

王府井
中國第一街

Wangfujing:China's First Street

文 徐淑卿　**圖** 何經泰‧陳小芃‧廖偉棠

王府井北起東四西大街，南至長安街，全長不過一千多米，卻是著名的「中國第一街」，也是觀光客到北京的必遊之地。1999年，王府井大街金魚胡同到東單三條路段被規畫成步行街，並和巴黎著名的香榭里舍大道結為姊妹街，從此在夏天散放著露天咖啡座、舉辦啤酒節的步行街，就成為一種對歐陸的模擬和想像。

如同外灘是上海的建築展覽館，匯集在王府井大街的各式百貨公司，也像堆積在不同岩層的化石般，展現了北京不同時代的消費景觀。最時髦的應該是位於南端的東方廣場，各種名品服飾咖啡美食無不具備，走在這個迷宮般的華麗商場，就像掉入資本主義的貨倉一般，令人目為之眩不辨日夜。

不過北京人更為鍾情的可能是1955年開業的北京百貨大樓。在過去物質缺乏的年代，到被譽為「新中國第一店」的北京百貨大樓購物，就像到鄰近的北京飯店用餐一樣，是少數脫離生活常軌

而必須極其慎重乃至滿懷期待的盛事，因此北京百貨大樓之於北京人，就像錦小路市場之於京都人一樣，充滿著年節歡樂的象徵，即便東方廣場如何新穎氣派，依然不能取代北京百貨大樓在北京人心目中的位置。

其實若要說歷史悠久，東安市場才真是當之無愧。清朝光緒二十九年，為了整頓東安門外大街的市容，清政府將附近商販聚集在廢棄不用的八旗兵練兵場，從而形成東安市場，也是王府井日後成為商業街的起點。現在重建的新東安市場當然不復舊時面貌，但是在老一輩文人的隨筆雜憶中，依然可見老東安匯聚著吉祥戲院、書店、餐館、小販的熱鬧景象。當年在東安市場的商鋪現時多半不在，只有位於五樓的東來順，地下一樓的老北京一條街、中華老字號一條街，與安放在新東安門前唱戲、剃頭、拉黃包車的塑像，留下幾許過往的線索。

為了完成友人代購六必居醬菜、同

仁堂藥品的囑託，我多次來到老北京一條街。王麻子刀剪、盛錫福、瑞蚨祥等當年的中國名牌，就像乾燥花般陳列在這時光凝凍的長廊，雖然「頭戴馬聚源，腳穿步聯陞」的時代早已過去，但是這些如時間結晶般的老店，總讓人記起他們遠去的輝煌。

有時歷史玩弄的把戲並不是消失或遺忘，而是以一種意想不到的方式讓某些東西存在。其實王府井最有歐洲風情的不是步行街，而是從1655年便矗立在這裡，其後因地震、大火而多次改建的天主教堂「東堂」。現在「東堂」還是有固定望彌撒的時間，不過因為它古典的歐式建築風格，使得這裡成為拍婚紗照的絕佳地點，腦筋靈活的婚紗照業者，乾脆在「東堂」外面放置一輛粉紅色的骨董車充當背景，這種宗教殿堂與香車美人結合的景象，就像德高望重的老人配戴粉紅色領結一樣，具有令人驚奇的喜感。

王府井的得名，據說是因為這裡有王府還有水井。曾被湮埋的水井在1998年整修道路時重見天日，就位於步行街北端路西處。其實現在的王府井大街，曾被切割成三段，從東四西大街到燈市口大街稱為王府大街，燈市口西街到金魚胡同稱為八面槽，金魚胡同到長安街為王府井大街，文革時將這些路合併稱為「人民路」，1975年更名為王府井大街。在袁世凱時代，王府井大街一度變成莫里遜大街，據說原因是這位英國記者曾撰文吹捧袁世凱，為了酬謝他，莫里遜所居住的王府井大街就改為莫里遜大街了。現在從老照片中，還可以看到莫里遜和他的中國僕人在住所前的合影，當然這個位於北京百貨大樓南側的宅子，如今已片瓦不留了。

不論是精神食糧或口腹之慾，王府井一應俱全。想要買書，可到王府井書店蒐羅所需，喜歡嚐鮮可到王府井小吃街與東華門小吃街，幾個攤子下來，絕對酒足飯飽。這時再到東堂走走，便已是閒適充實的一天。

東單體育場 Dongdan Stadium
A Historical Turning Point
歷史的轉折點

文 薛綬　圖 何經泰

鄧雲鄉教授論北京的舊建築，說：「如果有一問：舊時北京街上什麼建築最漂亮？我會毫不遲疑地回答：牌樓。舊時北京街道上的舊牌樓，可以說是世界上最華瞻、漂亮的街頭裝飾建築之一。國內有牌樓的城市雖多，但與北京是無法比擬的。」

引這段話只是為了吊胃口。鄧教授說北京當年有大大小小三十五個牌樓，「可謂洋洋大觀」。可是現在怕一個也找不到了。這涉及當年梁思成同當局的一段公案，說來忒繁，表過不提。但現在逛北京，例如走到東單牌樓的舊址，仍舊值得在附近走走。牌樓確是沒有了，但在東單（「東單牌樓」的簡稱）十字路口北側，有東方廣場。這是李嘉誠投資的使北京比美曼哈頓的項目，當然可

以一看。南側，似乎只是一個運動場，一個街心公園。其實，這兩處可說更有來頭。希望路過東單的諸位，了解北京的「曼哈頓」之餘，對這兩處地方也切莫錯過。

這一大片，原來是個空地。1948-49年，京中戰局緊張之際，這裡被闢為機場。許多顯要人物就從這裡乘飛機南下，由此才開闢了海峽彼岸的一片天下，使中國當代歷史造成了現在的這個局面。遙想當年，袞袞諸公乘機南行時是怎樣的心情，值得後人探索。更有一些顯要人士，拒絕南下，例如陳寅恪先生，至今還惹人研探其中因由。當年的進進退退，全發生在這一小片土地上，其意義豈不大哉！

再往前若干年，1946年12月24日聖

誕夜八時左右，這裡又發生了一件大事。北京大學先修班十八歲的女生沈崇離開八面槽她表姊的家，準備到平安影院看電影，走到僻靜之處，突然被兩個美國兵架住。這兩個人是美國海軍陸戰隊的伍長皮爾遜和下士普利查德。他們把沈崇架到東單牌樓南側的東單廣場，大概即現今東單公園所在地。就在那裡，沈崇遭到非禮。沈崇拚命抗爭，大聲呼救，路過此地的工人孟昭傑發現後，兩次救助未成，便報警求助，才將皮爾遜等帶到警察局。這就是抗戰勝利後著名的「沈崇事件」。由這事件引起全國風起雲湧的學生運動，更激起國共之間的激烈鬥爭。當時北京大學訓導長陳雪屏在校內宣稱：「該學生不一定是北大學生，同學們何必如此鋪張？」也

有人說沈崇是延安派來的特務。後來查明，沈崇不是無名之輩，而是清朝兩江總督沈葆楨的後代，父親時任國民黨政府交通部處長。她本是胡適推薦入北京大學的。這才使得人們無話可說。

由沈崇事件引起的全國性的學生運動，可以說是國民黨政府當年在大陸全面潰敗的一個重要契機。歷史學家金沖及先生因而稱1947年是中國歷史上的「轉折年代」。

現在只能在這一小小的街心公園裡見到幾個孤獨的老人在漫步。誰能想到，就在這個小地方，曾經開始了中國歷史上的某個重大轉折！

轉而悲哀的
The Drooping Sunflowers
向日葵

文 張亦霆　圖 徐欽敏

43

那個人，我們都叫他毛主席，他死了很多年了，但我們還是有很多機會可以見到他：天安門正對國旗的畫像，各種書籍，電視台的紀錄片，或者乾脆去天安門對面那個叫做紀念堂的地方，在那裡我們似乎並不覺得是在看一個死人，原因很簡單，因為他是毛主席。

我們大家都是凡人，飯一頓一頓地吃，覺一夜一夜地睡，有一份工作可以朝九晚五地無論怎樣做點什麼，有一間屋可以在不工作的時候待在裡面胡亂搞點什麼。（當然，凡人之間也有差別，有人吃得好，有人吃得差，有人睡得香，有人做噩夢，有人開賓士，有人開步走，但這些都不算本質的差別，就像不管住別墅還是破草屋，反正一樣都是胡亂搞點什麼。）

毛主席也是凡人，他也要吃飯，睡覺，也有一份工作，就是當主席。他住得比我們好一點，這很正常。他團結緊張，嚴肅活潑，談吐風趣，愛吃辣椒，

 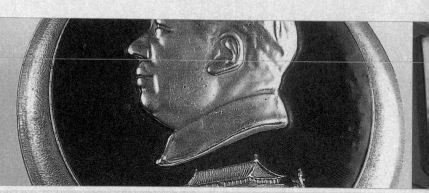

他還是當時最好的詩人，大家都讀他的詩，還把他寫的文章背下來，事實上，我們把他說的每一句話都背下來了，因為它們在生活中的重要性，就像普照大地的陽光，每一天都用得上，事實上，我們都認為他本人就像太陽一樣，然後，我們都管自己叫向日葵。

不知道毛主席當年站在天安門城樓上看人並被人看，會不會覺得暈，那是十幾萬個被比喻成向日葵的年輕人，他們不停地跳著，「毛主席萬歲」的喊叫聲就像來自幾萬部轟轟作響的機器。這時從天安門城樓上往下看，看不到一個具體的人，但是能看到一個群體。組成這個群體的每一分子都有著驚人的一致性，匯合起來就成了一個令人震驚的群體，它看上去是如此令人震驚，以致會使人誤以為它可以具有一切可能性。從這個群體裡往天安門城樓上看，也看不

到一個具體的人，但是能看到一個穿軍裝的人影，他就是毛主席，沒有人會把毛主席想得很具體，因為沒有人的想像力可以發揮到那個地步，我們最多只能像向日葵想像太陽那樣，想像毛主席就像太陽那樣無所不能。一個具有一切可能性的群體向著無所不能的毛主席發出令人心驚膽戰的歡呼，毛主席威嚴／慈祥／欣慰地微笑著舉起一隻寬厚的大手，在空中頻頻揮動，有時那隻手會輕輕一頓，短時間地停在空中，說時遲，那時快，具有高度職業敏感的小個子攝影師剛好按下快門，是的，在當時，一切就是那麼天衣無縫。

也許，毛主席確實不是凡人。或者說，我們實在不願把他當作凡人。就像F4的fans不願把仔仔當作必須吃喝尤其拉撒的凡人一樣，是我們讓毛主席和仔仔在同樣的理想化氛圍中羽化而登仙。

但是我們就不去多管仔仔的事了，我們接下來要說然而，理想似乎永遠是現實的童年。在現實中，一共有兩個毛主席，一個照常（並不是經常）出現在天安門的畫像、書籍、紀錄片和水晶棺裡，以官方的身分延續其影響；另一個毛主席則經常在交通擁擠的民間無微不至地注視著我們，他被寫在真真假假的毛家菜館的招牌上尾碼以紅燒肉，或者掛在計程車司機的後視鏡上神情飽滿地悠來蕩去，他為書商做廣告，比如「毛主席最喜愛的XX書」之類，他還在潘家園舊貨市場待價而沽，攤主守著他的主席像章、陶瓷塑像和郵票，與有此嗜好的收藏者爾虞我詐，最後皆大歡喜或一拍兩散。

我們正在談論誰？有社會主義特色的市場經濟普及教材？有一定價值的收藏品？有文化含金量的形象代言人？南海觀世音菩薩？

大概過了三十歲的人都有機會明白一點所謂愛情，那就是當狂熱與激情煙消雲散之後，你可能會很迷茫，也可能，偶爾一個人傻笑一下：呵，原來不過是這樣！轉而悲哀的是，你會認為以前的理想化初衷全盤都錯，你很快開始調侃你曾願意為之付出一切的東西，你還會爭取作一個犬儒，以冷漠衛護你疲弱的神經。然而真正悲哀的是，從集體的理想化，到集體的犬儒，從昨天的向日葵，到今天的傻子瓜子，所有的配方和工序原來只是百年老店之一脈相承。

這就是為什麼每當我路過天安門廣場，看到端莊慈祥的主席畫像的時候，總會把那些在電視上拿腔拿調的所謂特型演員撥拉撥拉讓他們站好：哼，高的高矮的矮胖的胖瘦的瘦，一點也不像！

大院
The Cities within the City
陽光燦爛，動物凶猛

文 尹麗川　圖 徐鈠敏

南方有蘇童的香椿街和殘雪的黃泥街，我們遇見哭泣的婦人和陰沉的少年。遍地是潑出去的髒水，到處都在生鏽在浮腫在腐爛，梅毒蔓延，蛛網橫生，散發出經血和死嬰之氣。

這樣的一種陰霾晦暗到了北方不復存在，同為動盪年代的見證者，王朔動物凶猛，姜文陽光燦爛，崔健開創新長征路上的搖滾。除卻南北氣質的相異，北京被賦予、主觀享受和被動承受的政治經濟文化中心地位，在上世紀中後葉，更滋養了一種特殊的大院文化。造反有理、捨我其誰的優越感和後來的理想主義幻滅感、少年時代優越感的喪失伴隨了一大批北京大院孩子的成長，其中一些人後來做了藝術家，並成為一代

人心目中的英雄——崔健是反叛英雄，王朔是反文化英雄，姜文是重新解釋英雄主義的英雄——他們都是在英雄主義情結下長大的。

我年少的時候路過那些朱紅色的門、白底黑字的門牌和綠軍衣筆直的守門的士兵，那些戒備森嚴的大院以及被它包圍起來的神祕莫測的生活，以為那是我永遠無法深入之地。初中時有個海軍大院的女孩跟我要好，她穿香港買回的衣服，講述在電視裡露面的歌手的私事（與她同屬一個大院），帶給我吃外國巧克力。那個時候，最基本的物質滿足對於普通家庭的孩子都是一種奢華，更妄言物質享受；電視明星更是我們無法接近的外星客。

現在這已不是祕密：中國最早聽披頭士樂隊的是林彪的公子林立果。不管是謠傳還是事實，這祕密都具有合理性。禁閉的年代，高幹子弟享有的特權不僅體現為物質特權，更體現為精神特權和文化特權。大院子弟繼承了前者的優勢，又比之更加開放和平民化。加之他們的父輩多為來自五湖四海的各行業菁英分子，不同地域的文化的碰撞與交合從來就有利於產生傳奇。

相比之下，北京本土的胡同文化顯得保守、封閉而滯後。物資緊缺的恐怖時期，在油和雞蛋方面「首都人民」還享有比外省人優厚些許的特權，但文化資源方面和全國普通人民一樣蒼白，少得可憐。北京的傳統文化則無一倖免地遭到毀滅性破壞，如今再建的大柵欄茶樓，只是曾經的老北京的複製品──文化的味道，總不是說有就有的。毀滅了，就得再熬上一些滋養的年頭。而茶樓、鳥市、戲院還可以重建，北京市井文化的傑出代表人物老舍先生卻永遠地去了。

空軍大院、海軍大院、全總文工團……，當年龐大院落的神聖誘惑已消失殆盡，如今最惹眼的是豪宅、別墅、私人俱樂部。文化資源的平等，英雄主義的覆沒，經濟決定一切，網路時代的來臨，大院不再構成特殊的文化土壤。這是件再好不過的事──所有的院落都有圍牆，早就該拆；雖然會聽到一些遺老遺少的抱怨。

新

Newness

建築師競技場

文 陳政　圖 陳政

　　安東尼奧走進現代城辦公樓，在電梯間與一群心思各異的準白領扶搖直上。2004年，意味著他來到中國的第十一個年頭，這位自稱：「born in Venezuela but based in China」，1999年被潘石屹聘為首席建築師的委內瑞拉人，對眼前的一切已再熟悉不過。到中國謀發展的思路，應歸功於1976年就在中國清華大學學建築的哥哥的鼓動。如今，他的哥哥已在中國待了三十年，他自己在北京成立8&8建築師工作室後，99年效力於現在的東家，以至於當他從容地邁出電梯，就能直接步向SOHO現代城頂層高大潔白的房間，那裡是他作為北京紅石實業公司首席建築師的辦公之地。

　　同一位偉人站在天安門城樓上期望的萬千煙囪林立景象有所不同，透過安東尼奧開闊的落地窗，充滿了數也數不過來的工地。據統計，2000年北京的開工總面積為六千九百九十五萬平米，而2004年的開工總面積達到七千萬平方米。它意味著北京正在為數百萬人提供

新的住房，也為越來越多的人提供不同於以往的生活消費場所，最終把他們導向新的生活方式。當我們從空中俯瞰首都，曾經以金黃和寶藍琉璃瓦為皇親國戚提供工作生活休閒場所的主流建築群，正在一片又一片的龐大工地中，讓位給以玻璃鋼筋水泥鑄就的各式建築群。遠大於故宮規模的新社區居民，在保安把守欄杆緊鎖的大門內，過上了比當年紫禁城裡更舒適的日子。

據說在歐美，現在一個上萬平方米的項目已經很了不起了，甚至是某些建築師一輩子所能遇見的最大的項目。而北京幾千萬平米工地上，確實造就了一個不可思議的大舞台，供世界各地的建築師們輪番登場。對世界頂級建築師來講，中國已經從一個新興市場邊變為一個不可或缺的市場。各大建築公司開始在中國開設辦事處、承包工程，而且他們發現，高樓大廈和大膽規畫，在這裡得到了令人興奮的結合，這裡的建設速度也是西方發達城市數十年所未見的。有一串數字，是關於建築公司的。據美國有關部門統計，全球最大的兩百家國際建築設計公司中，有一百四十家在中國有業務活動或建立分支機構，北京無疑是他們注目的焦點。北京市二十一個五星級賓館中，國外建築師設計或中外共同設計的就有十三家。北京目前三棟最高的地標性建築：京廣中心、金城大廈和國貿中心，依然是國外建築師的大作。國際化不再是一句大而空的口號，在北京，它就是眼睜睜的事實。

不僅如此，為迎接2008年奧運會，北京還有一批新的體育場館、公園、旅館以及機場等待設計開工，這是足以令多少建築師熱血噴湧的動人時刻。想像一位天才建築師終日守住一張紙勾勾畫畫，整天停留在電腦上敲敲打打的屈就樣，就能理解等待開發的土地對建築師

的撫慰意義。這個龐大的舞台，注定要成就來自五湖四海的建築師明星。

於是「安德魯們」出場了。幾年前這些並不為大眾知曉的名字，現在成了廣為流傳的公眾話題。法國建築師安德魯對應的是國家大劇院那粒透明水蒸蛋，瑞士建築師赫爾佐格和德梅隆對應的是鳥巢狀的國家體育場，在競標中力挫群雄的荷蘭建築師庫哈斯對應的是央視新樓，英國建築師福斯特對應的是北京新機場，還有水立方、中國電影博物館等地標性建築，無一不與國外的建築師或設計公司相連。當然這幫出場的人各有來頭，安德魯的招牌菜是戴高樂機場，庫哈斯的頭銜通常是2001年普利茲克獎得主或者最新銳最活躍的建築師，而福斯特更是搬出爵位來應對。而國內的建築師通常被認為其見識功力和地位，對於奧運場館之類的標誌性建築，還缺乏相應的說服力。與此同時，大量

風格各異的建築師和他們設計的現代建築，會不會使北京成為外國建築師的實驗場，一時間成了公眾議論紛紛的話題。當然，開放的中國不會因為暫存的異議而放緩前行的步履，眾多開發商引進國外建築師的案例更是層出不窮，他們甚至把外籍建築師作為炒作樓盤的強力武器，大肆宣揚，唯恐國人不知。大眾的媚外心理無疑是強大的，某方面說，正是這些多數的力量推動開發商做出這樣的選擇。

潘石屹和張欣的選擇無疑更為聰明。用安東尼奧的話說，他倆的聰明之處在於通過文化來獲得商業利益。潘石屹的看法是：建築師和藝術家的成果，可以通過商業來轉化並得到社會認可。在建築師張永和的建議下，潘、張邀請了十二位亞洲新銳建築師，負責十一棟別墅和一個俱樂部的設計。地址選在北京八達嶺附近，水關長城腳下這塊八平

方公里的地方，取名「建築師走廊」。挑選建築師的標準有兩個：一是年輕，二是前衛。潘、張給建築師的唯一限制就是盡可能使用當地建築材料、資源、勞動力。同每個建築師獲得的一萬二千美元報酬相比，建築師們在這裡擁有盡情發揮創造力的自由顯得更為誘人。張永和曾經不無矛盾地承認：「在這裡的任何發展都是對自然的破壞，但我們又沒有勇氣不參與這個項目。」

入選威尼斯雙年展和長城的遠古背景，擴大了建築師走廊的號召力，也奠定了十二位建築師的新銳魅力。從這裡的箱宅，我們開始了解張智強於香港的獲獎作品；從這裡的公共俱樂部，我們了解了承孝相的貧困美學；從這裡的家具屋，我們了解了坂茂的紙筒教堂；從這裡的山水間，我們更是了解了張永和的非常建築主張……，暫且不論這批建築的價值如何，至少我們看到了從理念、材料到結構的諸多可能性，我們也看到了自由想像和生活舒適度的種種矛盾，在這組讚毀各執一詞的建築裡，我們還看到北京這片什麼鳥都相容的碩大林子。

或許，建築不過是建築師內心智慧的發洩地，當消費者享用他們智慧，並把這種享用當做奢侈品四處傳誦時，也是建築師們煥發集體青春期的最佳時期。誠然，在經濟迅猛增長後，我們擁有了引進更高更強、國際一流建築師的能力，我們在往北京城填充更堂皇建築的同時，曾經統一規畫、集權設計、煥發獨特民族魅力的古老都城再也不復存在，並且這還是時代誰也擋不住的巨大推動力。一位建築師感歎：「建築有它來的時候也有去的時候，建築作為永久性的是對地球的不負責任……，只有思想是永久性的，所以孔子也說逝者如斯乎，就讓它去吧。」

Oriental Plaza
The New Beijing Rising above the Old

東方廣場
站在老北京上的新北京

文 徐淑卿　**圖** 陳政

　　如果要選擇一個建築物來代表北京的城市新貌，答案可能見仁見智莫衷一是。但我心目中的首選，則是位於東長安街一號的東方廣場。

　　東方廣場佔地十萬平方米，雄踞在「金街」王府井與「銀街」東單之間，玻璃帷幕的外觀，像是長安大街上一塊閃亮的寶石。這個建築群包括八幢辦公樓、四幢酒店式服務公寓、東方君悅酒店、五個不同風格的時髦賣場與中央噴泉廣場。而這麼龐大的工程，從1996年破土到完工，僅耗時二十二個月。走在興建完成的東方廣場上，據說主要投資者李嘉誠都不禁自豪的說：「這裡現代化的程度，和美國紐約的曼哈頓也沒什麼差別。」

　　也許言者無意，但是這句話卻巧合的預言了北京的未來。從那個時候開始，為了迎接2008年的奧運，為了建設新北京，北京在現代化的道路上，義無反顧的推平了許多具有傳統特色的胡同和四合院，取而代之的是高聳時髦的大樓，當上海想要重續老上海的繁華舊夢時，北京卻逐漸成為紐約的翻版。

　　東方廣場這塊寶地歷經多少滄海桑田，答案就在它的腳底下。1996年，在東方廣場的工地裡挖掘出兩千多件古人類使用的石器、骨製品與動物骨骼，顯示這個地方不僅是現在北京人來人往的城市中心，也是兩萬五千年前古人類活動生息的場所，這是一個不斷層累堆疊著人類痕跡的歷史層巖。為了保存遺址上的發現，東方廣場在地下層設立了「王府井古人類文化遺址博物館」，古老與現代交會一處，東方廣場儼然是站在老北京上的新北京。

走在東方廣場，心情時常是矛盾的。這裡有便捷的地下鐵、種類繁多的時髦商品，北京人在這裡可以享受和其他國際都會一樣的舒適生活。

遺憾的是，一個城市的現代化不應該只有新沒有舊。當初，為了東方廣場應該蓋得多高，曾引起很大爭論。官方批准的公文是七十二米，北京的專家認為應該控制在四十五米之下，但是投資者認為應該蓋到八十五米高才漂亮。後來東方廣場的催生者周凱旋向李嘉誠建議說：「北京人很珍惜自己的天空，這種文化已成一種規矩。」最後東方廣場修改後的高度是六十八米。

其實北京值得珍惜的豈止是自己的天空，還有幾百年的歷史才能形成的胡同、四合院與悠悠揚揚的生活步調，這是全世界獨一無二，不論是紐約、巴黎都無法取代的珍寶。

從景山萬春亭向南遠眺，東方廣場像浮起的堡壘一樣，遮蔽了一小塊北京的天際線。在東方廣場的開發過程中，不論是它礙眼的高度或能否保護挖掘出來的古人類遺址，甚至東方廣場讓多少具有歷史意義的民居化為烏有，凡此種種都曾引起許多爭論。但是重要的是，東方廣場依然走過這些風風雨雨，成為建設新北京的一個重要標記，東方廣場預示了北京未來的命運，一個新而現代化的北京將逐步誕生，而老北京的領域將快速萎縮，在北京新舊交鋒的擠壓中，東方廣場帶領著求新的勢力走向勝利的一方。

中關村
Zhongguancun : A Synonym for High Technology
高科技的代名詞

文 李師江　圖 何經泰‧廖偉棠

長城是北京通往歷史的名片，而中關村則是通往未來的名片。對中國這樣的農業大國來說，電子必然是一個時髦的辭彙，而中關村則是中國通往未來的關隘。這個想法其實是我在讀高中時的印象。那是九○年代初，中關村正隨著286電腦、北大推倒南牆等一系列新事物名聲鵲起。高中地理上說，中關村跟美國的矽谷、台灣的新竹一樣，都是各個地域的電子技術開發區，高科技的代名詞。因此心理頗為嚮往，決定藉上大學的機會看看中國的矽谷是啥玩意兒。

我是個科盲，所以對有科技天賦的人有崇拜心理，對中關村自然也有朝聖心態。但1993年到了北京上大學之後，我對中關村的印象大打折扣。原因在於它並不像矽谷一樣是個電子產品開發基地，它最多的作用只是把外國生產的電子元件拿來組裝成商品而已，所以科技含量不是很高。因此印象中的電子開發基地變成了電子商品組裝基地，覺得地理書上稱之為「中國矽谷」，有點言過

其實之嫌。當然，那時候我印象中的電子技術和產品開發主要在大容量的硬體，及其不斷升級的技術。現在電子技術的概念又豐富了很多，五花八門的軟體和網路技術，聽說中國的開發軟體水平不低，大概也集中在中關村了，因此中關村在技術含量上大概比以前要名副其實些。

當然，那些技術都在靜悄悄地進行。我有一個同學在聯想研究院工作，每次見到他都有新的課題在開發，比如說做一套過濾黃毒網站的軟體，比如開發一套讓近乎老年癡呆者也能上網的軟體，等等，反正高技術開發的人時刻不停地在勞動，這是中關村的一個基礎，如果沒有這個基礎那中關村也就跟俺老家那個小村莊沒什麼兩樣了。但這些技術在沒轉化成暢銷商品前作為消費者不太了解，所以現在中關村展現給消費者的，是電子一條街，以海龍大廈為中心點。雖然北京其他地方也有零散的電子商城，但一提起買電腦和軟體，大夥還

都愛往中關村奔。比如說你想組裝一部電腦，首先在中關村有挑選多種品牌的餘地，其次在價格上也有貨比三家的自由度。特別是到了週末，海龍大廈熙熙攘攘，讓人覺得確實是一個科技熱潮的時代。當然，你也可以把它當成一個風向標，什麼時候你看到海龍大廈冷清了，大概就是人們電子產品的衰弱時期了。但這顯然只是一個假設。

中國是世界上最大的電子產品市場之一，但同時也是盜版最為猖狂的市場之一。中關村電子一條街也是盜版電子軟體的最重要的集散地，這也是特色之一。盜版在電子一條街上販賣有兩種方式，一種是路邊小販拉客形式，跟販賣毛片的一個手段，拉住你問要不要軟體，要的話就把你拉到胡同或者什麼倉庫裡，什麼軟體都有，連最新版本還沒正式上市的他都有。還有一種就是公開在商場裡賣，電視上曝光的基本上是這種，正版幾百塊錢盜版只要幾十塊，區別不大，還告訴你解密密碼。只有你正

版廠家看到，才會氣得七竅生煙。

很多軟體乾脆就是盜版比正版還火。難怪比爾‧蓋茲氣得只好說，未來中國一定要為盜版付出代價的。誰也不知道是什麼代價，雖然有公司因為用盜版軟體而被告上法庭，但大多數人還是心安理得地用，誰也不會跑他家裡去搜查他用的是盜版的還是正版的。再加上咱們收入也不高，可以振振有辭地分辯道，正版的一套windows上千塊，誰買得起，有盜版才有中國電子產品的普及吧。根據存在即合理的原則，這話顯然是很有道理的，雖然有點強盜邏輯：你那麼有錢我偷一點怎麼啦！不過現在中國的市場要和國際接軌了，這個道理恐怕不久就要行不通了。

電子一條街現在是魚龍混雜的一條街，科技的外表但盜版橫行，它是中國電子市場的集中縮影。也許只有等比爾‧蓋茲的預言兌現之後，這條街才會變成名副其實的電子街，而摘掉另一個盜版街的綠帽子。

静謐的非洲大草原上，夕陽西下，這時，一頭獅子在沉思，明天當太陽升起，我要奔跑，以追上跑得最快的羚羊；此時，一頭羚羊也在沉思，明天當太陽升起，我要奔跑，以逃脫跑得最快的獅子。那麼，無論你是獅子或是羚羊，當太陽升起你要做的，就是奔跑。是的，奔跑⋯⋯。

這讀起來似乎有一點像伊索寓言，但是，誠實的告訴你，這是一個英語培訓機構的「廣告詞」。不需任何商業用語，只要說故事，就可以創造一個成功的品牌。這就是「新東方魅力」。

生活永遠在他方。若這句話是真理，那麼對很多北京的莘莘學子而言，這個他方一定是「外國」，最好是美國，要不然就是英國、加拿大或是紐西蘭、澳大利亞。如何到達他方？對他們而言，只有去「新東方」。

位於海淀區的新東方學校，幾乎已經變成了「北京一景」。無論何時你到那兒去，總是可以看見大排長龍的隊伍。從托福、GRE、GMAT到新概念英語，各式各樣你可以想得到的英語學習的班形你都可以在新東方的招生簡章上尋到蹤影。從幫助北京的學子們拿托福高分，一個一個把他們送出國去起家，新東方創造的「留學奇蹟」讓一波一波的人慕名而來。後來，這份熱潮從北京擴散出去，你可以發現新東方開始出現住宿班，那是為了服務遠從外地慕名而來的外地學生。就從去年開始，上海、廣州更相繼出現了新東方分校，從北京輻射，新東方精神無限擴展。

新東方不只可以幫你到「他方」，它更給你「新東方精神」。用經營一個教條或主義的方式從事品牌推廣，新東方可以說是到了極致。在北京，沒有人不知道新東方的，他幾乎是所有英語培訓的代名詞。提起新東方的創辦人俞敏洪，更是已經到了被「神話」的地步。請大家看一看這一段在網路上廣為流傳

新東方學校
The New Oriental School
留學通行證

文 阮小芳　圖 廖偉棠

48

的文章：

俞敏洪站在垃圾桶上。

寒冷的風從近千人的頭上吹過，俞敏洪感到的卻是一股熱浪。他大聲講著，也可以說是大聲喊叫著，重複著一個哲人的話語：「Hewing out of the mountain of despair a stone of hope（從絕望的大山上砍下一塊希望的石頭）！」我們大家都一樣，比如我和你，我們選定了目標，可是沒有人能給我們鋪好捷徑，因為成功者告訴我們，只有「God only helps those who help themselves（天助自助者）！」

摘自《中國青年》〈新東方魅力——關於一種年輕組合的報告〉

站在垃圾桶上的英語培訓教父，來自農村，苦讀三年考進北大，放棄留學的夢想，只是為了幫助更廣大的中國學生們更有自信的走向未來。這個故事從1999年新東方學校創立，而且獲得巨大的成功以來，就不斷的在報紙上、網路上還有各種媒體上被流傳著，而俞敏洪這個人，也幾乎變成了「北京奇蹟」的代言人。

新東方的魅力，讓許多違背教育理念的教學也讓學生們甘之如飴。你可以想像所謂「口語強化」的課程一個班有三百多人嗎？現今北京所有的英語培訓班級只要強調「口語訓練」的，沒有一個班敢超過十五個人。小班教學是已經變成大家的common sense，但是大家還是願意如此的包容新東方，維護著新東方的品牌。這樣「一心一德」的訓練，讓每個從新東方出來的學子總是不由自主的以「新東方」為榮，新東方變成一個圖騰，一個象徵，它變成了所有中國學生邁向未來的希望。

昨天，一個行銷專員又來跟我辭職。我看見他手上，依然是「新東方」的報名單……

奧運 The Olympic Syndrome
併發症

文 尹麗川　圖 何經泰・王建秋・廖偉棠

49

小時候每個小學生都被老師問過同樣的話：算一算2000年你們有多大？我和我的同輩們不無驕傲地扯著那時稚嫩的嗓門喊：26，27，28……然後老師語重心長地說：是呀，等2000年實現四個現代化的時侯，你們就是國家的棟梁啦，所以現在要好好學習，做好當棟梁的準備……。

這樣的對白聽上去有點酸，但當年這老師的話未必不是真心的──二十年前，我們確實對二十年後抱有幻想，以為一切會變魔術，現代化突然就實現，幸福降臨，我們正值年輕有為……。

這般算計人生的方法，實際上是官方文革式集體主義造夢法的延續，加上中國父母的傳統教育思維：孩子們被教導要學會等待，「過年就會有壓歲錢和新衣裳……」，前提是：「如果你乖……」。之後的人生被分為幾件大事，求學、功名、婚姻、育子……，每件事都按照預想的順序，被希望著發生；其實發生了也不過如此，中間的過程才是最根本的──為了達到目標，必須聽話、努力、團結……，如此國泰民安。

我們的國家機構從來就有擔當全民家長的積習，對這一套「人生大事計」的治民方案一貫搞得清清楚楚。記得是從1997香港回歸開始，不知哪位領導秘書提議了「倒計時」方案，到處可見螢光大螢幕，標明此刻的年月日和距離香港回歸的時間。而人的記憶經常被無端霸佔，再不關心國家時事的人，那些日子也不得不終日惦記著香港早日回歸。

在北京這一切更加鮮明突出，或者說，被無限放大。一項具體的體育事件被上升為政治事件，成為抽象的「國家大事」，國家大事又在精心策畫下被具體化，深入到北京居民的日常生活。這樣一來，成人被當作孩子，而有時竟不自知。

我大三那年，趕上中國第一次申請舉辦奧運會。眾學生們聚在大教室裡看

電視，當中國送展片（拍的是北京天安門天壇市民晨練等景象）播放時，我說了句：拍得真不怎麼樣。同寢室某女生狠狠瞪了我一眼；及至一小時後，奧會宣布雪梨勝出之時，全場先是靜默，然後是歎息，還響起一種奇怪的聲響──那女生和不少女生一樣，哭了。這景象我記得十分清晰，我自然是不敢出聲不敢發表意見，怕被人怒罵。而我的想法僅僅是，雪梨的天比北京的天藍好幾倍，到處有綠樹鮮花，憑什麼在風沙漫天的北京城舉辦奧運會呢？

我確實沒有宏大的頭腦，想不到奧運會有促進國家經濟建設和國家形象之功用，但我本是小民一個，就應該享受小民的任性的權利。可惜在北京，這權利享受起來有點麻煩。作為國家政治文化中心，北京城不停地被裝扮被改造被調整，市民的情緒隨之一次又一次地被鼓動被統一被團結。

1997香港回歸之後是1999澳門回歸，之後是國慶五十年大慶，很是熱鬧花費了一番，之後是千禧年之後是申奧成功之後是國足衝出亞洲走向世界，全北京都被國旗染紅了……。

因了奧運之故，如今的北京，許多的街被拆，許多的樓在建，許多的紀念品被生產，許多的城市醜陋被藏起來，許多的學生惡補英文，許多的職位等著人爭取，許多的油水等著被撈，許多的商人在跟政府搞關係，許多的運動員開始做黃金夢，許多的人家因為修建奧運村而被迫毀房舉家搬遷……。

不管怎樣，如果奧運會能讓北京城變得更美麗而又不勞民傷財，當然是一件幸事。而為了實現這兩點，政府需要做大量的實際工作而不是蠱惑人心。

不管怎樣，對於跟奧運會沒有實際利益關係的人們，我以為還是不要用倒計時的方法來對待2008。要知道，倒計時會讓時間過得更快，而每個人都該有自己的事要忙。

50

樣板房
不求樣板只要房

文 邵懿德　圖 何經泰·鞠保華

The Model Apartments
We Want the Apartments, Not the Models

在中國還鬧騰革命的年代，《白毛女》是人盡皆知的樣板戲，「雷鋒」則是如雷貫耳的樣板人物，他因為助人為樂的事蹟而被稱為楷模。近幾年發動全國學習的樣板是「李素麗」，這位女士原是北京公交車的隨車服務員，由於表現認真，熱心助人，被提報為楷模。這正說明了中國已進入提倡服務意識的年代，做好服務工作不但能掙錢，還能受表揚，更有機會成為樣板。

不過那一年還發生了一件事。著名的搖滾歌手何勇首次踏上了首都體育場演出，這對當年政府尚未開放搖滾樂的封閉情勢來說，真是件大事。表現激動的何勇，在台上大唱成名曲〈姑娘漂亮〉，間奏時這位仁兄問台下觀眾：「李素麗漂亮嗎？」並大聲說：「我愛李素麗。」接著把吉他給砸了。從此何勇就被封殺了，他的表現被認為是對樣板不敬，邀請他上台的領導寫了檢查，他自己則成了倒大楣的樣板。

中國人對樣板，實在再熟悉不過了。今天的樣板依然存在，只是老百姓不再關心雷鋒、李素麗、白毛女、何勇這些樣板了，現在他們關注的是「樣板房」。

在北京逛「樣板房」絕對是一件大事。想想，買房可是畢生的積蓄，往後幾十年的生活型態，活得像個人樣的機會，北京人對擁有自己的一套住房，充滿了無限的激情和想像。為了滿足這一群人，北京開始長高長胖了，原來三環邊還能瞧見農地，現在早被各種塔樓、板樓給填滿了，而且延伸到五環去了。再說，不逛「樣板房」，你連別人的話都搭不上，這事太大了。

幹大事當然要講究步驟。先從朋友處打聽哪兒的房好，接著就直奔售樓處

親身體驗這房好在哪裡。迎面而來的售樓小姐，早已見慣各式刁鑽的生張熟魏，不溫不火的向你介紹自家樓盤的優勢。區位、地段、環境均為上乘，交通便捷、名校醫院就在附近，僅剩二套大、小戶型，問你要大要小，自住還是投資？你想深入再問究竟，伊人早已揣著老兄來到燈火闌珊處，先穿上鞋套，瞧瞧戶型裝修再說。

這一瞧可不得了。極簡風格、歐陸風情、中西雙拼應有盡有。衛浴科勒、漢斯格雅名師打造，廚具西班牙、義大利原裝進口，地板、空調、落地玻璃無可挑剔，只要準備家具及首付款即可入住，小訂兩千，大訂三萬，七日換簽，這房你買不？To Buy or Not to Buy，當你還在琢磨的當頭，好的樓層沒了，要的戶型沒了，擠上來看房的人又多了，價格又要再往上調了，你還有輒沒輒？

山窮水盡疑無路，柳暗花明又一村。走進另一套「樣板房」，同樣的情景回放一遍，不過多了新概念，我們拒絕商住，我們告別冷暖空調，我們CBD首席豪宅，新激情新想像又重新燃起，真不愧新北京，申辦下來了新奧運。

「樣板房」就這樣成為京城百姓週末的生活重心。鞋套可以一換再換，樣板房可以一看再看，但決定買下房可不能一改再改。有經驗的購房朋友一定會警告你，千萬不能相信樣板房，因為最後交付到你手上的成品與樣板房差距太大，原先的激情與想像，換來的是自責與失望，樣板房轉眼間成為坑人房。

北京坑人的樣板房的確不少，但樣板稱之為樣板，還是吸引了前仆後繼的購房者，咒罵者有之、欣賞者有之，最後決定勝負的主角，終究還是樣板房。

記得下回看樣板房，絕對叫上我。

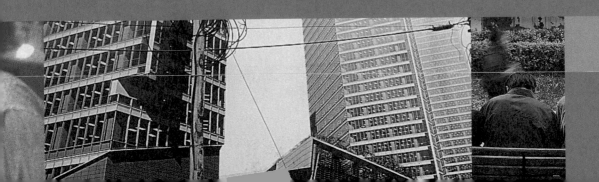

IKEA's Home Goods:Who Are They Good For?

到宜家 學品味

文 尹麗川　圖 廖偉棠·何經泰

從前有部電影有這樣的台詞，「窮人的手和富人的手是握不到一起的」，說完這句話，貧困的革命的農民的兒子就毅然決然跟地主的女兒分了手。他們本是一對戀人。他們這麼做，以前從階級的立場看是有道理的；如今從品味的立場看也是有道理的。好比同學聚會上，剛下崗的倒楣蛋兒需強裝笑顏聽溫飽有餘的白領宣揚宜家家居，另一位跑遍歐美的領導級人物則忍不住打斷白領的話：國貿新開的義大利真皮手工家具店，比宜家有品味多啦，你們真該去瞧瞧……。

大部分時候，我們對朋友的選擇是建立在「物以類聚」的基礎上的。這有助於維護心理健康，避免嫉恨，並迅速建立一針見血的交流。而大部分時候，我們周圍都是些小資模樣的朋友，雖然薪水達不到國際小資的標準，但具備足夠的小資品味，在時尚雜誌的精心煽動下，終日談論村上春樹、王家衛、莒哈絲、爵士樂、GUCCI皮包、紅酒和宜家……。

瑞典宜家（IKEA）在國外多設在郊外以降低成本，在北京的分店卻敢開在繁華的三環路上，大概是摸準了中國人的心思，直搗小資的命門：貴是貴一點，但只要做足了品味，貴一點又算什麼呢？貴一點甚至是必須的，更能刺激人們的購買欲——睡一張歐洲製造的床和睡一張同質量河北製造的床有何分別？只有價錢的差異才能體現品味的不同，更何況所謂的歐洲製造僅僅是貼上歐洲製造的標籤。

標籤就是品味。品味就是錢。所以宜家暫時宜小資的家。所以小資津津樂道小資的品味，內心嚮往中產；中產津津樂道中產的品味，內心渴望貴族。可中產離貴族的距離要比小資離中產的距離遠得多。多少知識分子不懷好意地說：三代才出一個貴族……，貴族成了一項精神化的稱謂，和小資異曲同工，皆暗示出一種小里小氣的優越感。

事實上，我們從沒有比現在更需要「優越感」這種動亂時期可有可無的東西；事實上，我們心裡清楚我們在撿別人的舊衣穿撿別人的舊話說。可是大多數人心甘情願，從前唯政令是從，現在亦時尚亦趣。所謂的文化侵略，說白了就是文化商品的侵略。家居在商家心目中是商品，在購買者心目中就是文化。小資文化的本質就是花錢購買品味，然後快樂或者感傷。宜家家居代表了被精神化的物質生活，當我們坐在沙發而不是太師椅上聽爵士而不是高山流水，我們的審美觀乃至人生觀自然就發生了變化——可這是活該，誰讓我們上世紀沒發明創造出什麼好東西。

到錢櫃
Meeting with Friends at Qiangui Karaoke Bar
去訪親會友

文 趙趙　圖 廖偉棠

「麥樂迪」剛進北京時，北京人快要樂瘋了。要知道，從前的北京人民是在多麼艱苦的條件下唱卡拉OK的：只要有個調就行，根本不管不顧畫面是否荒誕。而且很有一部分歌曲的卡拉OK版，總有一支電子琴彈奏著單音的主旋律從頭跟到尾，就像一直有個「煙酒嗓兒」卻又不會吐字兒的混蛋，隨著你的歌唱而大聲哼哼甚至蓋過你的聲線。

我有幾個朋友，就是靠早些年間拍卡拉OK致富的。說到如何拍攝，其實就是找幾個戲劇學院的學生，甚至隨便找個歌舞團一輩子跳不到第一排的伴舞，胡亂在泳池邊上走來走去擺幾個pose，再由腳尖兒拍到腦門兒，在穿著三點式的中段兒多停留一陣子——齊活。我們就曾經在那些黑漆漆的、逃生可能接近於零的卡拉OK包間裡，指著畫面上土到極點的、未成名時的大腕兒們驚異地叫：「啊，胡兵呀！」「啊，陳小藝呀！」

「麥樂迪」讓北京的聯歡之夜迅速上了一個台階。相對精良的音響，相對齊全的歌庫，相對新式的服務——當然，比起後來的「錢櫃」，一切只是相對而言。但當時已經很了不得了，北京的「愛樂人」還沒見過KTV裡自設酒水超市的，沒聽說過KTV出版自己的雜誌的，就為了這種最前沿的時尚生活，玩著撲克牌在大堂裡坐等四個小時甚至更長時間是常事，只要最後能唱上歌，就牛逼，毫無怨氣。

「麥樂迪」領了一陣風騷後，迅速崛起了一大片類似的KTV，包括唐人街、華普中心等等，其實他們的硬體軟體設施與「麥樂迪」相去不遠，但北京人好「扎堆兒」，這能從他們吃飯看出來，只要流行什麼菜，就全民總動員，非此菜不吃，直到莫名其妙再出一個新菜系，才又一窩蜂轉戰沙場。

「錢櫃」的出現打破了「麥樂迪」一統江湖的局面。那些著黑西服前呼後

擁的waiter讓北京人彷若置身香港的黑幫片，以為自己變作黑社會大哥。寬敞舒適的大堂，殷勤周到的服務，尤其，一應俱全、更新極快的歌庫，令耳朵與港台fans同步的男生女生樂翻了天，頻頻在包間裡唱著第一時間出爐的真還是熱騰騰的榜首歌曲，或者，冷門到很冷的卜學亮的rap，無所不能。

北京的夜生活本來就十分枯燥，前面說過，因為愛「扎堆兒」，連有新酒吧開業，來來去去滿場都沒有new face，「小資」們前一陣看著《Sex and the City》，就曾疑惑地相互詢問：「這曼哈頓，這高檔生活，跟咱北京CBD裡混來混去的，沒什麼兩樣兒啊？」於是自豪之心大漲，越來越不把美國人民放在眼裡。

所以，北京人民改到「錢櫃」「扎堆兒」了。人人都有不同的朋友群，可居然不同的朋友群能在相同的地點遇上——「錢櫃」的自助餐廳，自動扶梯，樓梯上，洗手間裡——真的是沒有一個晚上能不遇見熟人的。我敢說，「人面兒」廣點的，隨便推開「錢櫃」裡十個包間的門，肯定能在其中一間裡找到認識的人。否則我免費在「錢櫃」當一個禮拜服務員。

有時候我會想：人民為什麼這麼愛歌唱？後來覺得，還是因為胸口有口悶氣壓著。唱歌這回事，是由丹田往外撒氣兒的，所以，這是最好的排泄精神垃圾的渠道。很多無聊男女，在KTV裡唱怨曲，喝到半夢半醒，任由摸摸捏捏，再想到這身世飄零，淚如雨下。白天，KTV之外，都跟人似的。

因為「錢櫃」的出現，迅速有了「金櫃」、「銀櫃」，完全記不清楚。有次腦子糊塗的我，打電話叫人時竟大聲地說：「對，就在東直門橋邊兒上，『鐵櫃』，對，叫『鐵櫃』。」

洗腳店
Herbal Foot Washing
的爽快人生

文 胡晴舫　圖 廖偉棠

53

北京的洗腳店是我的封建中國。

洗腳，學名是足部按摩。哪裡都有足部按摩店，你會說。從台北、金邊、曼谷、香港、上海、長沙、東京、漢城，你想得到的亞洲城市都會有。北京，北京只不過是另一個亞洲城市罷了。有什麼區別。

但，北京的洗腳店不同。就是不同。如同這座當了八百多年首都的城市本身氣味一樣，它有種古老隆重的氣勢，有股裝模作樣的講究，北京的洗腳店不僅僅要讓你鬆弛筋骨，他們特意要你覺得這是一種特權——北京車多，官多，特權也理所當然要跟著增多。就算洗個腳，都得有些官家氣才行。可不是，洗腳在以前可是個特權，你以為老舍的駱駝祥子拉一天車下來能有個機會洗腳嗎？給他那雙撲滿灰塵、勞苦疲憊，或許還布滿疤痕的雙足來個SPA？記得《大紅燈籠高高掛》裡鞏俐飾演的四少奶奶嗎？她得謊稱懷孕了，才能享有洗腳的特別待遇。

如果對你來說，足部按摩已經成為

一種現代行業，你的足部按摩師傅跟你的美髮師、銀行理財專員、家庭醫師、品牌專櫃銷售員沒什麼差別。他們的社會角色中性，不含階級意涵。試試北京長安大街邊上的洗腳店。當你被引進一間可以容下一打人的貴賓室時，你忽然驚悟，你可不是身在什麼無名的亞洲城市，你在北京，一座把架子端足、決意要流露泱泱大國風範的古都。他們的洗腳店不只是讓小商人或小婦人來休息放鬆的，他們的洗腳店是準備來招待「貴賓」的。他們的按摩師傅走進來服務的方式，像士兵般訓練有素，敲打腿部的節奏勻稱而一致，彷彿一支軍隊上戰場的整齊步伐。

上北京的洗腳店常常讓人有罪惡感。因為它的官氣，它的階級意味，它的社交氣質。而，它吸引人的地方也正在於此。當我往那把比飛機頭等艙還寬敞舒服的扶手椅上一靠，按摩師傅沉默而嚴肅地將我剛剛浸泡過草藥的雙腳放在他的雙手中，我的腦海就會飛掠過一切一切關於古老封建北京的畫面：大雪紛飛的胡同，四合院的沉寂午後，冬天只剩下黑色樹幹的樹木，早晨燒餅剛出爐熱騰騰的白色煙霧，桃心木桌面擺著一碗碗精緻可口的點心，細工雕刻的長桌擱著景泰藍的洋鐘；尤其，我會聯想那些隱身於深宮宅院裡、始終面孔不明的僕人，歷史上他們的數量遠遠超過他們終生服伺、倚賴吃飯的主人。為了滿足他們主人的感官，他們發明了驢打滾、愛窩窩這類點心，在寒冬深夜熬粥、準備用來泡腳的滾水，清晨打掃鳥籠、餵養蟈蟈兒，把墨研磨好、準備紙筆，下午泡茶、黃昏熱酒；他們謹小慎微，戰戰兢兢活過他們的一輩子，只為了讓他們的主子高興。而，無論如何改朝換代，他們總有新的主子要他們伺候。北京的帝國相貌由他們建構，文化規矩由他們遵循。他們是封建中國的支持者，也是破壞者。洗腳，是他們過去吃飯的方式，現在還是；只不過，他們的主人已經轉換為現代的顧客。

曹馥攝影

北京血拚地圖

The Beijing Shopping Map

54

文 曹鷹　圖 曹鷹·廖偉棠·何經泰

　　北京時髦的服裝集散地大致分為三條線，西單、東四、三里屯。西單是目前北京年輕人聚集的地方，因而服裝相對更加前衛，更新得更為迅速。東四是傳統的購物地區，北京時髦服裝的發源地，品種多樣，價格也比西單地區為高。三里屯是中西混雜的地區，外貿和休閒佔了大部分的比重，所以更加吸引比較成熟些的人群。

西單

　　西單地區以「北京攻略825」為主要購物中心，這個古怪的名字是北京華威購物中心七層的名字，聽起來來勢洶洶，還有點霸道，不過無可否認，目前的華威七層是北京最時髦的服裝聚集地，雖然很多認識的店主都抱怨著掙不著錢，價格上不去，消費能力低等等原因，但依然樂此不疲的駐守在這裡。個人覺得，這裡是北京最有希望成為「東京109」那樣的時髦商業中心，因為這裡的店主百分之八十都是十幾二十歲的年輕人，他們穿的和他們賣的幾乎一樣，所以他們的需要也就是市場的需要。這裡有幾家不錯的店，實在不容錯過。

　　1. 雜貨鋪：真的是間雜貨鋪。最早注意它是因為它的東西實在是掛得太多太滿了，在那麼小的一塊空間裡，好象要爆炸了一樣，好在現在它換了一個像大的店面，沒原來那麼恐怖了。它的商品絕對是以街頭休閒為主，女裝和男裝都有，總體上T恤和運動款上衣佔了大部分，而且成色一流，屬於只穿一件就能出彩的那種。有時候也能找到其他的驚喜，曾經在這裡找到了一條雪花仔的牛仔裙，讓周圍的朋友羨慕不已而都想據為己有。除了服裝，它還有各式各樣的包包，從滑板包、手機包、二手的老式檔包到鑲亮片的小零錢包等等包應有盡有。其他的就說不過來了，反正什麼頭巾、帽子、鞋、護腕、鑰匙扣、化妝包、筆記本……，你能帶在身上，拿在手裡的東西，這裡幾乎都包括了。

　　2. 727℃：哈日裝扮的集中地，以T恤和褲裝為主，款式並不複雜，倒是單品的細節上很有心思，搭配起來只要動點腦子就能穿得非常時髦。這裡的T恤有很多或流行或有趣的圖案，每一款都很經看。有一些在款式上也突破了傳統T恤的設計，加入了諸如抽繩等流行元素。只要看一看店面的玻璃地板，下面壓了很多老闆喜歡的T恤，就足以證明來這裡選擇簡單又好穿的T恤是絕對的

明智之舉。

3. 誘貨：店如其名，有不少做工精細、款式時髦的好東西。風格屬於休閒偏時裝的感覺，於細節中體現流行。諸如夏天可以在這裡見到款式多樣、材料各異的比基尼，估計北京沒有幾家有的賣。平時還經常可以找到一些做舊和復古風格的衣服，款式都比較簡單，顏色也不是鮮豔的那種，所以，對於想穿得與眾不同又懶得費心搭配的人來說，這裡的衣服應該是個不錯的選擇。

4. 超人氣變の鋪：怪怪的名字，不過證明它這裡確實有一些好東西。其實服裝倒不是這裡最值得一提的，關鍵是各種各樣經典或時髦的塑膠玩偶才是這裡的主角。像鹹蛋超人、南方公園、炸醬麵MM等等就不用說了，最近的搞笑版蜘蛛俠也極招人喜愛。這裡還有一些電影中的形象，比如《瘦身男女》裡的劉德華和鄭秀文的肥仔版。喜歡香港明星的fans們也可以來這轉轉，說不準能找到你偶像的玩偶呢。

5. 聖古屋：鞋店。可不是普通的鞋店，別看店面不大，款式的流行速度卻幾乎與日本同步，做工也挺精細，女性化很濃的鞋子和另類的鞋子並存。而且有的鞋子還能嚇你一跳，比如說周圍長滿刺的拖鞋什麼的。鞋的顏色也大多比較豔麗，能穿出很時髦的效果，不過搭配起來可能要花點心思了。

6. 值得一提的還有六層的老牌以「金屬風格」享譽北京的金屬天堂。這裡有十分正宗的皮衣和相關配飾出售，

還有各種T恤和圍巾，這裡還是北京紋身愛好者的朝聖地，因為北京許多「腕」級人物的紋身都出自這裡紋身師的手筆。

東四

東四基本上是從燈市東口向北至錢糧胡同為止的一段大約一公里左右的街道，以十字路口為界，分為南街和北街，在南街有兩家店面不容錯過，分別是「流行舍」和「都市先鋒」。北街的店比較密集，其中最有代表性的有「牛仔酷」、「469甲店」等店鋪。

1. 流行舍：北京最為悠久的時髦店鋪之一，基本上以經營歐洲二線品牌為主，無論款式、質量以及更新的速度都和許多大的專賣店難分軒輊，同時這裡也是北京許多演藝圈的明星經常光顧的地方，基本上換貨的週期為一個月，新舊交替的時候通常折扣非常誘人，這裡比較適合講求質量的時髦人群。

2. 都市先鋒：淘貨和鍛鍊眼力的地方，外貿的尾單是這裡的主要貨源，但是更新得非常迅速，基本上每週都有新貨運到，但是件數很少，而且貨品繁多，所以從中找到精品和前衛的單品所帶來的驚喜，是這裡給購物迷們的最大樂趣。

3. 牛仔酷：牛仔系列產品是北京市場上最時髦的，通常每月會有新款運到，主要以設計見長，基本上在北京沒有重貨的可能性，在將近六十種產品中，總會給人一些意外的驚喜，特別是

這裡的Levis系列，雖然是made in HK但款式和做工還是令人滿意，熟客還享受永久九折折扣。

4. 469甲店：北京最為正宗的哈日風格小店，基本上的貨品都是從日本直接進貨，主要經營懷舊感覺的T恤、襯衫、褲子和鞋，可以在裡面找到很多復刻版本的好東西，比如亞瑟士的老款慢跑鞋，經典的VANS系列格子帆布鞋，印有各種懷舊商標的T恤，是尋找七○年代感覺的不二去處。

三里屯

三里屯酒吧街就像是北京的一處著名的旅遊景點一樣，幾乎沒有人不知道，從前街道邊上的服裝攤更是讓人流連忘返。現在的三里屯北街除了有幾個倖存下來的店之外，大部分都搬進了兩個市場，雅秀和秀色，相比之下，像龍.COM之類的從前著名的店家，秀色裡的更多些。街面上也有幾家著名的中式服裝店，像顧林的紅鳳凰。到北街的另一好處是購物之餘，還可以在路邊的酒吧消磨一個下午。

1. 酒吧裡面看衣服──服裝吧：

三里屯中街十一樓對面，有間服裝吧。不稱其為服裝店，是因為它更像酒吧，而不像普通意義上的店鋪。吧的主人是曾做過平面模特的李小玲。她的店、她的服裝像她的畫一樣，充滿了濃烈的色彩。一面牆壁是鵝黃色，另外牆壁是暗紅色，走進去彷彿舊時的後宮。店裡備有各種面料供顧客選擇，大多是各種織錦繡，以及柞絲等中式設計中常用的面料，色彩同樣濃烈，款式比較新異，主要反映在拼貼和色彩的搭配上，介於紫薰和天愛之間。這裡也像其他類似的店一樣，接受訂做業務，價格也不是太貴，最有意思的是，你可以在天氣好的時候到這裡來喝茶。

2. YOYO：和流行舍比較接近的一個時髦的服裝店，裡面基本上是只此一件的單品，唯一不同的是這家店是會員打折制，最好先入會，然後再大肆的購物。這裡還有一些不錯的首飾出售，款式比較時尚。

3. 老牌鞋店──龍「稻糠母」：

在三里屯服裝街還沒有拆的時候，龍「稻糠母」的前身就已經在中街非常出名了，以經營各種外貿女鞋為主，記得有一年的冬天同一種女靴穿在了很多明星的腳上。現在，龍「稻糠母」的分店開在了中街秀色服裝市場的精品廳中，一進門就能看到在走廊盡頭的別致店面，店裡面分為兩部分，一面是女鞋，各種時髦的款式，除了FIN專賣之外，還有它自己的牌子「龍.COM」，另外一面是各種外貿的登山鞋和滑板鞋，龍「稻糠母」的款式更新得極快，幾乎每個月都有新款到貨，讓總的款式保持在一百多個，價格也很公道，賣貨的小哥也很帥，所以這個地方是要經常光顧才會有欣喜的發現。

戶外用品店
The Sports Gear Shop

文 馮曉蕾　圖 王建秋

　　年輕人的旅遊概念，從最開始的牛仔褲、雪白的旅遊鞋和T恤衫去逛其他城市的公園，到衝鋒衣、衝鋒褲、磨得翻了毛的登山鞋，背著山一樣的背包，全副武裝的穿越「無人區」。都市人的旅遊概念變化著，但這些變化的發源地，都是北京。

　　北京的一群玩家最早帶動了自助旅行，也就隨之興起了眾多的旅行俱樂部和登山用品店。現在更是越玩越專業，已經不再叫旅行，那叫戶外運動。

　　如果你從沒出過門，但又想去嘗試新鮮刺激的野外體驗，進商場肯定不是明智的選擇。雖然大的百貨商場也都國際、國內品牌俱全，從THE NORTH FACE到探路者品種齊全，但只要看看價格，足以令人望而卻步。其實只要到北京著名的幾家登山用品店走走，店家都會給你最全面的介紹，並熱心的幫你準備行頭，因為店家一般自己都是玩家。而且絕對價格便宜樣又足，一樣THE NORTH FACE、BIG PACK、VAUDE、Marmot、Timberland、Aigle、Coleman、LA SPORTIVA、Columbia、Pack Monster、Garmont、CAMP、NIKKO等國際大品牌產品在店裡標明是mad in China，絕對是外面價格20%的sale off。從各式背包、帳篷、睡袋、防潮墊，到小指南針、溫度計、哨子等小配件一應俱全。

　　而且你總可以在店裡找到一小塊的消息板，上面是邀約相遊的資訊。或者

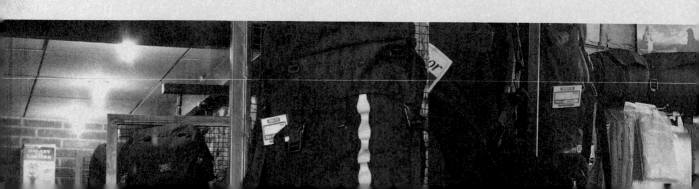

也可以直接向店裡打聽最近的俱樂部活動，直接進入準專業的境界。

如果想玩得更專業一點，攀冰、攀岩、探洞、溪降、漂流、滑翔、滑雪、射箭，也都能在這些店裡找到完備的裝備。並且請教一下導購，結果可能都讓你吃驚，因為其作為玩家的水準。

但這些店並不扎堆。你要想探尋全部，那你只好繞北京城一周，而且還要走街串巷。每家店都有每家店的特色，有不同的經營主項和特別便宜的品牌。老的玩家都會走訪過一圈以後，找到自己最中意的店，成為它的老顧客。

而作為一個新手，如果你只是簡單的想要去走走，那大可不必大費周章，只要款式和價格就好，因為功能對你並不重要。但到店裡走一遭，出來時的一身行頭，也足以矇矇外行人，引起街人的側目。而且一般戶外用品，都會具有很多很突出的功能，絕對能夠滿足一般人的生活需要了。防風的外衣，適合風大的北京，天冷了加件絨衣；防水的登山鞋，既保暖又防滑，適合下雪的日子；各種絨衣，有足夠的保暖，簡單的款式卻永不會被時尚淘汰；到了夏天更有各種款式、顏色的T恤，既能充分透汗又舒適。還有各色的小配件，就算不出門遠行，也可以使你的日常更方便，保持輕鬆、休閒、隨意、舒適的生活。

The Beijing Stadium
北京體育場

文 李海鵬　圖 廖偉棠・鞠保華

歷史上的名城都會依託大型建築來體現文化特徵,而它的意義往往超越實用功能。就像羅馬的大鬥獸場體現了羅馬的奢華一樣,大體育場也體現著現代城市中的價值取向。在這個意義上說,能夠容納七萬人的工人體育場以及一些同類的大型體育建築,就是北京的標誌,在其中舉辦的各種大型活動,是北京最重要的公共生活。

建於1959年的工人體育場實際上並不是單獨的一座建築,而是龐大的建築群體,即使在今天,它也堪稱功能齊全,當時更是亞洲第一流的體育場。作為在建國十週年之際用以體現國家繁榮昌盛的代表建築,從最開始的設計到整個施工過程,運用了當時先進的建築設計概念,這使得它成為一個經典,在幾十年後依然可以稱為中國建築文化的代表和精品的標誌。

工人體育場發展的歷史就是中國體育發展的歷史。從1959年和1961年承辦第一屆全國運動會和第二十六屆世界乒乓球錦標賽開始,四十多年以來,在這裡舉辦的大型賽事包括第一、二、三、七屆全國運動會,第二十六屆世乒賽,第十一屆亞運會,第六屆遠東及南太平洋地區殘疾人運動會和第二十一屆世界大學生運動會。這一紀錄遠遠超越了北京一個城市所能負擔的體育含量,實際上,它差不多是作為國家體育場而參與到中國的日常生活當中。在這裡發生的事情常常被看作是國家大事。

在幾十年中,工人體育場曾經有著無窮的身分。它是「向世界打開的窗戶」,所有來比賽的外國運動員,都從工體開始了解中國;它是北京最夢幻的舞台,無論是國內的明星,還是國際著名的表演團體,都為能在工人體育場為熱情的觀眾表演感到榮幸。除了大型比賽之外,它還是市民生活的一個匯聚之所。

對大多數北京市民來說,工體首先意味著大型演出和北京國安足球隊的比賽。後者始終是甲A聯賽中舉足輕重的力量,很可能也是未來的「中超聯賽」中的豪門。在中國的各個足球賽場中,

工體始終是最有特色的一個，這裡的「京罵」和激情同樣著名。

工體是北京最著名的體育場，但大量的大型活動還需要在其他場所舉行。奧體中心體育場、先農壇體育場、首都體育館、奧林匹克體育中心等幾十個場館構成了北京公共體育系統的基礎，而大量的大學體育場館則為年輕人提供了活動場所。一些面向市民的體育場館如東單體育館，因為收費合理，最受普通市民的歡迎。

在2008年奧運會到來之前，北京會建成更多的體育場館，包括一萬八千座的國家體育館、一萬五千座的國家游泳中心、一萬八千座的奧運會籃球館、兩萬五千座的臨時性棒球場和八千五百座的臨時性壘球場，而最為重要的八萬座的國家體育場，將取代工體，成為北京體育的新象徵。但是，就像曼徹斯特的老特拉福德只有一個一樣，新建築未必能夠取代老建築在人們心目中的位置，象徵意義也未必能夠融會情感。為了迎接大運會和國際奧會代表考察團，北京市的主要體育場館都曾進行了整修，工人體育場和首都體育館、奧林匹克中心共同被列為整修的重點，整個工人體育場的修整耗資五千萬元。在當時的整修中，北京工人體育場把場地外牆全部刷新，更換了整個體育場的座椅，與國際水平接軌。毫無疑問，作為中國最著名的體育場，它依舊是北京的寵兒。

假如設想2008奧運會場館全部建成的景象，在那中軸線末端的兩座五百米雙塔的襯托下，北京工體依舊會有獨特的價值。七百多年前忽必烈營建元大都時，在什剎海東側畫一南北中軸線與水面相切，由此確定了城市位置。這七點八公里長中軸線被稱為「人類文明成就的軸線」，南起永定門，北抵鐘鼓樓，形成縱貫正陽門、故宮、景山等雄偉建築的長廊。與那些即將沿線建成的新的體育建築比起來，工體顯然更少一點廟堂之氣，而就「水面連綴」的思路被複製和發揚來說，未來的北京體育布局恰恰會是一個升級的工體版。

爽
Rush

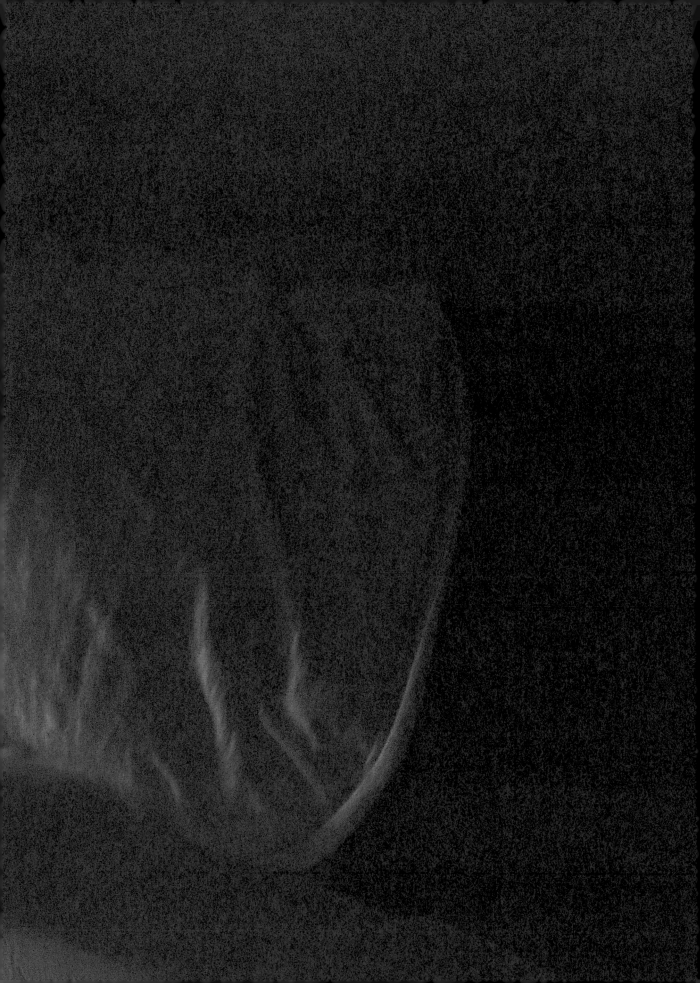

向經泰攝影

57

The Best Scenes

最美的風景線

文 洪米貞　圖 何經泰‧廖偉棠‧魏保華

走在北京街頭，我覺得最吸引人的風景往往不在紫禁城、天安門或王府井，而是一個景點到另一個景點的路上。也許是一條老胡同、一條市街，也許是一個簡陋的綠地，甚至就只是路邊空出來的一塊幾平方米大的空間，在那裡看到的風景往往更有意思，更具生命力，也更能體現北京真實生活的況味。

那些看在北京人眼裡最尋常、最見怪不怪的休閒活動，正是我認為北京最美好的風景線。

工體北路綠色地帶

下棋

每天下午三、四點，就聚集一大群下象棋的人，夏天人多的時候，隨便數一數就有兩、三百人。在這邊下棋的都是男人，各種年紀都有，以中老年人為多。他們從棋盒（通常都是裝月餅的大鐵盒）把棋格拿出來往地上一鋪，象棋一擺，屁股往摺椅上一擱，就可以開始廝殺了，往往棋局還沒開打，一夥旁觀的人就圍上了。

以前來這下棋都要自己帶棋盤，木板刻的，也有畫在薄紙上的，把棋盤往「鐵龍」三輪車後座上一放就成了。去年底這條綠帶新鋪了磁磚，地也還乾淨，大夥就改用一種塑料布棋格，比木板好帶比薄紙耐磨，直接鋪在地上。其實就算沒有棋格也不打緊，反正「楚河漢界」早就刻在這些棋友的腦袋裡了。

北京的象棋比台灣的大很多，我見過尺寸最大的，一個棋子直徑大概就有五、六公分，兩公分高，一顆棋子捏在指間，狠狠地「將」那麼一棋，力道足以砸死兩隻台灣大蟑螂沒問題。

剃頭擔子

往西走一、二十米，以前兩邊都是不算太高的樹叢，幾個露天的剃頭攤就擺在那裡，大多是郊區來的農婦或下崗女工，這裡剃個頭就三塊錢，剪髮技術保證不比店頭裡的差，你若想要順便刮臉剪鼻毛挖耳屎按摩也行。現在這些樹都被剷掉了，理髮的女人也不見了，就

剩下一兩個穿白袍的老師傅等在人行道上。工體西路邊上也擺了幾個攤。有一次看到一對外國男女，興高采烈坐在路邊剪髮，另一個人在旁邊忙著搶鏡頭，對老外來說，這顯然是非常異國情調的體驗。

溜鳥

剃頭攤旁邊不遠，高大的白楊樹下一排矮松，松樹上伸出不高不低的枝幹剛好可以拿來掛鳥籠，自然而然也就形成一個溜鳥區。看溜鳥人踩著閒步，從四面八方緩緩走來，手上的幾個鳥籠隨著左右步伐前後擺動，先彼此打聲招呼，選好位置把籠子掛好，不疾不徐地把籠上的藍布套掀開，點根煙，就那麼悠悠地侃了起來，似乎，隔在幾米外煩躁的下班尖峰車流是發生在另一個世界的事。

這裡溜的全是畫眉。掀開布罩的畫眉一上興，就開始蹦跳啾叫，把牠們學會的聲音全都叫上一遍。如果你也蹲下來跟那些老師傅侃上一會兒，保證可以免費學到一套養鳥賞鳥入門，他們會告訴你：破籠養好鳥叫玩鳥，好籠養破鳥叫玩籠，破籠養破鳥叫玩嘴，光買鳥賣鳥那叫玩錢！這老師傅一個人就提了六籠，他說這個養鳥啊不能單養一隻，這樣牠沒伴就不叫了。那養一對兒呢？老

師傅看你還真是外行，養鳥當然是養公鳥，母的不叫，只管繁殖，哼，我們看到母鳥，還得趕緊把公鳥帶走咧。為什麼？哇，這個公鳥從沒見過母鳥，一見母的牠就要使勁地叫來吸引母鳥的注意，如果不把牠帶走，讓牠這麼叫下去，不把喉嚨給扯破了?!哦，是這樣啊！

風箏

晃完一圈，剛好在工體北口遇見那幾個正在收風箏線準備打道回府的老人，這也才有機會看清楚他們手上的風箏，跟市面上賣的花俏圖案不同，都是自己剪塑料袋做的，有魚有鳥，造型極簡樸，只象徵性勾畫幾筆，他們說自己做的好放、放得高，也不花錢。哇，您這一大捆線有幾米啊？六百，這麼長啊。還有更長的哩，好了要走了。再見啊。明天再來吧。慢走啊。

團結湖公園

另一個我常光顧的「景點」是團結湖公園。儘管名不見經傳，但公園內部的亭閣建式卻也小巧富有風韻。每次只要一閃進那道帶有江南風味的灰瓦白牆裡，馬上就被一片墨綠湖面擁入懷中，旖旎的湖岸披掛拂水的柳色，一陣風吹

來，滿眼的柳綠便窸窸窣窣溶解在溫吞的水面。

吊嗓

　　每天早上當練「鬼叫功」（註：據我猜測，是一種運用肺腹力氣大聲叫喊以求健肺強腹的神奇運動，方圓幾里內一大早被吵醒的居民也因憤怒而同時達到強心的效果，可以說是「一舉兩得」）的隊伍回去之後，那些唱京劇的老人就出現了。雖然北京人的娛樂，已經從聚集天橋下看江湖藝人耍寶賣藝，推演到現今關在密閉的小房間裡唱卡拉OK，雖說卡拉OK是挺新鮮時髦的玩意兒，但放著戶外的好空氣不吸，還得花上一把銀子將自己關在不見天日的地方，上了歲數的老北京人可寧願繼續在公園裡唱他們的京劇。（其實這樣也好，反正世界上的噪音已經夠多，你能想像十三億張嘴，人手一枝麥克風的景象嗎？）

　　這些老人固定鎮守在湖邊的一座涼亭裡，平均年齡至少有七十歲。他們不一定都住在這附近，可是已經一起唱了十幾年，有的甚至每天早上還從二、三十公里外的通州搭早班車趕來會合。這個「同樂會」，一個人拉京胡，幾個老人輪番上陣，可以唱掉整個早上。其中有一個唱老生的老人唱得挺好，每次唱罷都贏得滿堂彩，畢竟以近八十歲的高齡還能記得那麼多歌詞，並且在曲調高亢緊張的段落還能一鼓作氣真是很不容易。至於荒腔走板的人也應該給一點友誼的掌聲，就算是勉勵他再接再厲吧。

拉琴

　　在這些唱戲的人裡面，我尤其對那個拉胡琴的老師傅印象深刻。他是忠實票友，每次去一定會看到他，平時總是他拉京胡給同僚伴奏，如果多來一個樂手拉京胡，那麼他就拉二胡，外加擊板，他只拉不唱，可說是那行人中最沉默的，也是最辛苦的，其他人唱完了都可以歇會兒，可是他要從頭拉到尾，他肯定也是他們之間最重要的，沒有他，大家就沒戲唱了。

　　對這師傅印象深刻，主要是他的樣子很戲劇性。他的穿著特別寒酸，頭上布帽又髒又縐，我想他一定生活得很困難，肩上總是揹著個塑料帆布袋，裡面裝了好幾把琴，嘴裡叼了根嗆人的劣煙，一手提著把紅色塑膠皮料的收摺椅，另一手上掛了個鳥籠，一步一步走得很慢，來了就把鳥籠往涼亭柱子上一掛，坐下去一口氣可以拉上三、四個小時，想像那也是隻「嗑」京劇的鳥。

　　有一次，我特地坐在他旁邊，看他小心翼翼從破爛污漬斑斑的塑料帆布袋裡拿出一把琴，調了弦，抹上些滑石

粉，把塊破布鋪在腿上，隨即音樂就從他那其貌不揚的京胡裡飄逸而出，看他整個人陶醉在那些抑揚頓挫的樂聲裡的樣子，還真的滿令人感動的，那時你會了解什麼叫「Passion」！我也就這樣欣賞了幾小段業餘的〈除三害〉、〈趙氏孤兒〉，還有其他。

唱歌子

直衝公園東門的正亭裡，偶爾的星期天早上會有些四、五十歲的女人，她們把抄寫在大月曆背面的歌詞簡譜裝訂成一大冊，掛在涼亭上，指揮拿一根棍子隨著歌聲逐行逐句在月曆上指點，唱完一首就掀下一頁，唱的主要是她們年輕時代的流行歌，比起老人的京劇要算現代很多，但隨便一個路過的年輕人也不一定插得上嘴。這樣的團在天壇公園的迴廊裡也有類似的，大概是每個星期六下午。記得我初來北京，第一次到天壇參觀時意外在迴廊聽到歌聲，那種氣氛還真讓我感動了老半天。當時我確實很想加入一起唱幾句，可是看看旁邊鄰居的歌本，發現沒有一首聽過的，更別說唱了，而且歌詞很多都跟毛主席、紅軍或偉大的中國有關，突然間，在一片感性中意識到兩岸的差異……。

練大字

團結湖的傍晚，偶爾也會遇見那個練楷書的老太太，她拿一枝剪成毛筆形狀的海綿筆，大概就一枝掃把大小吧，遠遠看，不知情的人還以為她在掃地呢。她沿著湖岸，熟練地從湖面蘸水，順著水泥地的格子一路寫下去。大約離她半個湖面還有一個練書法的老先生，他寫的是行書，最擅長蘇軾的〈浪淘沙〉，看他靈活旋轉著腕關節，沒幾下，地上一行好字就出來了，這年紀還能背上那麼一大篇，記性令人佩服，我算是少數認真跟在他屁股後面看很久的人，有一次我忍不住說了「浪淘沙」三個字，他突然像被電到一樣，抬起頭，對我一笑，把筆湊到我面前，「來，妳也寫一個！」我露出傻笑，搖搖頭，倉皇而逃。

健身

晚飯後的時間，一群群出來散步、做運動的人湧入人潮還沒散盡的團結湖。這一兩年，中國政府在許多社區綠地裡安上了不少運動器材，北京人於是有了免費的露天健身房。想運動的就靠上鐵桿去摩一摩腰背，滑一滑腿肚，舉舉手抬抬腳，蹬蹬跑跑，不運動的人光站在旁邊看人家那樣上下左右搖來扭去的姿勢，也很有欣賞馬戲團的趣味。以前曾在工體附近發現種在路邊的桃樹，怎麼有些枝幹的外皮特別亮，幾乎到了光可鑑人的地步，怎麼想也不明白為什麼，直到有一天經過看見幾個人雙手抓著那幾根樹幹當單槓拉筋，才終於真相大白。

真不是瞎說的，單單看那五花八門的健身動作，什麼抖身、甩手、打腳、蹲、踏、撥、拐的，一個人一個招式，有次在團結湖西門附近的水泥地上，看到一個女的在地上打滾，原先很吃驚，以為她突然患了癲癇或什麼的，定住細看才發現她是在做運動，不只是我少見多怪，我旁邊也攏上一圈圍觀的人群，相較之下，早上練太極拳的那幾套早就被比下去了，有時候，你真不得不驚嘆於這個民族的創意。

等覆蓋在公園上空的那層灰藍的顏色越來越深，視線漸漸模糊，也該回家煮飯了。走上慣常的那條林中小徑，順便欣賞一下最後沿途的景點——幽會的情侶，並不是故意要去驚擾人家的好事，只是我們似乎都喜歡那條路。此時，業已昏黑的湖畔樓台邊，那個熟悉的二胡又響起了。

唉，在北京大片大片胡同被趕盡殺絕的這個時刻，這些風景維繫了氣如游絲的老北京的命脈，這些風景讓我們（外來與後來的人）體察到正在迅速消亡的老北京文化精髓的蛛絲馬跡，也正因為這些風景，讓我在這個粗莽的城市裡找到了生存的理由。

北京的
The Philosophy of Smoking
香煙哲學

58

文 尹麗川　圖 何經泰、劉博智

對於那些不知改悔的人們，香煙是另一根手指。十指連心，這世上還有更疼的人事。現在我手裡夾了一根中南海，煙藹是藍紫色的，和當年手裡的都寶一樣。都寶已經過去，中南海時代已經來臨。北京的市煙，給北京的市民和居民，包括外地的遊客。多麼的萬眾一心。在我們的京城，每件小物事都可能驚心動魄，一不小心就成了象徵。中南海劫數難逃。

九○年代初的圓明園藝術村，小賣部大姐應該賣出了幾十萬盒都寶。兩塊或兩塊五，恰是當時的消費能力，也是那時濃烈而粗糙的生活。京城的出租司機也大多都寶，黃色「麵的」裡時常煙霧瀰漫。那時節還流行進口煙，商人出門時預備好來路不明的萬寶路。也有那類虛榮病患者，在家都寶在外三五。

十年過去。「麵的」不在，都寶往矣。既然電視報紙齊聲宣稱我們闊了，香煙的檔次當然就提升，中南海有備而來，應運而生。四塊或四塊五，正是都寶的一倍。說明我們的物質水準十年成倍翻番。也算準確，看似一切都成倍翻番：房價、畫價、米價、跳樓價、上床和離婚的速度。

中南海廠家真是聰明到家。算好老外和國人都會喜歡中南海這個名字，更算好女煙民的飛速增長。中南海煙身細長、潔白、焦油含量低，既滿足了女士或女孩們在酒吧的時尚風度，又不至於太影響同樣是風度所需的美白皮膚。

男人們也懂得了憐惜自己。抽了這麼多年煙，誰還敢去查肺。但煙還是要抽的，生意還是要做的，藝術還是要搞的，日子還是煩心的，酒吧還是要去的。換成中南海，心理上總好過一些。焦油含量低可謂我們的香煙哲學，既要健康，又要頹廢，契合這時代的心態。

在他國抽煙早被定性為惡習，敬煙

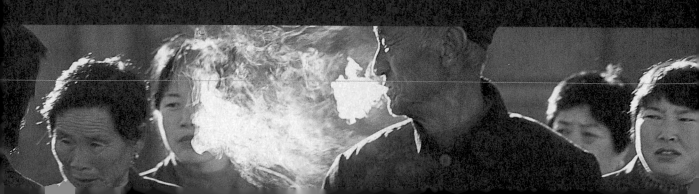

簡直是害人。在本國卻有過一段敬根煙好辦事的純真年代，在那不得不發揚共產主義的貧困時期，香煙曾作為一種聯絡感情的曖昧方式。外地來京的客人會在酒席上逐個發煙，卻被主人堅決阻止，命令說，「抽我的！」那時香煙的優劣更象徵了貧富，現在一盒四塊五的中南海已混淆了視聽，模糊了差異。敬煙逐漸失去拉攏、巴結、慷慨、好客之意。中南海的價位如同它代表的品味，不高級更不低級，大家都抽中南海，大家都小康和小資，遞煙只因對面的人沒有帶煙，香煙不再承擔感情，大家都紛紛西化。

都寶則留給了無產者。北京被藏起來的那些不符合國際居住標準的工棚和簡易房裡，還有無數人抽著一塊錢上下的劣等香煙。在他們中間敬煙仍被視為某種儀式。

萬寶路倒沒有漲價，可畢竟十塊錢，比中南海貴上一倍多。每個出租司機都告訴我，打車的人比從前少。這說明我們並沒有如約而闊，同時也說明我們有了必要的自信和講究實際之心。公車如果方便就坐公車，中南海和七星、白萬寶路都焦油含量低，我們就選擇中南海，香煙亦不再負擔面子。

還有兩件趣事都是關於出租司機的。京城出租司機紛紛改抽中南海，又和藝術家們保持了驚人的一致。而每次去外地，出了車站打車，司機一看我手中的中南海煙，立刻胸有成竹地笑：哦，北京來的。

是啊，我們的北京，我們的中南海。中南海去不得，還抽不得麼？我們的香煙政治，多麼霸氣，又多麼阿Q。我們的香煙哲學，多麼北京。香煙見證了這個城市的變遷，中南海是此刻的滄海。

不對稱的

One of Beijing's Sights: Beauty and the Old Beast

愛情

文 李師江　繪 倪靖

59

在大學的時候，經常看到帥哥一不小心，就被醜女給搞上了。醜女泡上帥哥後一般都很驕傲，不論在食堂還是教室裡黏在一起，你都能感受到她眼裡驕傲的神色。說明這種戀愛關係中，醜女是征服者，帥哥是被征服者。根據我個人的感受，這些帥哥大多是理工科的，在美學上沒什麼追求，再根據女追男，隔層紙的原理，很容易搞定。

既然美男配醜女，那麼是不是順理成章地美女統歸醜男了？事實上校園裡美女基本上出口了，要麼歸大款小款要麼流散到外校，基本上不會爛在鍋裡。所以在校園戀愛中，受益者最多的其實是醜女，她們對獵物比美女更主動，這是我的北京校園裡的感受。

但出了學校好像就不是這麼回事了。美女除了主要供有錢人消費之外，也有一部分歸醜男所有。前者是這個社會中不可避免的物質規律，離所謂的愛情遠一點；而後者則構成北京區別於其他城市的現象——美女與醜男共存。

在北京，你可以看到很多醜男挽著美女，特別是在一些派對裡，形成一道很藝術的風景。這些醜男呢，絕大多數是藝術青年，說句實話，藝術青年沒有幾個長得正點的，長相奇特是一大特點，再加上打扮奇特，所以基本上以怪物的形象出現。而他們也是靠這種怪來吸引美女的。如果你看多了，就會發現，其實這是這個城市的一種氣質。

比如說，上海是個精緻的城市，那麼愛情在這個城市裡也追求一種精緻，甚至精細，乃至精明，所以上海的愛情講究一種絲絲入扣的搭配，衣冠楚楚的男子挽著風姿綽約的女人，這非常對稱，符合上海人的邏輯。而由於北京是個藝術之都，所以有神經質的傾向，而對稱的愛情太正規太沒有藝術感了。可以說，八、九〇年代至今的藝術運動和

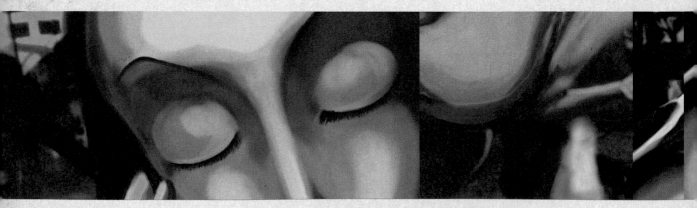

氛圍（比如說圓明園藝術村、前衛藝術展、通縣畫家村、三里屯、地下搖滾等），乃至藝術代言人（崔健、王朔、王小波、唐朝）前仆後繼地塑造著北京的藝術氣質，這是其他城市不能比擬的。而上海由誰塑造呢？張愛玲以及張迷，余秋雨？他們談不上藝術氣質，他們塑造的小情調，入世的人際協調，所以上海的愛情最多是幽怨的，精緻的，骨子裡協調的，絕對不會像北京那樣瘋狂。上海人如果以余秋雨為楷模的話，讓一個商業化的學者配一個戲劇演員，門當戶對。北京的浸泡在藝術氛圍裡的美女會愛上一個披著長髮的窮光蛋，上海的文化女人只會愛一個已經成名或者很有希望成名的學者型人物。

所以在小資派對裡，你會很清楚地看到，上海的小資是骨灰級的，男女一對對衣著鮮亮，以成功人士的面目出現，學的完全是好萊塢明星派對的派頭。而北京的小資則體現藝術級別，衣著沒那麼講究，男女看上去未必那麼協調，懶散地隨地而坐，講究個性。北京的男女關係，在種種不對稱中找回自己的價值。

我喜歡尹麗川的一首詩，大概是看見郎才女貌的一對結婚的璧人，覺得他們像一堆流在地上的精液，營養豐富但毫無用處。是的，待在北京這麼多年後，我也見不得對稱的東西，看到一對珠聯璧合且非常甜蜜的戀人，我會覺得生活真是無聊透頂，這種愛情好像是人工做出來給人看的。我覺得美女就應該讓肥頭大耳的有錢人享用，或者讓怪模怪樣的藝術青年解悶——不知道這是北京帶給我的執拗的觀念，還是性壓抑的後果。

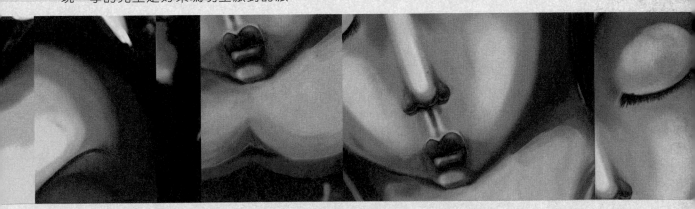

60

穿 Extremes of Fashion in Beijing
From Designer Clothes to Shirtless

文 趙趙　圖 何經泰‧胡傑華‧廖建翔

夏天的時候，又有人出「么鵝子」：跑到後海一帶的胡同，只要逮見一個光著膀子的漢子，就拎一件印有某報logo的文化衫，請對方要講文明——穿上。

此曉之以理的舉動，讓很多人嗤之以鼻——人家熱，人家樂意光膀子，人家又沒光著膀子奔天安門廣場，人家在自個兒家門口涼快涼快招誰惹誰了？

北京人其實挺好糊弄的。資訊不發達的時候，每天必聽天氣預報，夏天，最高氣溫從沒聽說過超過三十八度，所以小心靈裡就堅持認為，三十八度是北京炎熱的極限。直到某年的「可口可樂」廣告，內容是全世界各地的夏日畫面，畫面的一角標有當地的溫度，而到了北京這兒，赫然是：四十二度。第二天上學我還問同學呢：「那廣告可夠誇張的，我怎麼從來沒聽天氣預報說過咱們這兒有四十二度啊，你聽說過嗎？」對方也納悶呢，很不得要領。

後來我道聽塗說過，氣溫如超過三十八度，屬於超高溫，可以不用上班。所以有關方面才永遠三十八度。

說回北京的這些光膀子大爺，我覺得無可厚非，這跟祖宗傳下來的生活習慣有關。天熱的時候，老北京人不講究吃冰嚼冰，擱從前，那是皇宮裡的人才有的待遇。老百姓經過多年的摸索，總結出一套納涼去暑的辦法——以毒攻毒——喝滾茶水，光膀子，出大汗，再拿竹扇一扇，或者往陰涼兒裡一坐，小風嗖嗖一吹——甭提多舒坦了。這種去汗的辦法，是發自肺腑的，把汗出透了，才爽。

所以，光膀子怎麼了？光膀子這麼多年了，你為了一行為藝術似的活動，就不讓光了，休想。

時尚潮流，現在世界有點同步了。從前，中國不是很開放的時候，每年自有風格各異的服裝領風騷。比如八○年代初流行的「上綠下藍」，就是上身穿軍服，下身穿警褲，腳上套雙白襪子，穿「片兒懶」，「片兒」指鞋底，因為鞋底兒薄薄的，得名。「紅片兒」比「白片兒」時尚，曾經賣斷過貨。

後來看香港的黑幫片，發哥當偶像那會兒，滿街的年輕人，不管穿得中或

洋，脖子上都搭一條長長的白圍巾。曾經有女孩為了向男孩示愛，連夜織出一條三米長的白圍脖，成功將其擒獲，足以說明其珍貴的時尚感。

那會兒不講究特立獨行，潮流是一窩蜂的，千萬不能拉下：擊劍服（一種夾克衫），「幸子」服（海軍衫），甚至明黃色的裙子，都曾風靡一時。直到九○年代初，西方文化大舉滲透，才真正在服裝上百花齊放，不讓一種風格獨領風騷了。

現在北京人穿衣服的風格，要按階級來劃分。那些寫字樓裡出入的白領，就算不講求牌子，也會講求到固定的購物中心置衣。月入高的，一般去「國貿」、「賽特」、「太平洋」、「東方廣場」，收入一般的，也能逛逛「新世界」、「華聯」、「世都」、「王府井」、「百盛」，平民階層，湊和在家附近稍大型的商場裡轉轉就行了，像什麼「長安商場」、「城鄉」、「翠微」、「新街口百貨」之類的。還有一小部分人，算富人及其嫡系，他們要麼出國購物，最近也得去香港，如果一定要在北京買衣服，也只去「王府飯店」，這些人不是我們喜聞樂見的。

與上海、廣州、深圳這些地方比起來，北京還真是最與國際接軌的時尚中心，可能因為全國的演藝人員，有百分之五十都紮在北京找機會，另外百分之五十，在外地演出拍戲，或趕回北京的路上。是他們在為北京的色彩斑斕添磚加瓦。而隨著傳媒業的風生水起，越來越多厚厚的時尚類雜誌指點著青年男女如何化妝、搭配，北京人的敢穿是出了名的。可能年輕人的家裡、床上髒亂差到極點，但每天出門必打扮得光鮮，宛若從垃圾堆裡超生來的。我熟悉的一個時尚攝影師，家裡髒得讓人不敢用他們家杯子喝水，但每走在路上，其招搖過市的打扮，都夠十五個人看半個月的。

老一輩北京人，仍然本著舒適第一的理念，在北京不顯山露水的地方自我陶醉，但新一輩中流砥柱們，正在光怪陸離的時尚大道上大步地「超英趕美」。

到北京別忘了
Don't Forget Your Bike
騎自行車

文 台北拜客　圖 何經泰・廖偉棠・王建秋

61

「到北京一定要做的事是什麼?」有朋友這麼問著。

「想辦法搞輛自行車,去發現自己的北京。」興奮地回答友人。

北京去過六回,不算多,但騎了三趟自行車;你騎上車,彷彿找到這個城市的節奏,北京於是開始對你微笑。

紫禁城一派肅穆,天安門廣場人來車往,成排的自行車緩緩劃過……,關於北京的電影,可能是這樣的開場。

是的,這個城市太大,整個大北京是一萬六千八百平方公里,住上了一千三百多萬人,而擁有一千零二十萬輛自行車。所以,你在新聞影像中最容易看到的北京,是天安門前的自行車隊伍,是劃過廣告看板前騎車的大娘,是後海垂釣客旁的單車,是胡同前鄰人相遇各自倚著鐵馬寒暄著。

你來到北京,會發現這城市的歷史太長,而馬路太寬;這城市的景點太多,而你有的時間太少;這城市的才氣

風流在胡同巷弄裡迴蕩,而你只能怯生仰慕地於一旁仰首。

當然你可以搭的(taxi)快速地從城東坐到城北,終日奔波不停。但真的要自己能領略這城市的風情,你總得如北京在地人一般,跳上公交車(bus)擠蹭著,看著這城市走向現代化的尖峰塞車景象,而車上大夥兒就這麼認命地一站牛步過一站;要不就看著窗外的自行車隊總與公交車不疾不徐地在每個十字路口前交會。

是的,雖然已是二十一世紀,北京有了地鐵有了四環五環,但於中生活的北京人,依舊是以自行車,從從容容地踩著踏板一步步地往其目的地前行。

北京太大。「到前門,那不遠,從這兒往南走過兩個路口就到,近得很!」你若在這城市問路,北京人這麼回答,你可別以為真的很近,這兩個路口走下來可能要走掉你三四十分鐘。

北京要慢。在這城市其實急不來,

一天要開三個會辦四件事，對不起這是香港節奏；在這城市，你可得想著，這一天可是不是有著非辦不可的事（那就辦這件事唄！），還是去哪個地方走走消磨消磨時間。

北京得從容。千來年的歷史風華，想用幾天的時間快速消化，別傻了。你當然可以匆匆走過，留下與眾家觀光客同樣的記憶與印象；但你也可挑一天，找輛自行車，讓自己安靜地與這個城市悄悄對話。

這是在北京要騎趟自行車的理由。

你騎著自行車，緩緩騎過胡同，你看到了這城市的生活景象：那可以是清晨趕著上學紅通通的臉頰，那可以是只賣著油條油餅而無燒餅的小鋪，那可以是胡同宅邊堆砌煤球的牆角，那可以是群鴿在枯樹灰瓦的天際線之盤旋⋯⋯。

這個城市的歷史約莫是這麼一點一滴地累積而成。

這城市要找輛自行車，其實一點兒都不難。

短期旅遊者，找個當地友人借，或是向飯店租(小旅館的員工亦很樂意提供他們的交通工具賺取些外快)，一些觀光景點亦開始有了自行車租借的項目。

待上兩週以上，那你真的可以考慮買台單車（中古即可），盡情地在這城市中遊走，待假期結束，再折價賣回。

往哪兒騎? 這在北京不是問題。

想隨意走走，後海前門間的胡同，多的是待你發現的北京後街。

想留下幾許浪漫，挑個黃昏，往故宮後門繞著筒子河角樓遛達。

文藝前中年如你我，胡同裡的名人故居，北大清華豈可錯過。

而雄心壯志者，西山賞楓長城攬勝亦是一天可成行之事。

是的，到北京別忘了騎自行車。
祝騎車愉快。

To Sample all the Cuisines of the Country
吃遍中國

文 沈昌文　圖 何經泰・林崇誠

在北京，除非為了臨時果腹，我勸閣下千萬別去寫著「川魯粵名菜」的食肆。你想想，一家館子能同時做出這三種風味不同的菜，還有什麼特色可言。

住在北京，一大好處就是能享受特色。因為它畢竟是首都，四方來朝，八面進獻，各各自成特色。這逼得老北京風味步步後退。連涮羊肉、烤鴨，現在都有外地巨頭在做，讓全聚德、東來順不能不讓出地盤。老食客目前在北京可講究的，是吃真正的地道各地風味。於是摸索出一條捷徑：去各省市辦事處的飯館吃飯。

北京早就有各省市駐京辦事處，由來已久。但是，過去只辦行政事務，不在北京做零售，更不要說開飯館。「文化大革命」早期，江青曾為四川駐京辦大吵大鬧，說那是李井泉駐京的特務機構，專門收集她的情報的。以後紅衛兵大鬧四川駐京辦，著實熱鬧了一場。打這以後，駐京辦當然銷聲匿跡。但是到現在，隨著商務開展，駐京辦不僅在在皆是，而且大多開有飯館了。

即使好食如區區，也難以每個駐京辦的飯店都去過。但不論去過多少處，似乎去一處，愛一處，因為畢竟都是北京當地難以吃到的中國名菜。例如，在下的領導是安徽人，恁多年來，此公總要鄙人陪他吃安徽菜，而終難如願。現在去了安徽駐京辦，隨時可吃上臭桂魚、安慶素火腿、徽州餅……。可惜的是，當安徽駐京辦開張之時，領導大人

已經駕鶴西去，只留鄙人在安徽駐京辦憑弔了。

當代北京人好旅遊，一個好去處是雲南。雲南八大怪，讓許多北京人如醉如迷。雲南的飲食也怪，如過橋米線、汽鍋雞、瓟百合……要在北京吃地道雲南菜，常去的是東便門的雲騰賓館。這是雲南地方政府開的，嚴格說還不算駐京辦，但比雲南駐京辦較近市內，逐常為喜滇菜者光顧。

有的菜館開在駐京辦裡面，卻不是駐京辦開的，也往往有可吃之處。如張生記和樓外樓，一在浙江駐京辦，一在杭州駐京辦，都是吸引北京顧客吃杭州菜的好去處。尤其是張生記，下午六時後甭想找到坐位。

眼下北京精明的食客，已有嫌省級駐京辦的菜不夠特色的，就去市級駐京辦。如去四川駐京辦的人太多，不少人改去成都駐京辦。去福建駐京辦的，不少改去福州駐京辦。又有人說，更好的去處是福建長樂市的駐京辦，更低一檔，但更有特色，更可愛。

有時，去官方的駐京辦次數多了，奉勸閣下去光顧一下民間的「駐京辦」。例如雲南傣家菜，北京已有多處。但不少人往往寧可去中央民族大學北路幾個德宏傣族人開的小餐廳，認為那裡的過橋米線更為過癮。

總之，在北京吃各地駐京辦（官方的和民間的）的飯館，猶如吃遍了全中國──可以這麼誇大地說。

酒中的
糟糠之妻

The Hidden Treasures in the Common Place:
Yanjing Beer and Erguotou in Small Bottles

文 沈昌文　圖 何經泰‧徐欽敏

北京從來是傲慢、驕橫的，幾百年來。要在北京看到雄偉並不難，究竟這裡是多少年裡、多少朝代的首都。這裡那裡一座不起眼的四合院，說起來，可能有某個大人物的遠親近鄰住過，而且往往在你讀過的史籍裡見過他或她的名字。這還不嚇得你一跳！

眼下要在北京喝酒，還不是處處都能喝到全中國、全世界的名牌酒，足讓你顯示一番京中的大佬氣派。在三里屯酒吧，開酒是主要的消費。一晚上下來，要是誠心同朋友共醉，化個千兒八百是常事。

不是怕你花不起這麼些錢，只是覺得，這樣你怎麼去體會那些真正的老北京人，那些瞧著孤傲、落寞，可一打開話匣子又滔滔不絕的地道北京普通人的靈魂和脈搏呢。

你不妨信步走到街頭，找個小酒店，喝它一二瓶「普京」，或者「小二」。縱然沒有朋友在一起，聽聽周邊的人的言論，也許有某幾個老人正在講齊化門的往事，一些年輕朋友在議論娘兒們的新潮，說些「真TMD氣人」之類語言，總之是很不「貝多芬」的嘈雜的聲音，也怴有趣。要是有朋友在一起，更好。來一點涼菜，諸如酥魚、豆醬、糖醋蘿蔔絲、蘿蔔皮、芥末墩……，再嘗嘗羊羯子、麻豆腐、灌腸……，那過的就是個地道的北京勞動人民的富足日子了。

「普京」也者，同俄國人一無關係，無非是「普通燕京」之簡稱。「燕京」是北京有名的啤酒廠，名聲當然及不上「青島」，也沒聽說像「青島」那樣有德國人或別國的背景，但高檔的「燕京」往往標出是人民大會堂專用酒，也夠神氣。「普京」自然沒這麼顯赫，但究竟價錢便宜（市售每瓶人民幣一元五角），又比較恬淡，於是成為京

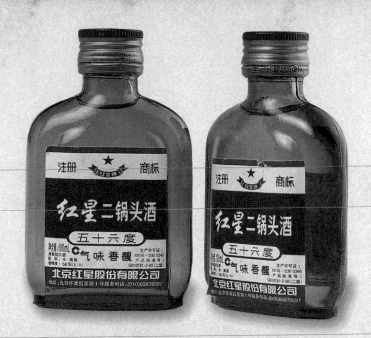

中胡同串子們的恩物。至於「小二」乃是小瓶二鍋頭的簡稱。「二鍋頭」也者，是北方的一種釀酒法，即將蒸出的酒重烤一次，或稱回籠酒。這酒有何妙處，要專家來說。但到了席上，尤其是裝上小瓶，則是北方普羅大眾日常的精神調劑品。過去，北京有「大酒缸」之設，即一些最大眾化的酒肆，屋內有一二個大酒缸，上鋪厚木板，酒徒們即在其上大快朵頤。記得我輩外地人初來北京，欲知北京混子的種種究竟，非上這裡不可。尤其是勞動之餘，出了一身臭汗，上那裡二兩「老白乾」一灌，快何如之。現在「大酒缸」已難得，幸而還有「普京」「小二」，使人覺得國粹猶在，不至於「全盤西化」。

酒有自己的生命和尊嚴。普京和小二雖然價錢便宜，卻仍然有自己的品格。那品格，就好比自己府上糟糠之妻，踏實，平正……雖則欠些騷勁兒。

那些紅紅白白的洋酒，幾百上千一瓶的，好也許是好，終究只是情人。你如果傾心於它們，自然浪漫，激情，但要是財富或精力不足，終究只是讓你暗戀而已。不如家中的黃臉婆，恁多無言的親熱，恁多沈靜的相許。清·張蕙有「飲酒八味」說。如果你要做到他所說的「紅袖偎歌，青衣進爵，軟玉溫香，淺斟低唱」，自然非找情人般的酒不可。此外，無論「臨風寄調，對月高歌」，「珍饈羅列，燈火輝煌」，而尤其是「四座喧呼，言多市井」，則席上似乎非此二物不可。此蓋糟糠妻之依順性格所在也！

別老在外面浪蕩，趕快去親近自己的太太——喝喝「普京」和「小二」吧！

茶馬古道提供

文 沈昌文　圖 何經泰・陳小芃

The Authentic Street Foods
地道小吃

　　小吃這玩意兒，最能表現國粹。北京這麼一個帝王之都，近幾百年來大小貴族千萬臣民在這裡修養生息，著實造就了一種全中國以至全世界難以望其項背的「小吃文化」。要認真研究起來，足可寫出一本幾十萬字的大著。

　　不過，眼下要在北京找一整套典型的小吃系列，越來越難了。一來是過去多少年不重視國粹。無怪乎唐魯孫老先生每到行文描述大陸的飲食時，總要在文末慨歎時光不再，儘管我們對他慨歎的內容不會全部同意。二來是近十來年京城的現代化著實衝擊了典型的北京小吃。例如，來北京的朋友大多喜歡逛東華門大街的小吃街——這是政府特許的一條小吃街。可是，天哪，這裡有多少稱得上「北京小吃」？更何況走在不遠處，肯德基、必勝客等洋小吃始終賓朋滿座。要是給唐魯孫、梁實秋、鄧雲鄉、金受申、徐霞村諸君子見到此類情景，還不要氣個半死？！

　　不論如何，咱們來說說當今逛北京時還能嘗到的一些小吃吧！

　　一、艾窩窩，又名愛窩窩。一種糯米粉製成的涼食。鄧雲鄉先生說，「蘇州觀前街黃天源，上海王家沙、沈大成、喬家柵等家的搨沙團子、刺毛團子，都是名店的名點，但總覺得沒有愛窩窩好吃。」這是回民的食品，已在京流傳多年。有一民謠用這食物喻人：「艾窩窩砸金錢眼，黏有準！」北京西城有一道觀「白雲觀」，其中有一口井，井裡有一石眼，春節中，遊客多以銅錢打這石眼，僥倖通過者，被認為有好運。這句民謠裡說，若以艾窩窩去打這眼，準保通過。這個比喻很典型地說明大多數北京人的性格：黏有準。鄙人居京五十餘年，對他們的「黏」，痛恨之至；又是對「黏」後的「準」，又佩服已極。談北京小吃，不可不同時念及如此種種，方有意味。

　　二、沙其瑪。顧名思義，這是滿文或蒙文的發音，但究竟是滿還是蒙，專家們其說不一。據說它的做法是「以雞蛋清和奶、糖、麵粉調成糊狀，用漏勺架在油鍋上，將麵糊炸成粉條一樣的東西，然後在模子中以蜂蜜黏壓成型，稍蒸之後，上面撒以熟芝麻或瓜子仁、青紅絲，用刀切成長方塊即成」。這是冬天的點心，入夏後，即使有售，質量也不大行了。食用之際，如能同時念及當年北京滿、蒙、漢混居的盛景，更能念及滿人經多年平穩生活後的沒落景況，當然更有意味。

　　三、小窩頭和豌豆黃。相傳是慈禧太后在西安「蒙難」時吃過的食物。回

京後，她想再嘗嘗這些勞苦大眾東西，要御廚房做。御廚房於是取其形式，而以栗子麵等講究的材料做成。現在去北京「仿膳」吃飯，人們必點這些甜品。此外還有一種「肉末燒餅」，相傳亦為同一故事的產物。這些極普通的食品，必得伴以故事，方能令人一快朵頤。但單就「小窩頭」來說，也實在不難吃，因為它是用栗子麵做的。講到這裡，還可再提一下栗子。此物產北方，以河北良鄉、涿縣最佳。北京離良鄉近，於是秋深之際，大街小巷，無處不見此物。居北京者，不可不一嘗此妙物。

四、糖葫蘆。此物近來在北京大行其道，做的人多半是外地來京的，因為做起來簡單，遂多賴以為生。但這是地地道道的北京小吃。它是一串串由竹籤穿成的乾果，外面裹撒冰糖。乾果中，以山裡紅（山楂）最多，也有用別的果品的。據說做時最難的是熬糖，過老過嫩都不行。現在用煤氣灶、電爐熬，可以控制爐火，自然易於得心應手。這是讓小姑娘高興的恩物。京城之中現在還常見到妙齡少女，挾此一棒，邊嚼邊說，招搖過市。說到這裡，還可補充兩類好吃玩意兒：一是「拔絲XX」（XX指某種果品，如蘋果、香蕉、山藥），即在果品之外裹以糖稀。此物在街頭不可得，在京派飯館中作甜品來點。二是用

山楂做的種種小食，如金糕、果丹皮。老北京飯館有金糕拌梨絲，是個好吃的涼小菜。有北京小姐留洋多年，問她想念什麼吃的，往往答曰：果丹皮。

五、豆汁。這是最典型的北京飲品，大凡在北京待過的文化人，即使遠離多年，也無不掛念此物。而來京的外地人，一嘗即吐，簡直視為毒物。它實際上是用綠豆麵做成後使之發酵變質的「糟粕」。全世界的食客，大多有嗜臭之癖，尤以中國為最。在北京住得長了，初次嘗後要吐，大約五六次，即嗜此不倦。喝豆汁的同時，必伴以鹹疙瘩絲（疙瘩是蔓菁的別名）和焦圈（油炸食品）。說到北京的腐敗變質的食物，還應當提一下麻豆腐和王致和的臭豆腐。前者即做豆汁時的沈澱物，用來炒菜，有異味。後者可說是一切國產臭品中的最臭的食物。將窩窩頭（玉米麵製成的京中最低級的食品）切片，烤熱，塗以王致和臭豆腐後食用，則全地球中臭品中之美者，莫過於此了。

六、炒肝。有一首詩詠炒肝的：「稠濃湯裡煮肥腸，交易公平論塊嘗，諺語流行豬八戒，一聲過市炒肝香。」這實際上燴豬腸，肝也者，偶然見到一二片而已。湯肉滿是蔥蒜，用來抵銷肥腸的膻氣。此物大多用來作早餐，同時可用包子佐膳。自然，食量大些的，還

可同時食用燒餅和炸油餅。北京的燒餅又名胡餅，據說東漢以來即有此物。有一種燒餅又名糖火燒，通州大順齋作，市內也有見到。

至於油餅，類似上海的油條，為極其大眾化的食品。近年北京攤販多用薄塑膠袋裝熱油餅，據說這會產生某種化學物質，導致男性不育。每日清晨，每見摩登仕女提這麼一個塑膠袋，欣然過市，不禁為他（她）惋惜不止。

七、灌腸。這是一種奇怪東西。與豬腸大概歷史上有因緣，現在已經全無關係了。它只是用澱粉作成一圓棍狀東西，切成薄片，在豬油中炸熟。食時蘸蒜泥鹽水。切片厚薄，油的成分（據說要用幾種動物油合成），都有講究。而這盤蒜泥鹽水，更是刺激得你苦戀不捨的一個重要根由。

八、爆肚。肚者，羊胃之謂，音「都」，千萬不要讀作「杜」。爆也者，指用熱水燙。所要講究的，除了爆的火候外，主要指所取羊胃髒的部位。普通的部位叫毛肚，嫩的、厚實的部位稱肚仁、肚根、散丹、肚板、肚領，其中尤以肚仁為最佳。既然羊肚可以燙熟吃，羊肉當然尤其可以。這就是「涮羊肉」。那是京中名菜，不算小吃，從略。但由此連類而及，羊頭肉卻不得不一提。過去北京每至嚴冬，類有小販叫

賣此物。特點是切得絕薄，味道極鮮。現在北京偶有見到。台北作家逯耀東在新東安市場以此就黑咖啡吃，把古今中西都充分融會貫通了。

九、打滷麵，炸醬麵。北方人好吃麵條，形形色色，不勝枚舉。通俗些的，上面兩種較有特色。同南邊不同的，麵都是乾撈，無湯。滷和醬是北方主要拿手好戲，內行與外行做起來截然不同。這是經飽的食物，不只是點綴性的小吃。同樣有名的經飽的麵食，當然首推餃子。值得一提的是近年北京的餃子大行其道。不只可以隨便買到速凍餃子，而且隨處有餃子店。北京姑娘過去以能擀餃子皮、包餃子為絕活，現在想必早已退化，只能把它成為一項「虛擬」的項目了。

十、心裡美。這是指一種內紅外綠的蘿蔔，是過去多少年裡北京人嚴冬中唯一的水果。現在北京冬天不只能隨時吃到南方的果品，連花旗蜜桔、拉美香蕉都隨處都是，再提它，就太老「土」了。但是，上小館點一碟拌蘿蔔皮或糖醋蘿蔔絲，用來就「普京」吃，仍然別有風味。而由此念及北京姑娘的「心裡美」，則是永遠值得記惦的。

東來順
Donglaishun: Everyone's Hot Pot
一涮天下暖

文 古清生　圖 陳小苅・何經泰

1903年，東來順在王府井大街北口金魚胡同建店，創始人丁德山，字子清，河北滄州人。之前，丁子清給各煤場送黃土為生。在清朝，東華門有塊下馬石，上書「文官下轎、武官下馬」，下馬處便成存馬場，人來馬往，巨熱鬧。丁子清把幹苦力攢下的銀子悉數投入：搭了一個棚子，始掛「東來順粥攤」之牌，賣玉米麵貼餅子、小米粥。

皇家存馬場當時由一個叫魏延的太監主管，愛吃粥攤的抻麵，就認丁子清為乾兒子。1912年，東安市場失火，粥棚被焚，魏太監大義相助，幫丁子清新蓋三間瓦房，起字號為「東來順羊肉館」，賣羊湯、羊雜碎等。

涮羊肉係元朝皇帝元世祖忽必烈部下所創。在一次冬季的遠征途中，天寒地凍，軍糧已盡，就燒沸一鍋開水，將凍羊肉切片下鍋一涮，拌上臨時配製的佐料，竟是鮮美好吃，吃罷打了勝仗，立得忽必烈賞識，遂在全軍推廣。

丁子清用重金從前門外正陽樓飯莊挖來一位刀工精湛的名廚，名刀對羊產地、用肉部位、切肉手法作了規範。規定切出的羊肉片，鋪在青花瓷盤裡，必須透過肉能看到盤上的花紋。丁子清對佐料進行了一次革命性勾兌：以芝麻醬、醬油為主；腐乳、韭菜花為輔；蝦油、料酒、辣椒油少許，形成鹹、辣、鹵、糟、鮮的獨特風味，「東來順羊肉館」便成為車、馬夫等人民的美食聖地，朝中達官顯貴文人墨客也偶來一涮。東來順一涮天下暖，遂更名「東來順飯莊」。

百年以降，選肉是長勝祕笈之一。東來順用於切涮羊肉的羊，是產自內蒙古錫林格勒盟的東烏珠穆沁旗、西烏珠穆沁旗的黑頭白羊。所用羊特定一歲至一歲半被割的公羊，也就是羯羊。此羊斷奶時被去了勢，喪失性別特徵和生育

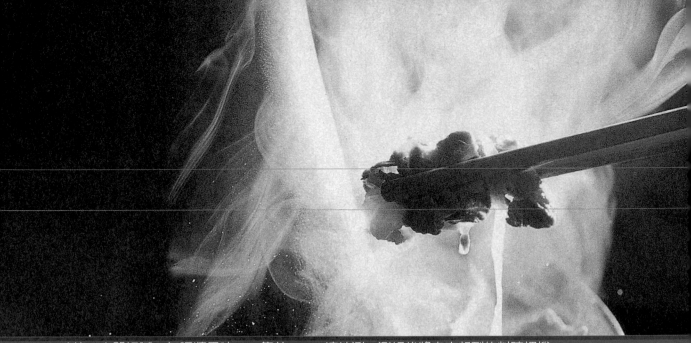

功能。肉質細膩，無腥羶異味。一隻羊能涮羊肉用的只限於上腦、黃瓜條、磨襠、大三岔、小三岔等五個部位，佔淨肉的百分之三十五到四十。

這些部位皆為細嫩、切片色豔的肉。黑頭白羊來自非疫區，宰前檢疫宰後檢驗，由有資格的阿訇主刀屠宰，按照伊斯蘭生活食用標準加工。過去切羊肉，東來順在院裡搭席棚，夜裡以桶打水，用瓢一瓢一瓢的潑，席上結一層冰再潑一層水，慢慢就結一個冰棚，切肉師傅就在冰棚切肉。

吃涮羊肉，分文吃、武吃二種。文吃為用筷子夾小片在沸騰的火鍋細細來回划動，涮幾個來回，肉變色，就擱小碟內，用小勺把佐料從碗裡舀出來，抹在涮好的肉片上，入口品之，是為溫文爾雅，再喝口「小二」（北京時興喝小瓶二鍋頭酒，謂之小二）；武吃則為：將盤裡的羊肉片轟然倒火鍋裡，然後極

速地涮，涮好後將肉夾起到佐料碗裡捲起佐料大嚼之，吃羊肉也吃佐料，大口喝酒。南方人喜歡手工現切的羊肉，那肉細薄，師傅裝盤時用力甩入，反過盤子來肉也不掉。

1975年底，北京第六機床廠研製成功涮羊肉切片機。

1994年，首屆全國清真烹飪大賽，東來順冷葷、熱菜獲得了銅牌，麵點、手工切涮羊肉獲得金牌。

東來順一隻百年老銅鍋，老涮新烤皆有出新，研發有炸羊尾、扒羊條、它似蜜等新菜，挖掘清真傳統菜餚、北京烤鴨和西點小吃等四百餘種，形成爆、烤、炒、涮於一體的風味體系，國內貿易部授其「中華老字號」稱號。

1998年3月，東來順飯莊在新東安五樓重新開張。它在國內建立六十二家連鎖，在美國等五十個國家完成商標註冊，年營業收入三億元。

全聚德
金爐長燃千年火

⊗文 古清生　⊗圖 何經泰

Quanjude Roast Duck Restaurant
The Ancient Cauldron of Golden Fire

京城老店全聚德已經一百多年了，2002年六月初六，在前門的全聚德起源店，揭開了顯示第101436138隻烤鴨出爐編號的電子計數牌，一位東北客人幸運得到印有烤鴨編號的證書。一百多年前，農民楊全仁（1833－1890）創建全聚德並將開業第一天賺的錢保留下來，外圓內方的銅幣，這筆百年前的老錢與老店同在。

楊全仁，本名壽山，河北冀縣楊家寨人，從老家逃荒到北京，一度在前門肉市做生雞鴨買賣。清同治三年，他收購肉市一家瀕臨倒閉的乾果店，立字號為全聚德，經營掛爐烤鴨。現在的老店面建於清光緒十四年（1888年）。

金爐長燃千年火，銀鉤短掛百鴨芳。全聚德烤鴨採用掛爐、明火燒果木的方法烤製，烤鴨成熟時間為四十五分鐘。新鮮出爐的鴨子皮質酥脆，肉質鮮嫩，飄逸果木之清香。鴨體豐盈飽滿，呈棗紅色，油光亮澤，外焦內嫩，配以荷葉餅、蔥、醬食之，腴美醇厚，繞腮潤嗓，香溢愈久，沁心透肺。

1933年的端午節，德國女攝影家赫達·莫理遜到全聚德品烤鴨，餘香在口，赫達請求參觀烤鴨現場，其時全聚德掛爐烤鴨製作程序屬最高商業機密，謝絕任何人參觀。掌櫃楊奎耀破例帶著赫達來到烤鴨爐前，爐火旗幟般向上飄揚，一隻隻裸體懸掛的鴨子燎映成棗紅和栗色。烤鴨師傅黑衣、黑褲、光頭，手執挑桿，以中國功夫的姿態旋轉烤鴨，香氣轟然撲鼻。赫達有幸成為第一個拍攝全聚德烤鴨製作的攝影家。隨後，楊奎耀領著赫達來到北京城根西北角專為全聚德飼養北京鴨的鴨場。鴨場主人王老五，號稱鴨王，乃楊家世交。王家鴨專用穀物餵養，保證鴨肉清香無腥。鴨場水源連通玉泉山水脈，富含有益礦物質（該水今人灌製桶裝飲用礦泉水售十四元人民幣／桶），王家鴨吃穀類，飲礦泉，使之肉質無敵，王鴨楊爐，珠聯璧合。赫達再次拍攝了鴨場。

楊奎耀掌櫃帶赫達參觀烤鴨及養鴨現場，恐非一時衝動，亦非被一個德國女攝影家熱愛美食的芳心打動，可能因為當時中國是德國在亞洲最大的貿易夥伴之故。一戰之後二戰之前，中國是德國武器的最大買主，能源與農產品的最大賣主，德國在中國投資有三億馬克，國民政府軍營以上單位配有德國軍事顧問、現役軍人，數萬名德國軍事顧問在日本侵華前才撤離回國。這樣，楊奎耀掌櫃就有理由讓赫達拍攝烤鴨回德國宣

李憲章攝影（大地地理雜誌）

傳或炫耀。

五十年後，一個名叫徐星的青年加盟全聚德，負責飯店門前保潔，月薪三十八元，他喜歡喝得半醉工作，以為這樣地掃得乾淨，小說寫得流暢。三年後，徐星的小說處女作〈無主題變奏〉在官方《人民文學》（1985年7月號）發表，引起文壇強烈反響，被視為當代文學由傳統轉入現代的標誌性作品之一。之後，徐星一身鴨香赴德國西柏林藝術大學講學和德國海德堡大學讀博士學位。

另一位從西子湖畔考入中央戲劇學院的青年導演古榕以全聚德為題材執導電影《老店》，一舉成名，此後無作品過《老店》。

全聚德百餘年來，以「聚德」之心廣聚天下有識之士；以「聚全」之志深納華夏美食文化，近二百個國家、地區首腦及官員光顧了全聚德，描繪了一卷世界首腦嘗鴨群像。老子云：「治國如烹小鮮。」敝以為，治國就是嘗小鮮。亞洲最大的單種菜餐館──和平門全聚德烤鴨店，是中國前總理周恩來定點興建，1979年5月1日開業，建築面積一萬五千平方米，餐廳使用面積四千平方米，內設宴會廳四十間，最大宴會廳可容納五百多人，全店可接待二千位賓客同時就餐，高級服務師、高級廚師佔全店總人數的70%。規模宏大的和平門全聚德烤鴨店，旨在為國際交往、國家政治經濟文化活動服務。因此，和平門全聚德烤鴨屬於政治鴨類，它們肩負傳播友誼，傳播文化，詠頌和平的使命。全聚德，也是全聚鴨。

這裡的鴨子近乎德之載體。

全聚德的牌匾上，德字心上少了一橫，工商人員歷次清理不規範漢字沒有碰它，卻是奇蹟。

全聚德創始人楊全仁開了全聚德烤鴨小鋪後，請一位名叫錢子龍的秀才題寫匾額，有幾種版本的傳說：一是錢秀才的酒醉說，醉了少寫一橫；二是數字說，全聚德開張時，楊掌櫃一共雇用十三個夥計，加上自己是十四個，少寫一橫恰好是十四筆。真正的原因卻是，千年以降，「德」可以多種寫法，或有一橫，或沒一橫。現立於北京國子監孔廟的清朝康熙皇帝御書《大學碑》中的「德」字便沒有一橫；清代畫家鄭板橋寫「德」，時有一橫，時無一橫。不論有橫無橫，聚德須予全心以及全仁，還有爐火見油的真灼。

簋街和麻小
Spicy Crayfish on Ghost Street
北京的「紅燈區」

67

文 古清生　圖 何經泰

　　簋街位於北京東直門，簋是一個會意字，從竹，從皿，從皀，本義是古代青銅或陶製盛食物的容器，圓口，兩耳或四耳，所以簋街便是一條關於吃的街。過去是一個賣爆肚炒肝、滷煮火燒、麵條煎餅的小夜市，是給下夜班的人提供一個吃晚飯的地方，九〇年代初開始繁榮起來。簋街在大多數時間則被人誤認為鬼街，因為夜市，又因為其各鋪門前皆懸中式日式紅燈籠，黑影晃晃，背影匆匆，鬼街的名字也就被人叫定了。

　　簋街的繁榮與川味登陸北京分不開，從麻辣燙、麻辣火鍋一路順發下來，現在就是麻辣小龍蝦紅豔登場當家作主了。簋街的麻小輝煌時，在長達一千四百米長的簋街，一百零六家店鋪賣麻小，一天大約能賣出三萬公斤。可用蝦流成河、人潮如湧來形容，客人太多了啊，店主們紛紛在門口、院中支起大鍋，現場一鍋接一鍋地炒賣，不計小龍

蝦了，一鍋一天辣椒用量是三十公斤！如此，仍有許多的食客要久久地等候麻小公主們。

麻辣小龍蝦這麼輝煌，商家就策畫舉辦簋街麻小節，時間是每年8月28日，這日子是小龍蝦成熟的時候，在這樣天高氣爽的時候吃麻小，又是全簋街有統一的標誌，各店天天打八折，還都設有節目：猜龍蝦、夾龍蝦、吃龍蝦比賽等。

在簋街吃麻小，居然成為傳統。

小龍蝦，克氏螯蝦屬甲殼動物綱、軟甲亞綱、十足目、螯蝦科，俗稱小龍蝦。食性雜、繁殖適應強、自然分布在河、溝、池塘、農田等水域。肉鮮，營養豐富（蛋白質含量16%—20%）。

吃小龍蝦的人群主要分布在二十五歲至三十五歲之間，這些人實際上是吃統一速食麵成長的一代，我把他們叫做統一代，統一速食麵借川味的麻辣拓展了市場，卻也給三億左右的統一代人群定下麻辣口味。學理上應該叫做基味，這個基味就確定了麻辣文化的基礎，今天可以麻辣小龍蝦，明天就要麻辣什麼呢？我們必須拭目以待。商業化的魅力大啊，中國政府用五十年時間普及北京普通話，然在北京市都未果，而川味只用了二十年時間，麻辣便流布全國，特別是佔領了北京強力人群，主導了今日中國社會主流口味。愛麻辣從北京的視角來看，是飲食多元化的結局，而在川味的立場來看，則是川味統霸世界、川味一元化的又一戰果。

從簋街、紅京魚的麻辣正式登基北京飲食主流地位觀照，麻辣的力量不可忽視，它已經超越地域、氣候、農耕和文化的局限，全球日益工業化的農業生產導致果菜、動物及一切食物的本味缺

失,麻辣則是最好的增味劑,天然,可以濃烈與稀釋。統一代正是創業的一代,他們屬於「革命尚未成功,同志還需努力」時期,生命中有著強大的戰鬥與征有欲,淡鹹苦甜都無法張揚這種革命化心理,麻辣革命主義則已經證實。

食物是味道的載體,吃更多是一種現代審味活動。簋街的麻辣小龍蝦開始是蒸製的,一家小館子進行嘗試,賣得不好,後來從川味的麻辣炒中獲得靈感,改蒸小龍蝦為麻辣炒小龍蝦,只此一念之差,麻辣小龍蝦逐紅遍北京城。麻辣炒小龍蝦,它有一種鈣焦香,這是人類在山林時代燒烤食物流布下來的味道,有麻辣與醬汁包圍蝦殼,又有了現代的川味了。吃麻小的統一代既然走在尚未成功的道上,簋街定價在一元五角到三元人民幣一隻的小龍蝦就是非常人文化的關懷了,三五人等進店坐下,大

聲嚷嚷「一百個麻小」,便就冰啤冰可地邊吃邊喝起來。麻小看上去挺大,實質上只有尾部有些內容,有一小點肉,好戰者連其螯中肉也不吃了,不一會就在面前堆一金紅的小山。

實際上,麻小仍有一些掩不去的土腥味,由於麻辣和醬汁的作用,土腥味已經降低不少了,是最讓人能接受的一種,我以為此創是功德之事,因為在長江流域,這種小龍蝦毫無節制地無計畫生育,是蝦口為患,江湖告急。所以簋街,它是一條偉大的街,它雖然現在經過城市改造被腰斬一刀,只有四十五家店鋪了,然家家均有大字招牌:本店現賣麻小。

麻小統領北京飲食潮流,宣告一個新的飲食時代或審味時代的到來。

68

玩野長城

To Explore the Unrestored Sections of the Great Wall

文 馮曉蕾　圖 陳政‧王建秋

到了北京有些非去不可的地方，最有名之一，就是長城了。八達嶺、居庸關、慕田峪長城？嚴格講作為北京的玩家，去這地方？跌糞！沒別的，人太多！去八達嶺看看，那長城已不是磚堆的，是人堆的，還真好不壯觀！充分體現了世界人民大團結，黑的、白的、黃的，各色的人都擠在一條不寬的牆上。

北京周邊西北方向的長城有六百多公里，保存完好的關口有幾十座，常去的是金山嶺、司馬台、白嶺關、天華洞、劍扣、黃花城，這些雖然也成了景區，但是沒怎麼修葺過的「野」長城。

我最鍾愛黃花城長城，它是北京少有的山水相連的長城，而且也最近，距離北京大概也就六十多公里。出城北的八達嶺高速，一路向北，在昌平北關環島（路標十三陵出口）出口，過立有李自成銅像的環島繼續往北。路過一片片的桃園，經過從樹木的縫隙間也隱約可見其壯觀宏偉的神道，再過遠遠可以眺望到水面已經縮小了很多的十三陵水庫。除了美麗的風景，沿途還會路過很多站在路邊兜賣的小攤，整齊的擺放著應季的各種水果、山貨，使很多遊客駐足。但我們還是一路往前，經過定陵、直到長陵的停車場前，路標指明向九渡方向，一條很明顯的碎石板路向下繼續往山裡走。沿著並不寬闊但整潔平坦的山路翻過兩座山，沿途風景秀麗，第一次去的人絕對建議減低車速，既有利安全，也不浪費沿途的大好風光。沿途路過幾個小村莊，但最令人印象深刻的恐怕還數「黑山寨」了。一看這個名字，就能帶給人很多的遐想，再加上當地有山有水，山勢陡峭，總能讓過往的遊人稍許逗留。出了山口就豁然開闊，一個建有加油站的三叉路口，這裡就是九渡了。到了這裡可要千萬注意了，一不小心走錯了路就直奔順義了，但還好有路標，只要稍加留意就不會走錯了方向。前行就不再有岔路，而且遠遠的就能望到遠處山脊上蜿蜒的長城，一路向下，看到路邊上醒目的寫著「金湯」的巨大山岩，和一灘碧綠的深潭，黃花城長城就到了。

從路邊一道堤壩直跨水潭。一邊是不見底的深潭，另一邊就是陡峭的山崖，這頭一關就給要登長城的人來了個下馬威。過了堤壩也不能鬆口氣，眼前是一道陡直的長城，站在長城腳下看，覺得是六十度向上。終於到了最高的烽火台可以鬆口氣了吧？還不行，俗話說，上山容易下山難，更何況下山的路比上山的還陡。一路下來，絕對累得你腿肚子轉筋，後脖頸子發硬（老要低頭注意腳下），兩臂痠疼兩手發麻（太陡了，手要攀住邊上的城牆）。對了，還要隨時小心頭頂飛石，因為城牆已經破損，碰到身材高大手腳又不太麻利的，難免高空墜石，下面的就要小心了。這條路呢，是辛苦了點，但風景獨好。也有捷徑可尋，就是山上老鄉通過自家的果園開出的小路，可以不通過坍塌的長城，直接到達烽火台。對於初學乍練的新手，這也不失為一個好選擇。當然，現在市場經濟的春風也已經吹到了長城腳下，此樹是人栽，此路也是人開，若要過此路，不留買路財是沒門了。每條路價格不太一樣，基本上是三塊錢一個人，沿途果園風景也很優美，也可過了爬長城的癮，而且安全，也算值得。

我要介紹的黃花城長城不僅這裡。

從水潭那邊上最高的烽火台，再下來就到了一條溝，順著溝出來就是黃花城鎮。從山頂就能看到下面全是果園，最醒目的卻是果園中的一棟紅頂小房。

下到溝裡，才更能發現果園裡的房子原來不只一處，這個地方叫東台，原本就是個果園，可現在是私人俱樂部。下到下面發現一棟現代的灰色高大建築可比遠處看見的紅頂房子更為惹眼。還沒走近，就聽遠處的狗叫，這裡住著一群人，和一群狗。地主溫老大（北京一名人或可說是北京一名混），和他的一夥狗友及他們的狗兒子們。房子外型毫無誇張之處，但卻充分使人與自然接觸，寬大的落地窗，使陽光可以整個照透。高高的房頂也有部分是玻璃的，你可以想像晚上躺在床上看星星的感覺。每個房間的設計都截然不同，因為每個房間都由不同的設計師設計。或者說設計師是不準確的，全是玩家，絕非專業設計師出身。但也真是都各有風格，給人耳目一新的感覺。寬敞的大客廳裡設有酒吧，還有了樂器，兩邊的書架上也是擺滿了書。粗糙中帶細膩，現代中帶古樸的設計，和周邊環境相得益彰。但最給這座建築添光加彩的還是在遠處湛藍色天空背景映襯下的秀麗的長城。越

過灰色的屋頂遠遠望去，層次是那麼的分明，墨綠色的桃園、金黃色的山、一道清灰色的細線蜿蜒在山脊成V字，給山和天劃了一道清晰的分割線。

就在這個大V字的尖上，是個關口，這地方叫椅子圈（quan四聲帶兒音）。從這裡向兩邊望，都是陡峭的長城。左手的長城就是黃花城長城的背面。另一邊看上去更高更陡，這個峰頂叫催鳳坨，是這附近最高的山峰，海拔一千多米，這道長城叫十八蹬，是本區長城的奇險精華，當地民謠說「十八蹬，高入天，鷹飛倒仰猴難攀；山高到底有多少，一個骨碌滾三天」，足見其險。這邊的長城比黃花城那邊的更高、更陡，也破損得更厲害。有好幾個地方都一定要手足並用，使上蜘蛛人的絕學，才能勉強通過。爬著一邊的長城，少說也要用兩、三個小時，上山已經這麼困難，原路下山根本就不用想了。體力稍差，誤上賊船的建議在第三個烽火台以下沿小路或長城下山。再往上走，可就只有咬緊牙關硬爬到最高的烽火台，才有下山的小路。

就是這條小路也絕不好走，這是一條砍柴人的小路，鋪滿了樹葉，很容易走錯岔路。連滾帶爬。幾經磨難，終於到了山腳下。可展現眼前的還是一條不見前方的山溝。就這一段下山路，怎麼也要走上一、兩個小時。不過到了這就勝利在望了，再順著溝裡的小路走半個小時，路過一個半被遺棄的小村莊，再向前就到了公路邊的村莊──東宮。

從東宮，順著公路往黃花城方向走，大約半小時，會看到路邊一個牌樓一條小路，進去就是東台俱樂部。再向前半小時，才是黃花城長城。

一般爬了大半天的山了，一定饑腸轆轆了。這裡吃飯也是很方便的，水庫邊上就好幾個小餐館，絕對的農家菜。天氣晴好還可以坐在露天，看著長城，聽著水聲，吃著柴雞單、花椒芽、家常烙餅、棒茬粥（玉米茬粥），真是幸福無比。

回城可以沿原路返回，也可以從九渡的岔路口不轉彎一直走，路過秦城，只翻一座山，到小湯山，往立水橋方向，從亞運村那邊回城。這邊距離是稍近，但立水橋的地方容易塞車。優點是很多人喜歡不走回頭路，這邊別看和那邊距離並不遠，山裡風景可截然不同，也別有一番風味。

動物園

The Beijing Zoo 印象

文 沈帆　圖 陳政‧廖偉棠

69

陳政攝影

　　小時候，當我比現在更相信勤能補拙那會兒，我常常利用星期天去動物園寫生。和一般遊客不同，我總是一大清早，從白石橋那邊沿著那條髒髒的河溝朝東走，經過真覺寺，五座金剛寶座上的印度佛塔在未散的朝霧中沈默不語，青草上的露水沾濕了鞋子，牽牛花開得糾纏不清。

　　由一座簡陋的小木橋越過臭河溝，丟一角錢給沒人看守的收票亭，自顧走進北門，聞到的是摻著濕漉漉的馬糞味道的新鮮空氣。

　　也許不是馬糞，也許不止是馬糞，還有驢糞、牛糞和鹿糞，因為北門一帶集中了一堆樣貌上不太討好的動物，從南門進來的遊客很少走到這邊，所以這裡總是很靜，野驢或者犛牛，有蹄子，安安靜靜地反芻。我打開速寫本，嚓嚓地削鉛筆，牠們是不錯的模特，因為牠們都懶得動。

　　向南是長頸鹿館，我曾數次期待細長的拱門後走出一個人，一個那種馬戲團裡踩高蹻的，臉上浮著古怪笑容的瘦子。不過出來的永遠是長頸鹿，牠的眼睛美而溫柔，睫毛好長。

　　常聽見湖裡的鶴一齊聲如裂帛地引吭，然後又歸於長時間的沈默。

　　清晨公園裡很少人，鳥禽會飛出來，亦步亦趨地在路上走。珍珠雞被趕急了，就氣喘吁吁拚命邁著兩條小短腿，居然用那對肉翅膀把牠胖墩墩的身體擦著水面飛到河對岸去了，好笑著呢，牠要運足力氣起跑，才不會掉進水裡。

　　因為牠已經不會飛了，和所有曾經會飛的鳥一樣。牠們都做過同樣的小手術，很簡單，只是在翅膀下筋腱處劃一小刀，只要小小的一刀，就再也回不到曾經可以藐視大地的高度。

　　鷹鷲又另當別論，猛禽都罩在一個幾層樓高的鐵絲籠子裡，黃眼珠子盯著籠子外來去的人。不知道哪個更糟：不能飛的，與還能飛的。

　　獅虎山，獸王們僅存的銳氣都花在撕扯褪毛雞和羊腿上。

　　爬行動物館，黏黏的，醜醜的，盤

踞在角落裡黑黑一團，那孩子趴在玻璃上，留一團哈氣，兩個髒髒的巴掌印。

吸足一口氣衝進貘館，傳說中吃夢為生的動物何以其臭如斯？貘好像永遠在睡覺，連睡覺的姿勢都完全一樣，那個胖胖的女飼養員坐在貘房裡想著心事。

豺狗在狹窄的小室裡不斷徘徊，經常與自己的尾巴撞個滿懷。

人最愛看猴子，大概因為猴子與人最像，但人並不自覺，笑著指指點點。端坐在山石頂上的猴王，也睥睨著人。猴王自有尊嚴，對人嗤之以鼻。這些背著傻瓜相機，帶著吵死人的半大小子，大驚小怪的人，哪裡知道牠每到夜裡便攀樹而出，像個國王般在園子裡高傲地巡行，自如進出如入無人之境。動物園的院牆並不高陡，如果牠願意，牠可以出去，但牠不會，睿智的牠仍是園子裡夜的國王。

猴山外的東牆與莫斯科餐廳比鄰，不知牠有沒有趴在落地窗外朝裡張望過。76年大地震後，人在園子以東搭地震棚，夜風吹來聲聲長嗷，從頭頂涼到腳心。我獨竊盼如頑皮男孩：若滿城狼奔豕突，該是何等壯觀！

但這些都是二十幾年前的事了。

二十年後改變得很多。園子向河北岸擴張，河不再髒臭，五塔寺收來很多石刻，很多魂斷異鄉的傳教士的墓碑，慈禧當年「老性陡增」憑欄眺望大清江山的暢觀樓，正一點點破敗下去，笨重閔大如象、犀牛與河馬遷館對岸，聖誕前夜海洋館的party票價近千，孔雀因為繁殖過快已可以成群結隊從一個屋頂飛到另一個屋頂沒人理睬，寄居此地的烏鴉與喜鵲毛色滋潤無比，麻雀可以從氣窗飛進，公然落在沒精打采的夜行動物身上，飽餐後翩然而去，金剛鸚鵡背後的牆上畫的是盧梭風格的雨林，猴山裡裝了通電的網，新一代猴王再不能夜巡，委頓了不少。沒有變的是，仍有許多小孩子，揹著比自己的肩膀寬很多的綠帆布畫夾，手指頭和臉上蹭著炭筆的粉末，踢里趿拉地在地上走。看見他們，就像看見當年的自己。

陳小芃攝影

The Nameless Bars
文 顏峻　圖 陳小芃・何經泰

沒有招牌的酒吧

　　在這個常駐人口肯定達到官方數字兩倍的熱鬧都城，只有高傲才是區別於眾生的法門。沒有名片的人是牛人，沒有招牌的酒吧是酷吧，你一定要假裝謙虛、儘量冷漠、堅決低調，那些紅的男綠的女，才會倒吸一口涼氣說今天遇見高手了。而這種事情，就經常發生在那些凡夫俗子找不到的地方⋯⋯。

　　最有名的是後海那家。要去銀錠橋北側找。人們都管它叫「沒有名字的酒吧」，或「老白的酒吧」，因為老白姓白，英文雜誌上則寫著「Hou Hai Bar」。其實執照上的名字是「林海餐廳」。但是知道這些也沒有用，因為不是每個人都可以進去坐，這要看老闆願不願意。事實上，人家本來只是想找個地方住，而不是開設一個公共場所，所以，有時候有些人被攔在門外也就很正常了。至於樣子，無法形容，因為隔一段時間就要換一次裝修，裡面的火爐、舊傢俱、盆花和屏風也會派上不同的用場；你只能說，這裡放一些經得起挑剔的音樂，比如slowcore、bosa-jazz、 intelligence，一般小資顯然是沒有聽過的。裡面坐的人，通常也更像朋友而不是顧客，並不總有人帶著相機跑進廁所去拍，儘管那廁所很有意思——跟外面一樣昏暗、複雜、雜亂、曖昧、舒適。因此，隨便什麼季節，坐在窗口喝茶，看水面和路面的光線，聽空氣裡的靜，胡思亂想，跟人說些廢話，都會是有意思的事情。2002年一夏之後，後海整個變成了嘈雜骯髒的廟會，無名酒吧也坐滿了慕名而來的老外，不過在他們帶走了沉重的德國屁股和騷動的美國胸毛之後，午夜的爵士小號，又會重新從湖面上蕩漾回來。

以前在Club Vogue旁邊有過一家叫「佐岸」的，每週二放Hip-Hop，後來消失了。而廣州也開了家聚集小知識份子的「左岸」。到了北京，左岸才真的離岸不遠——在後海，或者準確地說，在前海南沿。像誰家的院子，樹下面是大木桌，可供圍坐、消磨時光、有氣沒力地把腳搭到長椅上做夢。進門是沙發若干、植物若干、當代油畫若干、港台演藝界名流若干。房間是方正的，布局是

從容的，音樂是電子的，音量是微弱的——廁所是奢侈的。廁所在後邊院子裡，寬敞、隨意，擺著中國家具和花花草草。以前這裡就是著名的藍蓮花，兼有酒吧和畫廊兩用，色調比現在更昏更暈，而換了現在的設計師老闆之後，則明快多了。不過，那種無所事事的古代中國的感覺，的確是一點都沒有變。

來自香港和台灣的狗仔，常常因為地形不熟而陷入絕望，虛構是他們的強項，而匿名是北京的絕招。那些把慶雲樓安到竇唯名下的笨蛋，沒有想到的是，就在三里屯北街的一個巷子裡，藏著竇的妹妹的朋友的小店，這大約是這位平民音樂家惟一跟「產業」發生的曲折聯繫吧。沒有招牌，也不開門，就是木頭、花、對聯，就是你剛剛路過的民房。裡面其實是做髮型的，兩張椅子，一個客廳。客廳是沙發和清淨的燈、几、音樂，一些人顯然不是在打瞌睡就是在發呆，另一些，小聲地說著廢話……。再要不就去天安門西側的南長街碰碰運氣？肯定不會被打，因為那條街上的黃燈籠下面，是個教古琴的地方，看

在琴的份上，狗仔也是安全的。可是一共就兩張桌子、兩壺茶，一些字畫，幾個閒人，你臉上寫著什麼，誰都看得見。我們管那裡叫「琴茶」，除了寶，還有各種不大在江湖上混的人在那裡打發光陰。一間屋子是琴，一間屋子是茶，一個院子是天和樹，所謂大隱隱於市，他不怕騷擾。

還有「非話廊」。從三里屯北街的某路口開始拐三個彎，在國際青年旅社附近推開沒有任何標誌的沈默的窄門，就到了。那路口的標誌，則由另一酒吧的「Cross」招牌指引。因為股東有王朔一份，現在，它已經被稱為「王吧」──這和藏酷要讀zangku而不是cangku一樣，可以用來檢驗一個人的時尚指數。裝修又是艾未未的設計，冷、直、厚、硬，讓人想起他家的超級水泥地。電子樂在一些幾乎搬不動的椅子和原木桌之間來回地撞著，也撞上影視音樂文學各圈的名人──當然不是那些地下人士，也不是出沒在「豹豪」之類酒吧的小偶像，是另一些。二樓只有一處空間，可供十數人坐臥，很不舒服地開會，或很曖昧地娛樂。

還有Suzie Wong，名聲直追台北鴉片館和上海官邸的老店，原因大約是奢侈風正在流行。就在朝陽公園西門街上一個沒有名字的大門裡、樓梯上、一家叫做Q的美式酒吧旁邊，聚集了方圓幾公里最濃烈的糜爛和絢麗。它的名字來自一部充滿東方主義色彩的好萊塢舊電影，它的裝修也一樣，掛著、鋪著、擺放著羅帳錦衾和大煙榻──唉，蘇西·黃著名的煙榻，在樓梯拐彎處，上面坐臥著早來的乖巧美女和得意男子，沒有煙槍，卻已經昏昏欲睡。再上一層樓，可以圍坐的沙發才真正讓人纏綿不去。聽著八〇年代風格的流行歌和電子樂，喝著巨貴並且有著可笑名稱的酒水，北京最時髦的演藝名人和最鬱悶的暴發戶各自扎堆而坐，他們寧肯就此長睡不醒，邁入世界盡頭，性感而庸俗地消散在時間裡。

你知道，遊魂已經不需要招牌的指引，三千萬人，我們悄然遊走其間；我們人在哪裡，哪裡就是夜生活的恬園。

飄風

Drift

會館
百年前的北漂據點

The Regional Clubs: The Launching Pads for New Arrivals

文 趙寶成　圖 趙寶成‧范帆

現在北京還存有不多的老會館，它們零星地分布在南城的大街和胡同裡。如你從它的門前經過，一眼看去，除了破舊不堪外，感覺上全無特點。但是，外表的破落並不等於它沒有價值。其實，在北京保留下來的每座會館都是一本記載北京歷史發展的教科書；每座會館都有許多的故事可以向後人傾訴。

每當閒時，我喜歡一個人在寧靜的夜晚走進胡同後，去尋找一家會館，然後靜靜的站在它的門前，審視它，並努力地讀懂它。看著那牆皮剝落的牆壁，望著那乾裂滄桑的大門，想著那曾經的過去。

說起各地方開始在北京設立會館，應該是在明朝早期。朱元璋定國安邦後，中國的發展進入了又一個鼎盛時期，南方的工商業得到了飛快的發展，人們有了錢，生活溫飽後，倡導讀書。因為明清兩朝施行「科舉」制度，所以當時的學風極盛。明成祖遷都北京後，於永樂十三年（1415）恢復科舉考試，受科舉制度的吸引，各地方學子紛紛捧書苦讀，以圖功名。每年考試之間，成百上千的各地舉子紛紛來到京城。他們大多家境一般，有的還很貧寒，又加路途遙遠，人地生疏，鄉音難改，在租住客店和一些日常生活小事上，常受一些店家的欺擾。舉子們迫切希望這些問題能有人幫助解決。隨著這些問題出現得越來越多，得到了先期來京做官和做生意的一些當地人的重視。出於同鄉友情，他們相互邀請，籌措資金，購置房產，供來京的舉子和其他來京謀事的或旅居者住宿之用，會館由此而生。因為主要是為接待舉子來京考試而為，所以這些會館也叫「試館」。

北京作為明、清兩朝全國的政治、文化、經濟中心，尤其是在這兩朝資本經濟得到鼎盛發展，一些成功的生意人也開始在京設立會館，由於他們開辦的會館在一定的程度上受到行業的制約，也形成行業壟斷，所以這類會館又稱之為「行館」。隨著社會不斷的向前，更多的人們認識到了會館的重要作用，在京紛紛捐資設立。有一省一館的，有一府一館的，也有一縣一館的。有老館、新館同在的，還有東館、西館並存的。那時一般的會館除去主要房產外，還有許多附加財產（包括興建的學堂和一些社會慈善事業）。當然，這主要與他們的捐資人在京做官、做生意的大小、多

沈帆攝影

少、貧富有重要的關係了。最興旺時，京城有各地會館，不計大小共四百餘所。這些會館大多建在前三門外，以宣武門外居多，形成了大片的會館區。

到了清光緒三十年（1904），科舉制度被廢除，各地在京的官吏及家人、商人、學生，繼續使用會館，他們為維護自身利益，打擊排擠政敵；協調工商業務、應對同行競爭；聯絡同鄉感情、抒懷政治見解。當然也有暫借一隅之地小住一時的鄉親和故人，來此或集會、或宴請、或祭祀鄉賢、或照顧鄉民、或聯絡鄉誼。總之會館的使用發生了一定的變化，從而發展成為一種「同鄉會」和「行業工會」性質的場所了。

會館對北京的政治、經濟、文化起到過非常重要的推動作用。近代史上著名的「戊戌變法」就和會館有著密切關係。當時的著名人士康有為住在米市胡同南海會館內，譚嗣同住在北半截胡同瀏陽會館內。康有為在會館撰寫〈上清帝書〉，成立「強學會」（會址在安徽會館內），創辦《中外紀聞》。甲午戰爭後，再撰〈上清帝第二書〉，促光緒皇帝下「明定國是詔」進行變法。譚嗣同亦在會館內撰寫詩文和信劄，與朋友志士抒談維新。光緒下決心變法後，召見譚嗣同，賞其四品卿銜，命其為軍機章

京。但由於變法維新觸動了很多既得利益者，只一百零三天便遭失敗。后黨的爪牙在南海會館捕走了康有為的弟弟康廣仁，在瀏陽會館捕走了一代志士譚嗣同。並於七天之後與另外四人林旭、劉光第、楊深秀、楊銳一同殺害於近在咫尺的菜市口。

隨著時間的推移，這些會館逐漸衰敗了，以致到了今天，除少數會館還保存得不錯外，其他大多已經成為居民大雜院，又因北京的城市改造建設和長時間的無人有計畫的進行合理的維修，使會館院內的建築顯得更加的破落。就是這樣，現在也沒多少家可尋了。能夠保留下來的這幾家會館，大多是有著豐富的歷史和人文價值，並和近代社會有著非常重要關係的建築。它們是中山會館、湖廣會館、湖南會館、正乙祠、歙縣會館、順德會館、宣城會館、南海會館、瀏陽會館、紹興會館、安徽會館、涇縣會館、蒲陽會館。

北漂族 The Squatters
理想與現實 Their Dreams and the Reality
的候鳥

文 李師江　圖 廖偉棠・倪鯤秦

　　北漂族，北京漂流一族的簡稱，用通俗的話說，就是在京打工的流動人員，當然它一般不指向苦力民工。「北漂族」——出入於高檔寫字樓、名牌職業裝以及令人艷羨的薪水，都是城市白領北漂族的顯著標籤。這是從社會學意義上理解。我理解的應該是文化學意義上的。它的漂應該有幾個意思：從外地漂過來的，並沒有在北京定居的，另外心態和生活方式上也有漂泊者的特點。但是比如說科技群落的北漂族，聚集在中關村一帶，他們的特徵是相對固定的，漂的特徵不是特別明顯。從狹義上來理解，我要闡述的是屬於文化民工的群落。

　　在上世紀八、九○年代，有一夥相當著名的圓明園藝術村的北漂族，頗能代表當初北漂者的特徵。說是藝術村是往好聽說，其實就是租工棚式民房，比較簡陋省錢。這個群落構成比較複雜，有搞繪畫的、寫作的、音樂的等等，藝術青年居多。有藝術理想，無固定收入，有著村落式的互相蹭飯和自發幫助的生活方式。後來我看過一些在藝術村裡待過的人的文章，生活相當潦倒但有清貧樂道的傾向，大多數人待一段時間就待不下去，打道回府了，因為傳說的永遠比真實經歷的要浪漫得多。而「圓明園藝術村」這個頗為譁眾取寵的詞頗能代表當時的文化和時代特色：計畫經濟，藝術至上，每個青年存在夢想，但不知道如何與市場接軌，只覺得在這個頗有歷史淵源的地方待下來，總會有上帝來解救的。在圓明園藝術村待過的人也就跟鍍了金一樣，證明你是個藝術家——追求徒有虛名是那個時代青年的一個目標。「圓明園」，代表歷史氣圍、藝術、沒落、潦倒、無人問津，一個時代的烙印。

　　後來由於城市規畫等原因，這些人作鳥獸散，北京通縣有個畫家村也可以算是對那個地方的延續吧。而市場經濟後，北京文化北漂族由精神追求轉化為更務實的態度，也體現了北京作為全國最大的文化市場的特徵。有代表性的，大概屬於演藝圈、搖滾青年、文學民工等；在追求經濟和生存基礎上，他們的生活方式隨著改變。

　　沒有經過統計，但已經浮出水面的藝人，與散落在民間的地下藝人相比，

廖偉棠攝影

簡直是滄海一粟，混出頭的都是幸運兒。我的朋友某君是搞音樂的，唱功不差，在北京混了七、八個年頭了，一直沒有出頭的機會。原先花了十萬塊錢買歌，包括宣傳什麼的，一點水花也不起。現在年紀大了，也沒什麼勁兒，靠在酒吧唱歌維持生活。而這兩年酒吧的行情也不如以前，比如以前客人給歌手小費，現在基本不給。隔一天唱一天，每天收入才兩百元，一個月也就三千來塊。這是很多地下歌手的道路。在那些廉價的四合院裡，不知道待著多少歌手、樂隊、演員等，一般靠在下等場所表演維持生活，而終於混出頭的人少之又少。

搖滾青年的演出機會更少一些，他們是藝人中還保持著最旺盛的藝術理想的群落，最好的地下搖滾樂隊一般也只有在藝術酒吧演出，生存是一大挑戰，也是北京的搖滾樂隊多如牛毛，但每天都有在解散的原因之一。

文學民工也是文化圈最活躍的群落，雖然他們在經濟作用上並不是最明顯的。北京的文化氣氛區別於地方的重要特徵，就是地方城市的文化氛圍一般是單一的，一個城市可能就一個主要的文化圈子。而北京不是，北京是魚龍混雜之所，每個不同品味不同風格的文學民工，在北京都可以找到自己的圈子。比如寫作上，有「學院圈子」和「民間分子」的獨立，有「傳統型」和「先鋒型」的獨立，有「主流型」和「憤青型」的獨立。每個圈子的文化理念、共處方式已經在業務聯繫上有自己的特點，每個初來乍到的文學民工會被自己的圈子吸收和同化，然後在自己的立場上和陣地上與別的圈子展開筆墨戰爭，這構成了文化活躍的表象。這些文學民工大多生活在媒體、出版公司、文化企業等，互相之間有比較密切的合作和對立關係，混得比較好的會擁有自己的文化產業，比如公司等。

因此，演藝圈和文化圈是最能表現北漂族生存狀態的圈子，並且隨著文化市場的變化而變化。比如說，前兩年網站的興起是文化北漂族的一個得意時期，網路泡沫破了以後，媒體競爭厲害，這些人的生存機會趨向嚴峻。他們的生活方式和狀態，大概是文化產業的風向標吧。

文 歐陽應霽　圖 包瑾健

人，
Studios and Villas in the City 's Outskirts
詩意地還鄉

73

許多許多年之後，我都一定一定會記得這幾天在北京發生的一切。

這不僅僅是貪新好奇，這是一個衝擊，中至強度的，也許可以說是一種醉，牛欄山二鍋頭，三十八度，兩個口杯，才是中午就已經大口大口的喝，我想我是有點過分，過分是對的。

他們都是在這幾年來先後遷居這裡，落地安家的藝術家。他們都很過分，對藝術的堅持，對生活的要求，對理想的執著，不過分不嚴格不刁鑽，何來生趣 ?! 我有緣路過，在村裡一天兩天三天四天繞來繞去，串門拜訪，先是有禮貌有板有眼的道明來意，後來都算了（都醉了！），高興，一屁股坐下一見如故，從最笑謔到最嚴肅，上天下地無所不談，興起時一身冒汗，忘了室外是攝氏零下五度。

震撼，首先是各家各戶有性格的自建或改建的房子。對於我這個南方來客，從小困在所謂國際都會的高樓大廈小單位中，空間的寬敞疏爽是發夢也很難想像的，然而這裡都有，有的是地，

就看你在地上築一個怎樣的夢!

　　自主,這裡最大的能量來自自主,不是要住進一個什麼空間,而是你首先要決定要設計給自己一個怎樣的生活,有錢沒錢悉隨尊便,都能愜意的為自己安排一個有彈性的自在空間。

　　從北京城內乘計程車一直往北,還未睡著就到了。燕山腳下京密引水道旁,據說這裡從前是皇家的果園,對呀,我認得的那樹上的是如蜜凍的柿,在邢老師的保持舊村屋風貌的小房子裡我一口氣吃了三個,看來我以後不必再吃那自認高檔的進口的Haagen-Dazs冰淇淋了。更意想不到是李天元老師家的院子就是一片柿林,在他工作室中從那挑高特大的玻璃窗外望,蒼黑的盤虯的枝幹還掛著那欲墜未墜的柿子,午後,傍晚,深宵,天色氛圍四時變化,一如起伏心情。

　　畫家申偉光和王華祥是較早遷居到此的兩位,申偉光更因此被大夥封作「村長」。有幸在村長的引領下,在村裡風格各異的室外室內直接和創作者對話,更清楚明白的感受到創作就是生活,生活也就是創作。甚至不必把藝術家作為一個頭銜成為一個負擔,更無必要有商業機制中的猜度踐踏,同一條村同一條船,我認識的都是一群心胸豁達,坦然開放的創作人,唯是如此,活在這裡才能與天與地有感應,才不枉。

　　進屋好好坐下,喝茶或喝酒,厲害的空間有趣的人不尋常的情與事——畫家韓旭成經歷了生活的事業的波折起伏,在這裡歸真返璞重新出發。走進他面對菜地魚塘的一列簡樸實在的平房,那一份自然強韌的生命力、創作力最感動人。

　　畫家劉彥的兩層樓,進去首先是有

若小教堂般靜謐虔誠的氣氛，上樓卻是粗中帶細的一種絕不時尚卻真實有力的簡約。

王華祥的「建築群」有教堂有宿舍也有自己的工作室和住處，積極主動的在這裡實踐他的有別於學院的教育理想，多功能的利用這裡的環境空間。

同樣也是老師也是創作人的李天元在上苑的家，是一個心思細密的建築設計，大刀闊斧乾淨俐落，現代主義風格的建築與村前村後的鄰舍環境，竟又出奇的協調和諧。

「村長」申偉光大情大性不拘小節，生活也就是修行，求的是悟後的自在，隨意安放出一種格局。當然還有那些匆匆經過未有空坐下詳談的，都各自各精采。

遷居落戶，儘管各有來由，但共同的是他們她們都決意要跟城市保持一個適當距離，唯是有了這個距離，才能完成構建有別於都市的一種更合適自己的生存空間和生活方式，自由的選擇，義無反顧的實踐，致力與世俗的距離，爭取與本我的零距離。

正如同為村中一分子的評論家賈方舟老師引述過海德格對還鄉的哲學闡釋：「詩人的天職是還鄉，還鄉使故土成為親近本源之處。」從五湖四海走到這裡的創作人，也就是一同在這還鄉的路上，在體制之外，尋找自己藝術上的生活上的更踏實確切的存在。人先要給自己定位，再是建築的室內空間設計的互補配合，走進每家每戶，也就是認識每個人，人在本源故鄉，最自足喜樂，最享受。

詩意的還鄉，詩意的安居，天下不因此而太平無事，但我知道，一切在這裡生的事，都有趣，都豐富多彩。

The Song Village: A Village of Artists

宋莊藝術家的村落

文 張洪菠　圖 何經泰

宋莊是什麼？宋莊是個地名。在中國的北方叫宋莊的地方有很多，我這裡所說的宋莊只是其中的一個，它相對其他的宋莊略有一點不同，因為這個宋莊聚集了很多的藝術家，因此它也相對比別的宋莊出名。藝術家像塊招牌，就像上個世紀九〇年代初的圓明園。九〇年代前的圓明園本來就很有名，不過它和藝術家無關。它只和歷史有關，和皇室有關，和一場大火有關。像一本被燒焦了幾頁的歷史教材，有些隱痛也有一些傳奇。九〇年代初，大批藝術家從全國各地投奔圓明園，聚居在福緣門村一帶，再一次使它成為世人注目的焦點，而九五年秋天員警對於聚居在那裡的藝術家進行徹底的清理，使它看上去更像一個事件，或者一個宣言。

宋莊出名是九五年以後的事，圓明園之於宋莊，有點像英國之於美國，這個比方不一定恰當，但是很好玩。

後期的圓明園有些混亂和不安，一些藝術家開始尋求其他更為安全、安靜，有利於創作的環境，於是就來到了宋莊。至於為什麼他們選擇了宋莊而不是其他諸如周莊、李莊、王莊，沒什麼可說的，就像你去租房買房一樣，可能是價格適中、交通方便，也可能是有朋友介紹，或者環境不錯，這可能是某種機緣，一種心情，一次偶然都可能使你作出某種選擇，藝術家也不例外。

九五年圓明園遭清理後，原居那裡的藝術家們四外流竄，散居各處，在此後的一兩年間紛紛來到宋莊與先期定居此處的藝術家會合，宋莊的藝術家隊伍

逐漸壯大，聲名鵲起。方力鈞、楊少斌、岳敏君、王音、劉煒等都在此安置工作室。最先進駐宋莊的藝術家幾乎都是當年圓明園的第一代，他們很像是一群拓荒者，尋求埋藏寶藏的地方。據說高考語文試卷中有這樣一道選擇題：當年八路軍三五九旅開荒的地點是：A.圓明園B.北大荒C.宋莊D.南泥灣。此題正確答案高達十分，竟然有百分之三十的考生選擇了圓明園和宋莊。

宋莊有什麼？有雞、有鴨、有豬、有狗，還有蔬菜莊稼，有農家小院，石榴、葡萄和大麻，農民和藝術家。如果說藝術是菜，宋莊就是菜市場，芹菜、白菜、菠菜、香菜、生菜，甚至酸菜、泡菜，還有很多不知名的菜，應有盡有，不管是什麼菜，總之是菜，是菜就

能吃。居住在宋莊的藝術家據不完全統計約有一百五十號，良莠不齊，有些藝術家玩得完全不靠譜，不過這沒什麼，藝術這玩意兒不能太認真，藝術很多時候只對藝術家個人有意義。

宋莊在哪裡？在燕郊邊，潮白河畔，幾個相鄰的極普通的小村子，只因為藝術家聚居這裡而聞名海內外。有藝術家的宋莊是宋莊，沒有藝術家的宋莊還是宋莊，它現在雖然很有名，但大家關心的並不是宋莊這個北方普通的村子和世代居住在那裡的農民，關心的只是那裡的藝術家。藝術家是朵花，招蜂引蝶，但開了就謝了，誰又會真正在乎一個藝術家的死活呢？關心，僅僅是兩個字，關心而已。

外來人的天堂
A Welcoming City to Outsiders 天堂

文 邱華棟　**繪** 劉倩

75

　　北京越來越國際化與國內化（這是我發明的詞）了，它的具體表現是，出現了很多以國外和國內其他省分外來的人為主的「村子」。最近十幾年，常年都有三百萬人左右的外來人口、非北京戶口的人口在北京生活，加上中國人喜歡認老鄉，於是很容易形成各個地區來的人的村落。像是「浙江村」、「新疆村」、「韓國一條街」等。比如浙江村，就是因為從八○年代剛開始，有很多浙江做生意的人聚落在一起，逐漸形成的。浙江人早年在北京，主要是做服裝的批發和零售的生意，所以浙江村的位置在南三環的幾個服裝批發市場附近，漸漸地擴展開來，到現在除了服裝生意，浙江人還做其他各種各樣的買賣，北京人的穿與用很大程度上都與浙江人有關，因為浙江人一向以會做買賣著稱，浙江村周邊居住的浙江人現在至少有十幾萬人，帶著濃重的浙江口音的

浙江村的特徵，在那裡，你可以買到最便宜的世界名牌服裝，你想要什麼樣的服裝，也就有人會給你裁剪出來。

　　新疆村現在已經消失了。前幾年在魏公村地區，由於有很多新疆來的維族人開的餐廳，密密麻麻分布在幾條街邊上，附近居民的出租房大都出租給了這些從新疆來的維族人。那個時候，魏公村特別熱鬧，因為有維族人開的餐廳的街上，總是飄散著新疆烤羊肉串和新疆抓飯的香氣，慕名前往吃飯的人，會在新疆村裡的小街上，被熱情的餐館服務員拉住直往飯館裡面拽──一開始你不適應這樣的熱情和攬客方式，肯定還有些害怕，但是很快你就會習慣了，這裡到處都是維族人熱情和好聽的吆喝聲，是那種粗獷的帶有捲舌音的中亞維語，很好聽。人來人往，新疆人的飯菜也特別的豪爽，一個「大盤雞」就夠好幾個人吃的，所以新疆村的氣氛是特別的歡

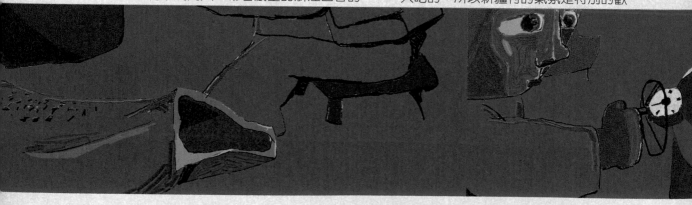

快。但是前幾年，可能是由於拆遷和舊城改造的原因，還有一個說法是那裡有少數吸毒販毒人員，不好管理，地方政府就把新疆村給拆了，現在在北京的新疆人的居住就比較分散，餐館也很分散，要找一家新疆餐館特別不容易，新疆村就消失了。

韓國一條街原來在北京語言文化大學旁邊的一條街上，因為北京語言文化大學招收了很多來自亞洲、特別是韓國的學生，所以就有善於經營的中國朝鮮族人，或者是韓國人、北京當地人經營韓國風格的餐館、理髮店、小超市和娛樂城。後來由於學院路的改造，這個過去特別熱鬧的韓國一條街，規模縮小了，而在北京東三環邊上的亮馬河和新源里地區，還有望京地區，漸漸地成了北京的韓國人和朝鮮族人聚集的地區，人數至少有好幾萬，而韓國大使館的新館，就將建在三環邊希爾頓飯店的後面，所以，韓國人喜歡在望京地區租房子，把望京地區的房租一度抬得很高。而韓國人和國內朝鮮族人開的餐館、娛樂城、小超市，更是特別集中，在這幾個區域朝鮮語幾乎是第一外語，我去這些地方找朋友，在電梯裡經常可以碰到一電梯的人都講朝鮮語，我自己倒成了少數民族。2002年世界盃足球賽，只要是韓國隊贏了球，我就經常在這些地區看見一隊隊韓國人打著自己的國旗，騎著自行車飛快地招搖著。

北京最近十幾年來有了這些外來人或者外族人的聚落地區，就是因為北京的開放，吸引了大量的中國其他省分的人，甚至一些亞洲國家的人來這裡尋找機會，所謂的老北京人，漸漸地幾乎不存在了。

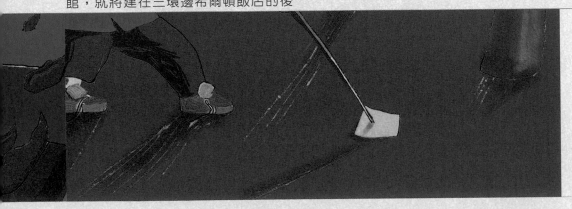

來自他鄉 The Charming Laowais in Beijing
的胡同串子

76

文 阮小芳　圖 何經泰

在北京的外國人數目之多，可能會超出大家的想像。這些外國人普通話的素質之高，可能更超出大家的想像。簡單舉兩個例子大家就可以充分體會我的驚訝。第一個例子來自北京的出租車司機。在北京如果你要成為出租車司機，當然必須取得相關的執照。為了要顯示出首都司機的國際水平，他們的執照考中有一項就是「出租車司機英語一百句」。但是，根據我跟北京大部分出租車司機交談的經驗，他們開口說英語的機會幾乎是微乎其微，為什麼呢？

「這裡的老外啊，普通話一個講得比一個好，說什麼英語？有的還會跟我們講價錢呢。」

這就是北京的出租車司機的答案。

第二個例子，是發生在我自己身上。我有一個好朋友R，服務於美國一家知名的日用品公司，在北京已經待了將近兩年。在這之前，他已經在台灣學了四年的中文。因為我一個台灣朋友剛好認識他，所以便要我到北京後去拜拜碼頭。我心想自己的英文還行，一到北京便給他打了個電話，幾次交談下來，不但我的英文毫無用武之地，他老兄還會跟我比較台灣與北京普通話說法的差異。更誇張的是，我的第一句北京諺語，還是他教給我的。

北京的老外著實讓我驚訝。我在台灣的外國朋友也算不少，但是普通話的水準真是乏善可陳。而且他們普遍有一個特色，就是把台灣當作一個暫時停泊的碼頭或是學中文的跳板，沒有人真正關心台灣社會或文化長什麼樣子。在北京的外國人，卻有許多標準的東方文化狂熱者，他們勤練中文，寧願住在胡同裡也不願意住在光亮氣派的涉外公寓；住宅中的家具大部分來自潘家園……，還有，他們通常會有一個中國男朋友或是女朋友。有趣的是，男老外的女朋友

通常是大學生或是外企工作的上班族；女老外則大部分跟中國藝術家或是搖滾歌手在一起。這群China-phile通常是學生、學者或是攝影師、藝術工作者什麼的。不過，我要事先聲明，這些並沒有經過嚴格的數據統計，完全是根據我個人的交友經驗與觀察歸納的結果。

最近我認識的北京老外，除了流利的中文之外，有許多人連「閱讀」都已經到了爐火純青的地步。大家都知道，中國字對於母語是拼音文字的外國人而言，簡直是一幅一幅「圖畫」。但是，從魯迅到現代大陸作家，還有不少外國人可以跟你侃侃而談。昨天我和一個美國朋友吃飯，畢業於美國哈佛大學的她現在服務於一家跨國管理顧問公司，我們聊的主題是大陸女作家虹影所寫的《K》這本書。中、英文譯本她都有，她不但可以告訴我英文譯本的對錯好壞，對於這本書的文學評價也讓我刮目相

看。問她中文怎麼學的，她也說不出所以然，只是表達了她對中國還有中國文化的強烈興趣。「我想我應該會繼續在中國待下去吧，至少五年之內我不打算離開。」她說。

除了這一群China-phile，另外一群老外的構成分子則是來自各國的外企菁英。拜中國這十年經濟改革開放之賜，中國市場在短短幾年主宰了世界經濟的眼光，成為各國企業的兵家必爭之地。以往大家可能認為中國是蠻荒之地，再加上計畫經濟體制，各國企業都是以一種嘗試的心態在這裡設立辦事處，外派中國幾乎等於流放或是磨練經驗，所以各國企業外派中國的商務代表往往都還支領企業所發放的「艱苦」補助。但是這幾年，中國逐漸變成世界最大的處女市場之後，各國外派中國的人才明顯不同以往的稚嫩與缺乏經驗，而是把一流的人才派駐於此開發這個市場，甚至許

多外企都已經把亞洲總部移至北京。所以，北京的CBD，已經不亞於香港中環的熱絡，金錢的遊戲每日一樣在國貿、嘉里中心、盈科中心這些所謂「甲級」寫字樓上演著。而這些外國人莫不拿出各自最厲害的本事逐鹿中原。

對於這些商務菁英而言，工作絕對是忙碌的，但是生活的精采度與感情的依歸可就不一定了。不同於China-phile，他們對於東方文化並沒有多大的熱愛。他們的普通話或許也不錯，但是為了市場需要；他們也喜歡中國式的家具或裝修，不過大部分是為了門面、流行或是自我標榜的一部分；因為他們眼中只有「市場」與「金錢」，而且他們也知道他們有一天是要回到自己的國家，所以，在感情上他們是飄盪的，男老外有外國女朋友，但通常是為了排解寂寞之用，並沒有所謂的「承諾」或是「天長地久」，但是因為他們通常慷慨多金，遊戲人間還是可以一個女朋友一個女朋友的換。

我在北京有許多外國朋友，有一些是生意場上認識的，有一些則是朋友的朋友，另一小部分則是在酒吧或街上「被搭訕」認識的，我不得不承認，在追求異性這方面，外國男性的確要積極主動許多。通常，你只要認識一個外國朋友，大概因為他的原因你至少會再認識十個外國朋友。週末時間一到，三里屯或是朝陽公園或是工人體育館周邊的酒吧區，一路走過你至少都得停下來打過三次招呼。我有一次帶一個從L.A.來的朋友去三里屯南街，他一路走來直跟我說：他以為他回到了L.A.。

一般的北京百姓還是喜歡稱外國人為「鬼佬」。這反映出他們對於外國人又愛又恨的心結。對我而言，我和這些外國朋友交往心態則是要穩定平和多了。不過，我也曾經試著與幾個外國男生交往過，但是，不是外國菁英式的無法承諾就是China-phile的不安漂泊。我想，我應該不會再與北京的外國人交往了吧……。

我也不知道。

朝陽公園地雷區

The Minefields in the Chaoyang Park

文 蔡小芳　圖 何經泰

本來，我只認得夜晚的朝陽公園。儘管夜晚的朝陽公園被霓虹燈渲染得有如白晝。剛來到北京，陌生的城市讓我總想盡快找一個安身立命的所在。白天寄情於工作，夜晚的歸宿便要開始找尋。於是，有人帶我來到朝陽公園。我的北京朋友笑著說，如果我是男生，那麼就是滾石吧。

朝陽公園南門，繼三里屯之後成為北京最著名的酒吧集散地。各式各樣的酒吧，以滾石為中心，沿著南門向兩邊伸展。酒吧的名稱，從韓國風味的「充電吧」到直白如「漂亮女孩」都有。說實話，南門內的酒吧，是十分本土風情的酒吧，沿路走過，還會有幾個小哥兒們對你吆喝著：來我們的酒吧吧，我們有最好的樂隊，最佳的氣氛；如果你身邊是位男士，小廝自動會把話語改成：我們這裡有最浪漫的座位，還有蠟燭喔；如果你們是一群女孩兒，小廝便會說：我們這裡帥哥最多了，為你們安排

幾個英俊的帥哥吧。這真的是台灣酒吧或外國的酒吧所體會不到的「熱情」。剛開始你會覺得有些厭煩，久而久之，你卻會開始覺得熟悉與好笑起來。

然後，每間酒吧都有樂隊，大部分都是一男一女的主唱搭配。女的緊身上衣加短裙唱王菲唱張惠妹，男的T恤牛仔褲唱王傑唱動力火車。壓軸一定是迪克牛仔的〈有多少愛可以重來〉，此時你只看到台下所有的客人跟著台上一起嘶吼：有多少愛可以重來，有多少人值得等待……。

北京酒吧聚集地的特有文化啊。

跟著本地企業的白領或年輕的「成功人士」去過幾次朝陽公園南門裡的酒吧，情緒從開始時的新鮮逐漸轉為一股甜膩的厭煩。我可以充分體會這樣的酒吧存在的價值。在北京生活，不管本地人與外地人，總是免不了感覺到一股壓抑的氣氛，具體的如工作的、生活的，不具體的如歷史的、改革開放的，這樣

的酒吧提供某些族群一個發洩的空間，跟著台上主唱的嘶吼，吼出來的不是歌聲，而是情緒。

但是，這些是一個從台灣來的姑娘無法體會的。嘶吼的歌聲有時只讓人感覺吵雜與厭煩。

所以，我最愛的只是朝陽公園南門門口的兩家酒吧——Big Easy和Latino。

南門邊上的一棟兩層樓建築，在夜裡透出溫暖的黃色燈光，就像紐奧良的小酒館一樣。Big Easy似乎是以一種獨立的姿態靜靜的站在朝陽公園的南門邊上。我第一次去是和一個英國朋友約在那兒吃晚餐。以Pub food來說，義大利式的菜色算是精緻而道地了。九點半開始，Jazz Band先拉開序幕，接下來是Jazz Moma的演唱。我幾乎可以說，這裡是北京所可以找到最好的Femalevocal了。來自紐約的黑人女歌手，可以溫暖甜蜜如Ella Fitzgerald，哀怨低沉如Billie Holiday。

北京的冬夜對一個單身女子來說是難挨的。Big Easy的黃色燈光與Jazz Moma的歌聲，讓我在北京的第一個冬天溫暖許多。

Latino是北京朝陽公園南門的酒吧新貴。一棟小小的白色建築，與Big Easy隔著大門相望著。北京這兩年吹起Salsa風，時髦的白領女性總是得學上一段。Latino的空間設計十分簡單，寬敞的舞池，簡潔的座位與吧台設計，畫龍點睛似的用一盆火的設計在吧台上標榜出這個酒吧的熱情基調。一到晚上，尤其是週末，最最時髦的北京男女都會聚集在這裡，北京的、美國的、加拿大的、南美的、法國的……。我的一個美國朋友說，每次到Latino，他都以為是置身於L.A.的拉丁酒吧裡。熱情的樂團

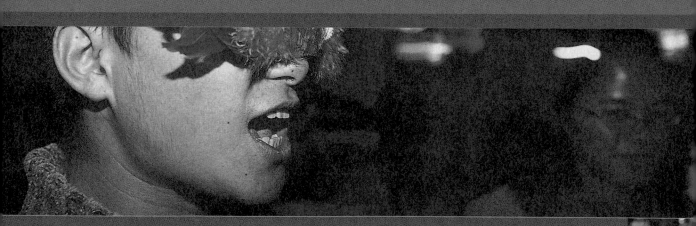

總是可以帶著舞池裡的人們飆到情緒的最高潮，激情與欲望張狂的流動著。

不過，我最愛的其實是Latino門外招牌所透出來的藍色燈光，那樣的藍，總給我一股詭異的浪漫氣氛。

現在我去朝陽公園的時間漸漸早了。但是不是去南門，而是去西門的Annie's。一家小巧的義大利餐廳。這是少數在北京可以找到的平價西餐廳。但是，地道的義大利美食與家庭式的裝潢，總讓你可以舒舒服服的在那裡吃上一頓好飯。就算是一個人，也是自在而愉快的。

除了Annie's，朝陽公園西門，沿著街也是餐館與酒吧並列。西門對面是一排排高級化的公寓，這些社區為朝陽公園西門提供了最好的消費族群。從雲南菜、川菜到德國酒吧，西門的餐館與酒吧風格差異甚遠，很難找到一個統一的氣氛。唯一相似的，大概就是招牌的霓虹吧。

後來，西門又多了一個Suzie Wong。兩張鴉片大床、中式的家具裝潢加上西方的酒吧與電子音樂，中西合併的New age調調讓Suzie Wong迅速成為外國人、北京文化人與外企白領的最愛。很久不見的朋友，總會在新的酒吧中相遇。我才去了Suzie Wong兩次，兩次都遇到了許久不見的朋友。

也許酒吧區也算是北京的「地雷區」。想見的不想見的，朋友還是敵人，你都必須要有心理準備，在踏到地雷的那一剎那，必須確認你的社交防護裝備妥當才行，不然，幸運的落荒而逃了事，怕是怕猝不及防被炸得體無完膚，就得在酒吧裡買醉出醜了。

星巴克
小資快速養成所

Starbuck's Coffee
The Breeding Ground of Petit-bourgeoisie

文 朱葉青　圖 廖偉棠‧何經泰

不知為什麼看到星巴克，我總是會聯想起大碗茶，可能因為都是用來往嗓子眼裡灌水的地方。過去北京人圍著一個大醬缸撈水喝，現在只需悄悄說一聲「小杯當日」，穿著黑綠相間衣服的服務員就會大聲重複你的話「當日小杯」，另外一個服務員就會學舌再來一遍「當日小杯」，聲音也洪亮。

真好我沒說不好聽的話，否則被人大聲重複出來也滿難為情的。

在星巴克寫作是我的習慣，大約三年前，幾個兄弟上中糧樓上辦事，沒我什麼事，我也不想跟著。他們就說你在星巴克等我們，那裡有沙發、咖啡，還有漂亮的姑娘們。

我問：「星巴克是什麼？」他們說是咖啡館。我說我幾乎不曾上過咖啡館。那就去開開眼。這是他們教唆我混跡於花花世界，而我假裝顯得很單純。

我第一次見到星巴克，覺得無聊，這麼多人濟濟一堂待在這兒幹什麼？我想起有一句話，說是「泡咖啡館」，看來就是把自個兒身體當作「饃」，扔進羊肉湯裡泡時間，不過那是羊肉泡饃，這裡是咖啡泡肉，過去南方有一句話叫「肉夾水」就是指上茶樓喝茶。「水夾肉」則是上澡堂洗澡。又扯遠了，打住。

我愈感無聊，東張西望，驀然看見牆角上鑲嵌了一塊電源板，想到自己包裡帶著筆記本電腦，於是取將出來接上線，有事做了。我只顧埋頭敲打，等那幾個小兄弟回來，我說你們怎麼這麼早就回來了，再晚來一會兒，我這篇東西就打完了。他們以為我是在諷刺，便狂喊對不起，說是事情辦得不順拖延了時間。但我卻發現已經過去了兩個小時，心裡一喜，奇好效率，以後可以上這裡來敲打電腦。

次日，我即背著電腦往這裡狂奔。直到現在，我已經習慣了坐這玻璃窗前的感覺，如果在家裡待著，東磨西蹭，接幾個電話、翻幾本閒書，加上吃喝拉撒，時間飛逝，一天下來效率非常之低下。遠不如在此關了手機、專注於電腦螢幕來得有效。朋友們皆知我的習慣，

廖偉棠攝影

有時需要就會來星巴克找我，我覺得花上每日一杯咖啡的錢比起一間辦公室租金要划算了太多。

有一次我注意到一位小伙子，買了一客星巴克乳酪餅，撕開玻璃紙，用塑膠叉叉住乳酪，然後，我驚奇地發現小伙子獨自在笑，臉上露出了極為滿足的笑容，應該說，是竊竊而靦腆的微笑，然後，我更加驚奇地看到小伙子把脖子長長地向前探出去，最後低垂在碟子之上，直到此時，他才將手持的叉子微微抬起，兩張伸得很長而又張得很大的嘴唇終於咬住了乳酪。我就為他擔憂，為什麼不把叉子抬起來送到嘴邊呢？把嘴巴伸出去再夠得上叉子，太累，如果一個人是大個子而胳臂又長，那豈不是要十八里相送、送上好半天才能將嘴巴送到叉子上去嗎？我就這樣斜瞥著，瞧他，然後我發現自己嘴巴裡冒出了一股乳酪的香甜滋味。

這舌尖不是小伙子的，而是我的舌尖，我在注視小伙子的乳酪，吃的動作，禁不住引起了本能的生理反應，我被這一幕融合之意的景象給迷糊了。

後來我旁邊來了三個女人，傳來的口音，大抵就是台灣同胞，我一般將這些女人稱之為台灣女生，這是瓊瑤電視劇裡的時髦詞。隱約我聽到一句：「心裡很煩，一起聊聊天，心情會好一些」。

女生們嘰喳著，又說了些關於愛情的什麼，我本不想偷聽別人說話，那些聲音偏偏鑽進我耳朵。然後又是一句「她愛情沖昏頭的時候」，我看見被指稱的女生臉上露出傻傻的幸福的笑。

台灣女生們倒是很習慣於語言分析學，她們總是會講一些關於人生的大道理，將大道理使用在小事情上，語言上變得生動了。我是不大會談論這些東西，學校裡沒專門設這門課，也沒有專門學習過，這似乎應該是無師自通的，這三個台灣來的女生使我想起了楊德昌的電影，那些滿口酷言酷語的女生，真好像耶。

又有一天，一位老兄高昂地談起咖啡文化，我聞之，半天反應不過悶來。問：「咖啡怎麼會有文化？」

老兄顯得牛烘烘的，扯了一通，卻說不出所以，我說：「你去叫兩個文盲來，給他們灌上一堆咖啡，看着他們能不能立馬就識字。」這老兄說我是胡扯，我說你不是說咖啡裡面有文化嗎，灌了咖啡不就是灌了文化了嗎？

說完這話，我就想起自己幸虧是識字的，可能也沒多少文化，畢竟是識字了，可以在電腦上敲打出漢字來。尤其令我不好意思的是，三年來我花在星巴克的「當日小杯」的咖啡錢，結果無意

中又從星巴克賺了回來。小黎去星巴克主編一本內部雜誌，向我約稿，記得當時小黎幾乎就是財大氣粗地說：「我們星巴克的稿費，每千字二百。」，這對於我等靠賣稿為生的，幾乎就把持不住分寸了，小黎當時的口氣，分明是在說「重賞之下必有勇夫」也矣。後來文章刊出，小黎來電話問「稿費收到否」，我一概回答沒有，因為我確實不曾收到星巴克寄來的什麼銀子，直到有一天，我想起曾收到過幾回一個外國名字的公司寄來的錢，就去電話問小黎，為什麼不寫星巴克啊？

我記得自己拿了星巴克稿費，徑直去了小酒館，從咖啡上賺的錢卻花費在酒精上，好比是羊毛沒出在羊身上，心裡有所不忍，從酒館出來恰好路經中糧，於是領著兩個哥們進去，一人一杯「當日」。閒著無事，又不想說話，玻璃窗外不遠處的燈箱，突然亮了，映射出耀眼刺目毫光，依稀記得多年前寫文章經常使用「燈紅酒綠」一詞來襯托某種孤寂之感，回想起來，世界之紅綠於今更甚矣。中糧星巴克的好，在於從窗外望去，三處高樓環繞，露出一面天空，於是就有了一個很大的天井，誰家會有這麼大的天井呢？

我突然想起什麼，就回頭去看身後的那面鏡子。從這面鏡子看去，蹊蹺之極，我確實看到了一個真實景象，鏡子裡的我，腦袋不在肩膀上，而且所有人肩膀上皆無腦袋，那麼，人們是在用什麼東西進行思想呢？這是因為鏡子夾交於牆角，造成了一個死角，好奇怪，每個人皆可以在此看見自己的身體卻看不見腦袋。我的腦袋之有無，便成了一個疑問。如果我的腦袋仍然是屬於我的，那麼，我就會平靜地來證論一個關於腦袋現象的真實性，然而很遺憾，由於實際現狀的疑惑，我是無力的，因為，我做不到這一點，這時我突然有些明白了，一定是我腦袋灌多了二鍋頭，暈暈乎乎，自己和自己玩起了捉迷藏遊戲。

突然間，我又發現了這裡的中國男人愈加變得像美國男人了，我是指衣著；而這裡的白領女人卻都變得像是雲南普米族女人了，我是指精神面貌。

但是也不對，怎麼了，究竟是他們都喝了二鍋頭，還是我喝了二鍋頭。

顯然，我喝掉咖啡了。

我就對哥倆說：「還是走吧。」

離開了星巴克，他們問：如果是去南小街，還是去找一家小酒館嗎？

南小街變成一條寬闊的大街，但是，也一定會有小型的飯館。

漂浮城市的
A Haven in a Harsh City
溫暖角落

文 徐淑卿　圖 何經泰

剛到北京的時候，隨夫婿派駐北京的堂妹便告訴我，東三環邊上有個太平洋百貨是台灣人投資的，有空可以來這裡看看。

我當然不會去看看。既然到了北京，我更有興趣的是什剎海、大柵欄，甚至是漫無目的的騎腳踏車四處晃蕩，如果要逛台北的百貨公司，還不如留在台北就好了。

一個春深的正午，堂妹邀我到三里屯非常紅火的客家館子「老漢字」吃飯，吃完飯後她說應該喝杯咖啡，但卻無視周圍咖啡館樹影搖曳的浪漫景致，帶著我直奔太平洋百貨而來。

如果不是她的堅決，或許我永遠不會發現太平洋百貨二樓的歡奇咖啡館，如果沒有發現這裡，我也就少了一個在北京生活的據點。

剛走進歡奇，我就完全了解在東京生活十餘年的堂妹喜歡這裡的原因了。一無遮攔的大片落地玻璃、原木地板、寬大的沙發，簡單明亮的風格使這裡具有一種「城市的現代性」，能夠讓東京人想到東京，台北人想到台北，上海人想到上海。對於台北人，驚喜又更多了一點，因為這裡可以看到家鄉的《中國時報》、《時報周刊》與《商業周刊》。

不過我真正喜歡這裡卻是從喝了一杯拿鐵咖啡開始。在北京喝到好咖啡算是運氣，即使滿街都是星巴克，喝起來似乎也不夠地道。歡奇的拿鐵咖啡首先以它的規模震撼了我，因為它有一碗公的份量，然後是它濃郁的滋味，證明它的確是一杯血統純正的拿鐵咖啡。

從那一天起，我每星期六都會出現在這裡，補看一星期的報紙、喝杯咖啡，以及吃個排骨飯或炒米粉。第一次吃排骨飯時距離我到北京已經兩個月了，當我看到排骨旁邊乖乖的放個滷蛋，顯示台灣正宗風味時，我真的感動得差點熱淚盈眶。

來得多了，我就發現這裡走動著許多台灣人。其實這裡常有日本、韓國或是北京當地的客人，但是即使不言不語，你也可以辨認出有些人和你同樣來自台灣。我們會虎視眈眈的等著報紙、雜誌回籠，偶爾交換一個眼神。我們並沒有因為同在異鄉而多做寒暄，但是每到週末我們卻會不約而同的來到這裡，有時只是對著外面搖頭晃腦的綠樹發呆，有時看著外頭的居民，也會想像在他們眼裡我們或許像關在玻璃櫥窗的另種生物。

我們總是來到這裡，在這個漂浮著外地人的城市，尋找一種家鄉的感覺。

The Artists with a Business Mind

藝術家的餐廳

文 尹麗川　圖 廖偉棠・何經泰

　　是四川的詩人們先開始在餐飲業上做文章。當年「非非」、「莽漢」幾員幹將紛紛辦起了飯館、酒吧和夜總會，其用意再明白不過——既然過不了上班族朝九晚五的刻板生活，又想維持詩歌藝術的「無用」性，那就憑本事自謀生路吧。再兵荒馬亂的年代也離不開餐飲，天下太平更需要菸草和酒精，文人們別的不會，享受飲食生活卻是擅長。飯館弄點小情小調，酒吧喚些墨客騷人，一來二去，店鋪就有了生意。

　　北京的藝術家們自然也都是明白人，何況守著京城這方人氣旺盛的寶地，不用何等可惜。搞藝術聽上去比寫詩賺錢，但比寫詩更加地費錢又朝不保夕。再說不少藝術家自己就是酒鬼，每星期要去別人的酒吧交幾次酒錢——而北京酒吧的酒價，從一開始就與國際接軌——這樣一划算，當然該自己動手。

　　早先位於北大東門的「老漢字」就是一個酒鬼畫家開的。此人名喚遲耐，光頭，體壯，像極《水滸傳》裡殺家劫舍的主兒。老漢字的客人大概分為三

何經泰攝影

類：搞藝術的、留學生、稀奇古怪的身分不明者，生意時好時壞——事實證明，酒吧的真正興旺要等到其他類型的客人光顧之後，比如生意人、非留學生的外國人、海外遊客、娛樂界人士、致富後的藝術家，當然，也少不了那些至今身分不明者。

那是八、九年前的事了。那個時候，精明如遲耐者也還沒能把生意經想明白，總以為離大學和藝術村近就會有客源。多年以後，遲耐已熬成老樹精，才懂得賺錢要賺有錢人的錢。他先在三里屯開了家客家菜，弄出一番吃飯排隊的繁華景象，進而看準人氣飆升的後海，又開了一家。

畫家方力鈞幾乎是我認識的最聰明的人。他不僅在繪畫本身和操作意識上領先於同行，在經商方面也直取要害。當其他涉足餐飲的藝術家們還在考慮菜餚和室內設計，方力鈞首先想到的卻是飯館的受眾，他的意識總是超前於周圍人一步。他非常清楚他的飯館是為什麼人服務的——所以，茶馬古道大概是藝術家所開餐館裡最chic的一家，異域情調、巨幅波普、不菲價格、西式的餐廳格局，更於前些年遷至名流匯聚的現代城——雖然投資可觀，回收指日可待。

後來藝術家開店名單上又添了新人，喜食貴州菜的人有福了——畫家張洪菠和摩根開了「三個貴州人」、詩人王強開了「醉三江」。這三位都是圓明園的「老同志」，當年不知多少藝術家吃過他們親手操辦的啤酒雞酸湯魚，那美好的滋味現在盛放在精緻十倍的餐具、服務和消費中。兩家店的生意皆蒸蒸日上。位於貴友商廈北側的「三個貴州人」吸引了一批文藝界人士，「醉三江」則抓住了三里屯南街飯館稀少的好時機。

後海的無名吧現在已大名鼎鼎。主人白楓原先是搞音樂的，行蹤甚為詭異。無名吧一開張即成經典，教育了一大堆酒吧經營者：要敏感、要搞氣氛、要讓客人們舒服、要有性格。無名吧的成功證明開酒吧也需要天賦。許多具有其他天賦的人不一定適合開酒吧，哪怕他掌握了大好資源——比如作家王朔當年在三里屯北街開的「王吧」，不知怎麼就是讓人不太舒服。

隙縫

Niche

Dinner Parties 飯局
飯桌上搏感情

文 車前子　圖 何經泰

飯局，聽上去像行政機關。它的局長，理所當然是飯桶莫屬了。但我還挺喜歡飯局。

我去飯局報到，常常會先「打卡」：拿起一只筷套——請座上的饕餮者依次簽名。雁過拔毛人過留名麼。可以替代我的日記。之所以說常常，也就是並不每次如此。座上若有明星，我就不「打卡」，這原是我日常的愛好，他或她或以為變相崇拜。我就不助人為樂了。這有點以小人之心度君子之腹的意思。座上若有鴻儒，我也不「打卡」，他或她會追著詢問——在筷套上簽名有什麼意義（「我是誰？」）、什麼時候起這麼做的（「從哪裡來？」）、想怎麼處理這些筷套（「到哪裡去？」）。很形而上。只是吃飯並不需要這麼形而上。所幸鴻儒和明星一樣，即使一眼不能看出，一鼻子也能嗅出的。有人說明星的味道像水煮魚，鴻儒的氣息像酸湯魚。當然還有其他原因。比如有的飯館，它的筷套上不印飯館名，用的是「衛生消毒」這樣的統貨。

近來我很想寫寫記憶中的某些飯局。找出筷套，看著上面的簽名，一看，我竟然沒有回憶了。火候還沒到。我就先說點別的。

北京的飯館貧富差距之大，可謂名列前茅。按個人標準說，有一人用餐十塊標準的，也不算少；有一人用餐千元標準的，也不算多。甚至這樣的飯館就開在一條街上，不知道會不會矛盾激化。但北京最多的還是一些中產階級飯館，人均五十六十、七十八十，吃得就不錯了。如果點菜有道，還能省錢，那真是進了「便宜坊」，登了「萃華樓」。

點菜的學問，就是不奢侈也不寒酸。一言以蔽之：使囊底最少之錢，得舌尖最多之味。做這個學問，要有點基礎訓練：看得出這飯館是哪一類的。北京的飯館，大致分成三類（其實大陸大部分地區的飯館都可以分成三類），一類是「公家人」飯館，一類是「外鄉人」飯館，一類是「本地人」飯館。也就是說「公家人」的功能主要是滿足商務活動、公款消費；「外鄉人」的功能主要是釣觀光客；「本地人」的功能是為城市居民甚至是為社區居民服務的，它要

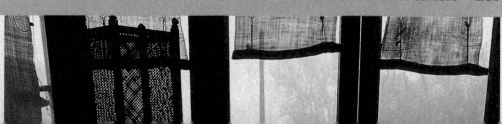

回頭客。一般在「本地人」飯館用餐，既能吃好，又能花費不貴。當然如要找「鮑雨豔」小姐談談心，「鮑雨豔」，我對鮑魚魚翅燕窩之類的稱呼，那還是要去「公家人」飯館，那裡的廚師往往是「拉家常（菜）」心不在焉，調戲「鮑雨豔」小姐，還是聚精會神的。

只是話說回來，至味還是在家常菜裡。家常是世故，也是禪，雖說野狐，還是想像力的飛翔——化腐朽為神奇。你能把蘿蔔做出鰣魚的味道，這不是想像力的飛翔嗎？我認識的一個和尚，他能把菠菜做出火腿味道，還是金華火腿的味道。我以前寫過他，這裡就不費筆墨了。

原先有條美食街在我家附近，興致來了，碰巧飯局的朋友又不多，船小好掉頭，我就化整為零，一個晚上吃四五家飯館，挑他們拿手的吃。這樣的吃法，吃得出本錢。這家的冷盆、那家的熱炒、亮燈籠的那家湯燉得好（我是蘇州人，不說煲湯說燉湯，「燉」這個音有語感：時間悠悠而去，美味閑閑而來）、別看這家黑燈瞎火的，不起眼，但揚州炒飯的味道還真沒出揚州城，有時候差點，也在邗江或者儀徵一帶。有次我與幾位朋友吃到凌晨，只有街尾的韓國燒烤是二十四小時營業，它是可以自己動手的，我們就拐了進去。炭火搖

搖，忽然，雪花飄飄。走在回家的路上，漫天皆白。大可懷舊。因為這條美食街在北京申辦奧運會成功之後拆除了，變成塊綠地。這是好事。綠地裡有假山，水泥塑的，儘管粗魯；有涼亭，儘管也很俗氣，但長年鎖著鐵柵欄，應憐屐齒印蒼苔，好像又不灑脫了。

一下，我在北京住近五年。交遊較雜，飯局也就較多，內子不悅，我就反思，這幾年我都與誰飯局了。這個題目較大，我就揀個小的做。這幾年，我這個自由文人（這是個笑話，我給一家報紙寫稿，它總要給我加個頭銜，一會兒是「詩人」，一會兒是「散文家」，一會兒變成「專欄作家」，近來又變成「自由文人」了），與哪些自由文人或不自由文人飯局了？

這麼一想，我竟想到了身分，不是說我是有身分的人；這麼一想，不覺心驚，我如果只寫詩，不會或者不屑寫點其他文字，恐怕早就三月不知肉味了。我在飯局上的身分，大致只有兩個，或者幫忙或者幫閒：出版社、報刊雜誌用公款請我吃飯，這時我的身分是寫書評的、寫隨筆的，也就是幫忙；朋友邀我吃飯，我的身分當然也是朋友。但既然是朋友，那麼總是要幫閒的——齊心協力，打發時間。

在北京，不說我請你吃飯，顯得小

氣。說的是我們喝個酒，說的是我們聚一聚。前一種說法，風流倜儻；後一種說法，山高水長。說我請你吃飯，只在這情況之下，比如有朋友請我，我覺得那地方不方便，就說，你過來吧，我請你吃飯。這時候要說。不能夠讓人到你家門口請你，除非讓你代找飯館。蘇州雨多，北京禮多，這是我吃了虧琢磨出的，現在就當免費茶水。

這些算不算自由文人或不自由文人呢？詩人、小說家、散文家、劇作家、畫家什麼的，想起來，我與他們的飯局也不少。但在一起吃飯，卻幾乎沒談過文學藝術。小說家不談小說，情有可原，就這麼一點想法，就這麼一點手法，怕走漏風聲，他還在這裡構思，那人早鳩佔鵲巢，殺青了。寫散文更多是一種心境，意會而非言傳。劇作家只與老闆談他的劇作。不是畫商、收藏家，畫家絕不談畫，如果你是寫畫評的，畫家也不談畫，他只和你講定一篇畫評多少錢。詩人在一起其實是最願意討論詩歌的，只是飯局上放不下架子，誰談詩，誰就是文學青年（這有什麼不好！我願一生都是個文學青年，說明還有變數），於是就都咬緊牙關死不開口了。人的本性，沒幾個甘為學徒的，都願意做師傅。

千萬別把中國的飯館當成法國的沙龍或者咖啡店。這樣的飯局，在我看來才像是飯局。文學藝術免談，一談談虎色變。湊一起吃飯，不就是為了放鬆。飯局後的閉門造車：閉門又造得出輛車來才叫文學藝術。閉門造車是個好詞，耐得寂寞的技術性說法，也就是術語。

那我們在飯局上都說了什麼？飯局的大境界，是座上天花亂墜，大家高高興興，第二天醒來，恍若隔世，忘得乾乾淨淨。於是，才有可能樂此不疲地進入下一個飯局。

飯局是搖滾樂手那樣做現場，是盛唐詩人那樣及時行樂。過了就過了。而我偏偏還要筷套上捕風捉影，太欠悟性了。最好的飯局，我現在人到中年方才悟出，是一個人的飯局：點幾個菜，要一瓶酒，然後看熱鬧——讓鄰桌的一幫子狼吞虎嚥吧、吆五喝六吧、暴殄天物吧。

但我還是對飯局有所期待。暮春我去劍橋之際，上王世襄先生家請教若干問題，不知怎麼地就順口問道：「王老，你最近有沒有吃到好東西？」

王世襄先生想了想，點了家飯館，他說：「那裡的紅燒茄子還湊合，你回來了，我們一起去吃。」

藝術的門檻

文 顏峻　圖 廖偉棠

The Threshold of Art
Warehouses Transformed into Exhibition Halls

　　藝術的門檻，據說是很高，可你要是願意去踩兩腳，也沒有誰會攔著你啊。反正這是北京，畫展也不是酒吧，即便穿成IT精英的樣子，或者地下朋克的打扮，人們也以為你是藝術家呢——要不，至少是心懷鬼胎的批評家。眼下北京和上海最熱鬧的事情，都和倉庫有關，展覽、工作、演出和party統統集中在巨大的廠房裡面，藝術家接手工廠，成了他們改造世界的一個小小策略。既然如此，所謂門檻，豈不是要更低一些了⋯⋯。

　　先是遠洋天地，東四環邊的房地產商把一家紡織廠改成藝術中心，還沒開始裝修就請舞蹈家文慧和紀錄片導演吳文光來折騰，一場名為《與民工一起舞蹈》的現代舞，幾乎吸引了北京所有的文藝青年，大小媒體的報導，使遠洋藝術中心名聲大噪——不過又有誰知道，老闆因為看不懂而和藝術家翻了臉，不出幾年，遠洋已經自動告別了我們。

　　也是因為遠洋，公眾開始知道了其他的大倉庫。其中最權威的，可能是荷蘭人漢斯和著名的藝術家、古董商、設計師和策展人艾未未合開的藝術文件倉庫，雖然遠在機場附近的草場地，但一有活動，還是吸引著夠數量也夠分量的觀眾。因為這個榜樣，草場地又出現了藝術東區。而原本只是畫廊、藝術家低調存在的費家村，因為拆遷事件，又因為政府的暗中支持，而在2005年夏天一舉成名。便宜的空間，扎堆排隊的藝術家和經紀人，日益提高的作品產量，以及不斷增長的投資和報導和參觀，使得機場路越來越熱鬧，遲早，這條荒涼的公路得衍生出一條潛在的枝蔓。

但對普通人，尤其是學生來說，還是需要一些不那麼遠、不那麼絕對的地方，大山子附近的798廠裡，早已改天換地，各種藝術家工作室、設計公司、雕塑工廠都在此租了高大的廠房。走進鐵門，一條長路串起了那些沈默而又標新立異的門。2005年，第二屆大山子國際藝術節開幕前夕，大批新的畫廊、工作室、藝術商店紛紛開張，曾經創下六個新空間在同一天開業的記錄。798時態空間、東京藝術工程、長征藝術中心、季節畫廊、空白空間、思想手、at café、八億時空……，一整天的時間不夠用來遊逛，這裡已經是學生、文藝青年、老外在北京地圖上必須畫上的一個小圈。

說來說去，不能少了北京第一家標榜loft風格的藏酷，這是藝術、時尚、商業三者相互勾結又最終分道揚鑣的絕妙例證。作為西餐廳，它的大玻璃圍著的樹、黑色的吸管和蠟燭、高大的鐵皮廁所大門、發光的地面以及現代主義暖氣管，已經上過無數雜誌的裝修設計版面；作為過去的銳舞場地和後來的演出場所，它在2000年一夏創下過最旺的跳舞場面，隨後轉變為各種體面演出和跳舞大par的首選；作為藝術中心，它的小廳，新媒體藝術中心，一直是北京多媒體藝術和其他實驗藝術、獨立電影的避難所。而今天，新媒體藝術中心早已變成了辦公室，經營方向已經墜入不歸的錢途，偶有演出或藝術活動，但也只有實在找不到地方又不怕花錢的人才會選擇這裡。

至於南池子的雲峰、東便門角樓的紅門、現代城樓上的千年時間、故宮東門邊的四合院……，那些成功的、失落的、經典的、西化的種種畫廊，就這樣被倉庫搶去了風頭，悄悄地經營著自己的小世界。以工體的正午畫廊為代表，越來越多非倉庫型的藝術空間，正在以加倍的商業敏感，和當代藝術、新青年的品味以及國際藝術行情構成互動。風頭是一回事，利潤是一回事，藝術又是一回事，正午的老闆黃燎原會告訴你這個弔詭的現實。

83

紅門畫廊 Red Gate Gallery

文 洪米貞　圖 陳政

北京二環道東南角有個東便門，連著東便門有一排建於明代嘉靖年間的城牆遺址，這城牆東起東便門角樓，西至崇文門，北至北京站東街，全長約一千六百餘米，這是北京目前僅存的兩處明代城垣之一。城牆在五○年代末、六○年代初遭到嚴重破壞，後來沿著城牆邊蓋了許多小民房，目前正大刀闊斧整治市容以迎接2008年奧運的北京市政府，兩年前正式開始「明城牆遺址公園」修建計畫，預定地內的老舊民房均在這波清除整頓中走入歷史。

此外，為盡可能恢復明城牆舊觀，政府還發起「捐磚」運動，得力於民眾的熱心參與，雖說離理想的目標還遠，

但幾年來，也已經徵集了十萬多塊舊城磚，終於在2002年5月，一座鋪展著翠綠草坪、佔地四千六百平方米的「明城牆遺址公園」便在北京的新版地圖裡出現了。

而北京的第一個商業畫廊——「紅門畫廊」（Red Gate Gallery），就矗立在這極富有歷史意義的東便門角樓上。堂正的建築外觀，飛簷、屋梁、大紅色的圓木柱，濃烈的中國風格，正是畫廊負責人布朗·華萊士（Brian Wallace）當初選中它的原因。

澳大利亞籍的華萊士，1986年來到北京在人民大學學習漢語，當時中國新潮美術運動方興未艾，1990年他到中

央美院上了一年的藝術史課程。1991
年，表面壓抑卻暗流湧動的美術氛圍，
藝術界急需一個表達宣洩的出口，而一
群相當數量的觀眾也在逐漸成形，並且
來自國外的收藏需求也愈益明顯，就缺
乏一個藝術中介的角色，所以當時他很
明確感受到一個專業畫廊存在的時機已
經到來，於是他選擇了第一次辦畫展的
東便門角樓作為基地，全身心投入中國
當代藝術的市場與交流。

　　「紅門畫廊」經營的內容很多樣
化，有新水墨、油畫、雕塑，也有作風
比較新潮開放的新藝術。到現在為止，
每年大約有六至八檔個展，夏冬兩季舉
辦聯展，目前畫廊經紀的藝術家約有二

十餘位；此外，為增加中外藝術家的對
話與交流，畫廊也持續進行外國藝術家
駐京生活創作計畫。「紅門畫廊」和
「藝術文件倉庫」雖都是由外國人帶動
的畫廊，但兩者的氣氛卻頗為不同，紅
門的場子熱絡喜氣，而文件倉庫則顯得
沉著冷靜些；前者走的是藝術市場的經
營，商業氣息自然要濃一點，而後者的
前衛實驗傾向，讓它更像一個藝術研究
單位。

　　「紅門畫廊」因地利之便，平時來
來往往的人不少，現在加上遺址公園綠
化帶的托襯，想必未來的人氣指數必定
更加暢旺。

文 洪米貞　圖 鄧煌棠

China Art Archives & Warehouses 藝術文件倉庫

「藝術文件倉庫」（China Art Archives & Warehouse）位於北京東北郊的草場地村，是戴漢志（Hans van Dijk, 1946-2002）、艾未未與傅郎克（Frank Uytterhaegen）於1999年共同創立的。

荷蘭籍的戴漢志在1986年來到中國，那時「八五新潮美術運動」正如火如荼，他受這運動吸引，開始大量收集資料，並與藝術家交往。1989年2月在北京中國美術館鬧得沸沸揚揚的那場「中國現代藝術展」他也去看了，後來回國奔父喪，「六四天安門事件」之後，藝文界一片風聲鶴唳，1992年他才重新踏上中國的土地。

這次，他決定留在北京，從事中國當代藝術的研究與推介，以擔任國外收藏中國藝術的諮詢謀生。然後用他不很寬裕的條件租用展覽空間為經濟狀況拮据的年輕藝術家辦展覽。曾經，他利用位在中央美院外牆與美院畫廊中間的一個過道，搭了個小棚權充展畫的場所，據說下雨的時候還會漏雨。那是個打國際電話還得到郵局去排隊的年代，戴漢志因為沒有受邀外籍人士的居留身分，必須得三個月出境一次，租宿民居，經常受到警察的干預……。

經過一番奔走，1993年戴漢志籌畫「中國前衛藝術展」，將王廣義、嚴培明、方力鈞等十四個藝術家的作品推介到歐洲巡迴展出，這支中國當代藝術先頭部隊為後來一連串海外展覽開了先聲。據說為了這個展，戴漢志在冬天的寒風中騎上數公里的自行車去拜訪這些人，然後把他們的作品夾在腋下騎回家。

1998年下半，藝術家兼策展人艾未未在北京南郊一個叫龍爪樹村的地方找到一棟舊廠房，邀集戴漢志創立「藝術文件倉庫」，1999年，與比利時籍收藏

家傅郎克於比利時設立根特（Gent）
「中國藝術基金會」（Modern Chinese
Art Foundation），為在歐洲推介中國前
衛藝術付出重大努力。

2000年11月，「藝術文件倉庫」遷
至現址，由艾未未擔任建築設計，空間
的線條極為簡約，配上淺灰的石磚、刷
白的牆面與窗格、原色的水泥地，中性
色的冷練適度被內牆淡橙的磚塊與室外
的一方綠草給中和了。幾年來，維持每
個月一至兩個展覽，沒有太多商業野心
的「藝術文件倉庫」，著重於具實驗
性、潛力的末成名年輕藝術家的挖掘，
目前經紀的藝術家大約有二十幾位。

2002年4月29日，長期與風濕奮戰
而服食過量消炎藥引發急性胃出血的戴
漢志，突然告別了他熱愛的同志與藝術
戰場，但中國前衛藝術界的許多同儕不
會因為他的離去而忘記，他的故事與他
曾經做過的努力。

總感覺不走大眾路線的「藝術文件
倉庫」，帶著那麼點知識分子的孤寂，
只有在開幕的時候才會驚見他的號召
力，我想他是樂於如此的吧，選擇在這
騷動沸騰的中國當代藝術圈裡，用一種
低調內斂的姿態，去深刻地影響。

※感謝「藝術文件倉庫」孫紅賓接受採訪、提供資料。

劇場
英雄不問出處
Theatre:The Intellectual Camp

85

文 藍暉 圖 田雨峰・楊經豪

誰要想體會「衣敝縕袍，與衣狐貉者立，而不恥者」的「憤青」（二十年不衰的流行詞，「憤怒青年」的縮寫）精神，就去話劇演出的現場。那裡的觀眾以三十五歲以下的年輕人為主，比起其他大城市的同齡人，他們的打扮既不夠時尚，也不夠精緻考究，很多人乾脆就是上班的著裝，日常的衣服。北京青年的衣著隨便和「土氣」早已聲聞海內，但他們自己對此並不在意。當然，你如果衣冠楚楚珠光寶氣，也沒人會驚訝或反對，可是，你要記住兩點：第一，北京所有的劇場，包括「首都劇場」這個全體人民景仰的好地方，都沒有衣帽間和存包處，因此，看演出的時候，你的名貴大衣和名牌包只能抱在膝蓋上，或者堆在身後；第二，你得確保不會遇到熟人，在演出結束後拉你和一大群半生不熟的朋友一起去「簋街」嗍麻辣小龍蝦，否則，如果在飯館裡你的大衣被濺上了醬油汁，或者愛包不翼而飛，那可是你咎由自取。

話劇，從一開始就是因為青年們的憤怒才得以登陸和植根，回應它的也從來都是天生長反骨的各路男女好漢。想當初《娜拉》的上演造成了多少出逃私奔，戲劇界至今還在為此得意洋洋。上世紀八〇年代，話劇的反叛傳統再次爆發力量，《絕對信號》在北京「人藝」院子深處的一個排練廳裡上演，宣告「實驗戲劇」和「小劇場運動」的從此開始。那時，每一個實驗劇目的上演，都是民間與極左頑固勢力的一次較量，於是，不安分的分子們從四面八方趕來，眼神中燃燒著神秘的、充滿抑鬱的興奮，像是綠林英雄擺脫了追捕投奔水泊梁山。

憤怒必須依靠年輕的心來維持旺盛的火焰，北京難以清數的各種大專院校，每年都從各地吸引來成千上萬的少男少女，這就使得古都的空氣裡永遠瀰漫著反叛的激情。同時瀰漫在空氣中的，還有破落八旗子弟的散漫遊蕩和目無天下，對此，好像少年的心特別沒有免疫力。家中的父母們萬想不到，他們的好孩子少小離家，就是在這樣奇特的

田雨峰攝影

何經泰攝影

空氣中長大成人。本來都是聽話的乖學生，因為學業出眾，才從各地來了京城，可喜脫離了父母管教，混跡於大學校園，被學兄學姊薰陶著，不上二年就個個變得散漫遊蕩，目無天下。都目無天下了，誰還會在乎打扮？你刻意打扮，就說明你在乎別人看向你的目光，可你幹嘛要在乎呢？就是這樣的年輕人，畢了業，有很多留了下來，變成了公司的白領、機構的職員，或者自由藝術家，可由於本城的「憤青」空氣格外濃烈，這些平民菁英直到三十五歲以前，身上的一股叛逆勁頭都不會完全散去。從年輕的憤怒的心生長出來的話劇，就與這些人一拍即合，於是，非要「搞」話劇的人就有無數，而非要看話劇的人群就更龐大，兩大人群合夥在一起，共同「堅守最後的戲劇」。

於是，話劇也就真的變成了這些人的一片天下。他們最愛去的地方，當然是北京人民藝術劇院的首都劇場。「人藝」本身就是話劇傳統的象徵，它所上演的經典劇目，永遠會驚動不同階層和不同年齡的人們共同的熱情；它所排演的新戲，也經常是場場爆滿。兒童藝術劇院的劇場，可就多是年輕人進進出出了，先鋒的、或商業性的大戲幾年來在這裡不斷上演。此外，中央戲劇學院的實驗劇場，乃至民族宮劇場、保利劇院，也時而一見他們的身影。小劇場更是年輕人的地盤，這包括首都劇場旁邊的「人藝」小劇場，以及「北劇場」（原來叫「青藝小劇場」），中央戲劇學院的「黑匣子」。熟悉門道的，還可以混入中央戲劇學院，觀看在排練廳裡進行的學院師生或者外國來訪劇團的教學演出。

不僅專業的與無師自通的本地戲劇人士在京城大小劇院中熱熱鬧鬧地逞能，海外各路諸侯也紛紛前來顯本事。最近就有朋友對我訴苦：這些天累死了，天天都有話劇看，實在看不過來。我沒她那麼發燒，可這兩年也覺得有些喘不過來氣，尤其是2002年：剛送走了「人藝」為慶祝建院五十週年上演的一系列經典，戲劇界自發的紀念「小劇場運動二十週年」的各種演出活動又連綿而來。可是，誰不喜歡去劇場呢，為了感受那股散漫遊蕩，目無天下的勁頭，還有點燃在人們眼神中的充滿抑鬱的興奮。在這裡，沒人會在乎你是什麼打扮，因為沒人在乎你是誰，反正只要肩並肩擠坐在一起，大家就成了同路。一百單八位綠林聚義水泊梁山，還會問英雄出處麼？

古典音樂
北京人的一張高雅面具

The Classic Music Hall
A Facade for High Taste

86

文 賈曉偉

在1980年奧斯卡最佳紀錄片《從毛澤東到莫札特：伊薩克‧斯特恩在中國》中，可以看到二十世紀七○年代中國大陸那些身穿中山裝、面帶微笑、誠惶誠恐的音樂人，簇擁著伊薩克‧斯特恩這位世界一流的小提琴家，像歡迎一位天外來客一樣。多少有點荒誕、可笑的場面在十年後發生了改變。北京在十年間成為世界級指揮、樂團與樂手競相拜訪的城市。祖賓‧梅塔攜維也納愛樂、馬澤爾攜紐約愛樂、薩瓦利什攜費城愛樂，羅斯特羅波維奇、小澤征爾、阿胥肯納吉、阿卡多、帕爾曼，外加上帕華洛帝、多明哥、卡瑞拉斯等大牌人物，使這座癡迷京戲、三弦的古老都市，一夜間成了蝴蝶結、燕尾服們主持的大型晚會。北京成為僅遜於東京的亞洲國際音樂活動最多的城市。從1998年開始，北京國際音樂節連續舉辦了五屆。每年秋天，有近一個月的時間推出古典音樂大餐。在中國大陸，北京是唯一每年讓人長時間戴著音樂雅痞面具的城市。

古典音樂的演出，屬於北京夜生活的一部分。與三里屯、後海酒吧街的流行與前衛音樂生活不同，參與古典音樂活動的人遠非外企白領與憤怒青年，更多的是中年以上的文化圈人士。北京故宮外廣場連續幾年有大型演出，成為轟動性的事件。2001年中國申奧的帕華洛帝、多明哥、卡瑞拉斯故宮演唱會，張藝謀參加執導的普契尼歌劇《杜蘭朵》，以及雅尼的大型演奏會，都臨時搭台，借故宮的夜景營造東方古都的神祕氛圍。不過，北京值得一提的演出場所──中山音樂堂在故宮一側的中山公園內。這座音樂堂規模不大，裝有大型管風琴，其音效在北京的演出場所中屬於一流。同屬於一流的還有位於東四十條橋畔的保利劇院。保利劇院在保利大廈內一層，是許多重要演出的首選場地。位於東三環燕莎友誼商城東北角的世紀劇院與位於西單六部口的北京音樂廳，在音效上屬於第二級別。天安門廣場一側的人民大會堂也常有高級別的演出，場面宏大，音效卻不理想，更多屬於一種樂團的規格與待遇。北京演出場

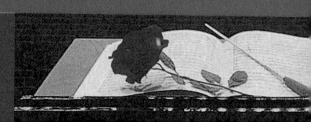

所最值得一提的是正在修建的、位於人民大會堂西邊的國家大劇院。國家大劇院由法國人安德魯設計，外型是一顆水滴。水滴四周是大型水景，大劇院位於中心如一座孤島。不謙虛地講，國家大劇院會是一座世界級的建築。

另外，位於西直門外的北京展覽館劇場是上演芭蕾舞的場所。距其不遠的國家圖書館也舉辦一些室內樂演奏與音樂普及活動。王府井一帶的金帆音樂廳規模不大，舉辦少兒音樂活動。據業內人士講，中央音樂學院的禮堂雖說破舊，卻有難得的好音效。

中國最好的音樂團體諸如中國交響樂團、中國愛樂樂團、中央歌劇院坐鎮北京，一流的音樂人才（包括指揮、樂手、教育家）都在這座古典音樂推介與發展才一百年的城市裡謀求發展。北京是任何國際演出到達中國的第一站，也是國內演出團體匯報演出的終點站。只有得到北京的認可，才是真正靠得住的認可。相比較，上海與廣州儘管修了像樣的音樂廳，其音樂生活不可與北京同日而語。

北京是中國古典音樂的中心，這一點毋庸置疑。大批在海外有了聲望的中國作曲家、音樂家紛紛回到北京，展示鍍金的成果。北京國際音樂節打出「國際水平、中國氣派、北京特色」的旗號，讓這座城市成為獲獎華裔音樂家的陣地。新音樂的推介，現今有流行趨勢，莫斯科海利根歌劇院的貝爾格歌劇《璐璐》，在北京實現了亞洲首演。但這座多少有些守舊的城市，對於古典音樂的消化與食譜更多的停留在巴赫、莫札特、貝多芬開創的世界裡。一些實驗音樂已經引起了不少爭論。這也是座關注指揮家和演奏家的城市，對於還沒有確立聲望的新音樂家缺乏熱情。北京人的勢利一面，顯示出他們肯定已經肯定下來的東西，喜歡已經被喜歡的東西，而對他們還要學習接受的新音樂缺乏耐心。新與奇在中國南方城市迅速得到歡迎，北京往往慢上半拍。

鑼鼓喧天說戲樓

Beijing Opera

文 徐馨如　圖 田雨峰

從二十世紀三〇年代開始，許多來北京旅遊的老外就把登長城、觀梅劇列為了解中國文化的必修課程，時至今日，此風尤烈。為了迎合這些不懂戲的洋外行，「旅遊京劇」應運而生，並且成為「革命現代京劇」之後最有影響的京劇型態。北京老式的戲樓正乙祠、湖廣會館顛來倒去上演的就是《百花贈劍》、《虹橋贈珠》、《三岔口》之類悶得乏味的破戲，而新式劇場如前門飯店內的梨園劇場、北京站口的長安大戲院也很少有原汁原味的京戲了，即便有，也是被演員們複習了無數遍的《野豬林》、《四郎探母》、《紅鬃烈馬》。相信過不了幾年，人們想要欣賞正根兒的皮黃，只有看電視裡的京劇音配像。

然而北京的劇場畢竟還是去得的。護國寺胡同的人民劇場緊挨著梅蘭芳故居，這個劇場上演的戲最稱正宗，一些大牌的老闆如李世濟李維康什麼的還常常到這裡來演出傳統老戲，票價也不貴。如果進場前還有餘裕，大可以在對面的華天回民小吃店要上一碗豆汁，幾個焦圈，那是真正北京市民的生活。當然豆汁的味道不是所有人都能接受的，天津的荀派花衫童芷苓在台上演了一輩子的《豆汁記》（《金玉奴棒打薄情郎》），但在台下卻是一口也喝不得。長安大戲院的晚場基本都是旅遊京劇，比較好一點的戲碼都安排在下午一點半左右，這裡是于魁智李勝素這一輩兒唱大軸。我上學的時候經常蹺課去聽戲，印象最深的一次是張火丁的《春閨夢》，唱作俱佳。前曾述及，梨園劇場上演的基本上是旅遊京劇，但有一次我在友誼醫院過道正好遇到王蓉蓉在打點滴，她告訴我次日要在梨園劇場貼《金·斷·雷》，第二天我就去了，觀後至為震撼。不過此等好事乃是可遇不可求的。梨園劇場馬路西邊是工人俱樂部，這裡

常常有好戲。蓉蓉的《西廂記》我就是在這裡聽的，票價便宜得讓人不可思議，才二十大元。平常這裡是戲校的孩子演出。

考北京的歌場，大抵有傳統的戲園子和新式劇院的分別。新式劇院肇興於民國十年以後，慢慢成為主流，而傳統戲園子又別而為三：曰清內廷戲樓，曰官邸花園戲台，曰民間戲樓。清內廷戲樓基本完好保存，其中頤和園大戲樓專為慶賀慈禧六十大壽而建，歷時三年花了七十一萬兩銀子才建成。名丑劉趕三供奉內廷，在這個戲樓上當場抓哏，把五王爺、六王爺比作妓女，結果因「說話有趣」獲得額外的賞賜。官邸花園戲台以恭王府花園戲台和金魚胡同那家花園戲台最為有名。那家是清末軍機大臣那桐家，有一次慶王爺借這裡的台子辦堂會，請譚鑫培演出，譚說大病初癒，不便允命，除非軍機大臣給我下跪，他

話音剛落，那相爺桐就跪在了他面前！民間戲樓以正陽門外大柵欄最盛，有慶樂園、三慶園、廣德樓、廣和園和同樂園等諸家。現存民間老戲樓還接待演出的是和平門外的正乙祠和湖廣會館。

目前正乙祠和湖廣會館都同旅行社搭鉤，為旅行團提供旅遊京劇的演出。湖廣會館比正乙祠多了一項業務，為每週六北方崑曲劇院貼演崑曲提供演出場所。在這個崇尚感官的時代，京劇因為其蒼涼凝重而不被年輕人所喜愛，而崑曲卻因其柔靡華豔的風格迎合了小資產階級的趣味。可以預見，湖廣會館將會因為崑曲而重新輝煌。

雕刻時光和盒子

Capturing Memories in a Cage: The Fan Clubs

影迷俱樂部

文 尹麗川　圖 廖偉棠

一個國度由於普遍缺乏信仰，因而更迫切需要製造聖人和聖地。栗憲庭被稱為當代藝術的「教父」，崔健被視為中國搖滾之父，北島被當作一代人的精神領袖，羅大佑被塑成偶像，海子被奉上祭壇……，北京五道口的開心樂園成為搖滾青年的天堂，雕刻時光和盒子則是電影青年的精神家園……，這樣的說法和想法，雖然對人對己未必都是好處，卻足以說明我們是多麼需要精神上的引導與交流。

實際上，原先位於北大東門的雕刻時光現已不存在，搬到魏公村的僅僅是它的名氣，咖啡價格卻翻了三倍——而成為藝術青年聖地的必要條件之一是便宜，三十塊一杯的咖啡更適合中產午休或白領談生意。想當年開心樂園一瓶啤酒五塊錢，演出樂手還擁有兩塊一瓶的酒券，這是對搖滾活動最實際的支持——他們沒錢，他們要酒，他們演出、看演出，他們高興。我真是懷念那位穿旗袍手叉腰嘴叼煙十足老鴇形象的樂園老闆藍姐，她是位值得尊敬和愛的女人。

扯遠了，還是說雕刻時光。一個地方用「雕刻時光」這樣的名字就該製造相應的氛圍：那是一種關於時間的藝術。而在藝術領域裡最與「時間」糾纏不放的是電影——在「雕刻時光」裡看電影是一件自然和諧的事情。

電影青年也沒錢，他們是學生、留學生、北漂族，他們要電影和咖啡，以便進行關於藝術的交談。雕刻時光提供十塊錢一杯的咖啡和每週播放影片的名錄，提供美好的讀書、觀影或談話的公

共空間，提供比外界更慢更軟更變幻不定的時間。北京多的是酒吧和夜生活，少的是咖啡館和午後的太陽。「雕刻時光」填補了我們白天的公眾生活。溫暖的陽光和潔白的書，香濃的咖啡和晦澀的電影，這一切很歐洲，歐洲在我們心目中很電影。

再說盒子。盒子位於清華東門，它的名聲鵲起恐怕要歸功於實踐社——一個北京最著名的民間影像社團。隨著大師們的片子紛紛被有眼光的盜版商看中，穿越大半個城市為了看柏格曼的青年將越來越少，觀影酒吧的意義就更多地轉向了放映地下電影和組織電影活動。經常，比電影更吸引電影青年的是電影活動，可以見到各種各樣的人：聽說過沒見過的地下電影導演、國外電影

節選片人、音樂人、畫家、美女、混子、美女混子，以及電影圈（無論地上地下）盛產的神祕人物。

但首次在盒子看電影嚇了我一跳，我有幸收到請柬，得到「入座」的地位，而身旁身後站滿了沒有請柬的人——早有傳說說實踐社地位森嚴——組織者給我的解釋是人太多沒辦法，酒吧已免費提供了場地，不能要求人家裝修成電影院。

也理解。誰讓電影這造夢藝術吸引了如此眾多的造夢者。在週末青年們每每趕了個把小時的公車過來，一頭鑽進盒子的臨時放映室，鑽進黑暗之中，觀望別人實現的夢，之後再咬牙打車回府、在夢裡繼續自己的夢。

Beijing National Library:Readers' Paradise

北京圖書館
讀書人的天堂

文／顧志 圖／何經泰

北京人大概沒有人不知道「北圖」的。雖然現在已經改名為國家圖書館，但是很多人還是習慣稱呼它「北圖」。前文化部部長、著名作家王蒙認為老字號值錢，所以他在任時不贊成北圖更名，儘管它從誕生後不久，就早已經開始行使國家圖書館的職能。

北圖之所以有名，是因為其藏書量巨大，達兩千多萬冊，是世界上最大型的國家圖書館之一。北京是全中國研究單位和高等院校最多的城市，也是中國的文化中心，人們自然少不了對圖書館的需要。但是在中國，公共圖書館事業尚不很發達。北圖儘管是國家圖書館，但是還要承擔公共圖書館的職能，以至於北圖每天要接待讀者一萬多人次。

北圖新館位於中關村南大街（原白石橋路）的最南端，是大學區和中關村科技園區海淀園的門戶。由於其藏書量遠遠超過國內的其他圖書館，所以讀書人如果在別處查不到書，一般就來北圖。許多外地的學生在做論文期間，都要親自來一次北京，在北圖攻讀數日，積累資料。

老北圖位於北海西側，中南海北門對面，與北海公園僅一牆之隔，1931年建成。這座規模弘大的建築外形如宮殿，屋頂覆以綠琉璃瓦，樓前平台圍以漢白玉，美侖美奐。藏書樓的雕龍丹陛、雲頭欄板、瓦獸、彩繪額方等，都仿照中國傳統宮殿式建築的規格而建。當時的北平市政府將圓明園舊存的一對華表、一對石獅子、乾隆御筆石碑及文津閣四庫全書石碑等移存至此，使其得以永久保存。它們也成為老北圖的景觀。現在，老北圖是國家圖書館的分館，其獨特的地理位置更便於它為中央政府提供服務。

北圖有四大鎮庫之寶，即《敦煌遺書》、《趙城金藏》、《永樂大典》、《四庫全書》，其中最出名的是承德避暑山莊文津閣《四庫全書》。《四庫全書》萃集了從古到清的中華文化典籍三千四百七十種。當時用人工共抄了七套，分藏於北京皇宮的文淵閣、圓明園的文源閣、奉天（今瀋陽）的文溯閣（現存遼寧圖書館）、承德避暑山莊的文津閣、揚州大觀堂的文匯閣、鎮江金山寺的文宗閣和杭州聖因寺的文瀾閣。文匯閣和文宗閣的兩部在太平軍佔領時被燒，文瀾閣的一部也在太平軍與清軍爭奪杭州時散失，文源閣的一部在第二次鴉片戰

爭中被英法聯軍焚毀。北京原皇宮的那一套，現存於台灣。只有文津閣一套藏於北圖，故老北圖前東起北海大橋、西至西安門大街的一段小路稱為文津街，新北圖東門大廳也稱為文津廳。此外，北圖還藏有安陽出土的三萬五千多片殷墟甲骨、西漢的竹簡、一萬六千號敦煌經卷、西元五世紀的寫本、十二世紀的雕版印刷、十六世紀的銅活字、《永樂大典》殘存本等珍貴的文物，以及一百多種語言、各種載體的書刊，並製作了大量數位化文獻。作為中國的國家圖書館，北圖的中文藏書自然是最齊全的。

凡是到過北圖新館的人，一定會對它古樸端莊、富於民族風格的外觀留下深刻的印象。淡乳灰色瓷質面磚、粒狀大理石線腳、花崗石基座和台階、漢白玉欄杆、孔雀藍琉璃瓦……，這些淡雅的飾面材料配以古銅色鋁合金門窗及茶色玻璃，在旁邊紫竹院公園綠蔭的襯托下，顯示出現代圖書館樸實大方的性格。建築的屋頂雖然是大屋頂，但飛簷翹角被簡化成了平直方角，頗有漢代建築的古樸之風，富有一種特殊的美感。新館設計以高層書庫居中，周圍環繞著低層閱覽室，其中布置了三個中國庭園

式內院，構成了一組「館中有園、園中有館」獨具東方文化特色的建築群。這座由中國建築界五大元老聯合設計的現代圖書館是八○年代在現代建築中結合傳統形式的代表作之一。該建築榮膺「八○年代北京十大建築」榜首。

圖書館的室內環境樸素典雅，沒有豪華的裝修和裝飾，而充滿了濃厚的書卷氣息。以紫竹廳為例，柔和的自然光線從玻璃頂棚灑下來，灰白色的牆面、淺淺的水池、漢白玉的座凳，點綴以各種樹木花卉，布置有大型陶瓷壁畫，顯得優雅而寧靜。讀者在學習、研究之餘，從窗戶向外望去，紫竹院公園的美景盡收眼底，令人心曠神怡。此外，讀者還可以在國圖音樂廳欣賞高雅音樂，在多功能廳聽各類講座，在視聽室點播世界名曲，在展覽室參觀各類古籍展。

國家圖書館二期工程和國家數字圖書館擬建在北圖新館北側，以解決書庫容量不足的問題，擬建國家數位字書館、書庫及配套設施，總建築面積七萬多平方米，預計若干年內即可建成。到那時，北圖將成為現代化的圖書館。

Fulfill Your Destiny with Books and Reach Enlightenment at Wansheng

萬聖 續一份書緣，作一回醒客

文 趙進生　**圖** 廖偉棠

「燃一炷書香，續一份書緣」，這是萬聖書園的金字招牌，一聽就夠「小資」的。萬聖甫建於1993年，也就是店主因「那場風波」入獄又獲釋後不久。店面不大，名氣不小，扎根在北大小東門外的成府路──說是路，其實窄逼得像條胡同。直至萬聖在這一帶成了氣候，漸與「雕刻時光」、「那裡」、「閒情偶寄」、「呼吸」等酒吧成遙相呼應之勢，成府路也開始私下被改稱為「萬聖胡同」了。也是從那時起，萬聖成了北京著名的小資集散地（盜用網友的發明），當然，如果你說「萬聖」的本意是「萬千小資嚮往的聖地」，那店主是絕對不會答應的。

萬聖的特點永遠是它少而精的選書策略。中國還稱不上文化大邦，每年出版的新書量在世界上也排不上號，但仍足以有無處落眼之虞。萬聖主營社科、人文、藝術圖書，凡歷史、哲學、文學、國學都有著獨到的選書眼力，雖不是某一領域的專門書店，但即使專家也會有所獵獲，而初學者更可以循門徑而登堂入室，不至於一入門就被倒了胃口。萬聖的書多精品，如果你是一個書蟲，在架前瀏覽，在櫃間，會頓生戚戚之感，不禁感謝店主為自己做了第一步的工作。書店經營欲不同於一般商業，不正該在進貨取捨上立其品味，在立目推介上示其主張嗎？

如今的萬聖總店已遷出了成府路那塊風水寶地，但其宗旨未變。位於海淀藍旗營北大清華教師樓五號樓的新店，北面離圓明園只幾站路，向西放眼即見西山。也許有文化人的地方總會有酒吧吧，新萬聖對面路南也有一個酒吧，沒有進去坐過，但名字很特別，叫「來吧」，若譯成英文「come on」想必更別

具風味。走進萬聖窄窄的門面（左右兩扇門上仍是「燃一炷書香，續一份書緣」），迎面便是淺黃色原木鑲金屬邊的樓梯。上得二樓，就是那七百平米的營業廳了。左手是書店，沒有過多的裝飾，曲曲折折被黑漆的書架書櫃隔成幾個空間，哲學、歷史、新書、文學等各得其所，樓梯上方玻璃牆後是幾方小几，讀者可以在這裡讀書小憩。聽店主說，將來這裡的格局要做成書鋪胡同，把大店化小，每個專區特聘該領域的「讀家」掌管進貨。

二樓右手是書店下屬的「醒客咖啡」，英文「thinker」。看來真要把「小資」的路線貫徹到底，就差來一尊羅丹雕塑的複製品了。小資，中國的Bourgeois，不正是一群無暇思考只得手捧經典作思考狀的白領嗎？還好，萬聖的讀者中白領還不是多數，周圍的打工仔、打工妹也常常光顧，問我如何知道，看那些穿拖鞋入店的便是吧。說實話我更喜歡他們，而不是落日裡坐在窗前啜著卡布基諾的醒客。喝了醒客咖啡，不能不享用一下醒客衛生間，看一眼醒客的「如廁守則」或曰「茅房規矩」（toilet rules），板子上的一組漫畫描摹出男士在馬桶上小便的各種高難姿勢，除非雜技演員，看來其他人斷沒有壞了規矩的可能了。

出了萬聖，不禁心生歹念，為何不把「thinker」改成「sinker」呢？取其「沉沒者、沉沒物」的意思，您若把它當「美元」解，也未嘗不可。這樣不是可以少一分一本正經，多一點自嘲戲謔，讓Bohemia中和一下Bourgeois，豈不更好？

潘家園

文 洪米貞　圖 何經泰

The Cultural Tour of the Panjiayuan Market

文化之旅

如果問我在北京最喜歡去什麼地方，我會毫不思索地回答：「潘家園！」真的，北京很多名勝古蹟雖都是久聞其名，然而去過一次就不想再去了，而數來數去，唯有潘家園，久久不去，還真會生起想念之心。

你說，好吧，到底潘家園有什麼魔力，竟能讓你百逛不厭。說穿了，潘家園也沒什麼祕密，就那麼一個大型的「舊貨市場」，差不多來北京的觀光客都去過。那裡賣的貨色從骨董字畫、文房四寶、少數民族服飾刺繡、宗教法器、名窯陶瓷、民間器物、仿古家具，應有盡有，貨品之多之全，要編成商品目錄鐵定有一本電話簿那麼厚，要想把市場裡所有的東西從頭到尾仔細看一遍，非得要好幾個晝夜不成。

來潘家園，固然是為了找東西，可是市場裡特有的氣氛與人文景觀，一點也不比琳瑯滿目的貨品遜色。雜遝的人馬裡有買紀念品回國饋贈親友的觀光客、旅居北京的外籍人士、經驗老道的收藏家、藝品店來批貨的、趕熱鬧的、無聊者……，擺攤的商販層次也很複雜，有靠擺小攤發跡的新富、有單位下崗或農民改行的小販、貴州北京兩邊跑的苗族婦女，也有週末客串擺攤的畫家。此外，賣盒飯涼水的、賣塑料提袋

的、拉三輪車的、挑伕、民警、扒手等等，可說是龍蛇雜處，各路英雄好漢齊聚一堂。

來潘家園，如果只是買些繡飾布包靠墊、仿官窯的碗盤瓶罐，或是兵馬俑青銅器石雕佛像一類大量製造的民藝品，只需多走幾家比出個最實在的價格就行。但如果是要買那種需要靠「眼力」鑑別真假、年代的器物，那麼上街賣衣服五金雜貨這檔事，相形之下就真是「雕蟲小技」了。這時候，你說出來的每一句話，包括你托握器物旋轉端詳的姿態，甚至你瞇起眼睛審思的樣子，看在眼尖的老闆眼裡，全都是如何定價議價的珍貴依據。

首先，第一個基本原則是，潘家園幾乎沒有什麼「真骨董」，哪怕攤主帶著極慎重、不可一世的口氣對你說這是哪個朝代哪個年號的東西，也不要太過認真，聽一聽當做參考就好。因為隨便一個舊陶瓶，攤主可以一開口說是商代的，你也不過才露出個質疑的眼神，他馬上就改口說是宋末的，一瞬間就轉換了兩千多年的時空，你哪裡能相信它不是一、兩年前才在北京近郊的某個窯廠燒出來的？像這一類說辭含糊、跳躍性極大的攤販，他們除了知道去哪裡批貨、定價、胡謅亂矇，對古物的真正來

歷大多也是一竅不通。

話說潘家園沒有什麼真正的古物，可就也因為攤販不真的全懂，所以從農村鄉間輾轉收購來的東西偶爾不小心摻進幾件「真品」他們也不很清楚，因此之故，就有些行家專誠來此尋寶，碰碰運氣。有次閒逛，不意間旁觀了一場馬家窯半山文化彩陶罐的交易，一看買者沉穩定靜的氣態，就知道是個「內行人」，趕快把握學習機會駐足觀看，事後攀談，得知這位前輩是個考古學研究員，時不時來這裡轉上一轉，還真碰到過些好東西。

事實上，來潘家園買東西，我並不在乎年代，甚至還有意避免買年代過於久遠的舊物，總覺得那些歷史文物的歸宿應該是在博物館而不是在家裡，我比較介意的是它們的質感與造形。並且，我也不在乎是不是每次都能找到什麼東西帶回去。來潘家園，重要的是，見識一下這麼一大片滿坑滿谷的來自中國大江南北、不同族群文化的民間物件，和這些操持各種不同地方口音的人們隨便侃侃，聽聽四下嘈雜的人聲，聞聞這裡混雜了年代、塵土與風霜的氣味，而你，只消移動一下腳步，換一個攤位，就好像經歷了一趟不一樣的文化旅程。

高碑店

The Gaobei Shop
Reconstruction of the Lost Eras

營造消失時空

92

文 朱雯霧　圖 朱燁青

　　高碑店不是商店，而是地名。我知道的高碑店有兩個，一個在河北、一個在北京，我要說的是後一個高碑店，在京通快速路的第一個出口處。原先，這裡是農民的菜地，後來變成外來人口聚集地；再後來，有人悄悄在此跑馬圈地而積累著原始資本。近年來，高碑店在京城有了名氣，常有漂亮的小汽車拉著一些漂亮的人兒來此地盤桓、觀賞、流連、淘換，以滿足一種可以稱之為漂亮的物質需求。既然是物質的需求、且又能蘊含精神的意味，這就是古代家具所獨有的奇妙之處，高碑店之所以吸引人，就是因為這裡有很多連綿相鄰的古舊家具修復廠，說起來是廠，其實也是店，人們來高碑店的終極目的就是要淘換這些古舊家具。

　　高碑店，終於因為有了古舊家具而名副其實了。

　　我是古家具的發燒友，可謂古家具之癮君子。好在我對於古家具的敬燒與上癮也早，也曾過足過癮，過癮之地自然是高碑店。我住在高碑店之東的大黃莊，距離高碑店也近，時常流蕩著就來到高碑店的小河邊，當時，作為古家具集散地的高碑店尚不為外人所知，也還是古家具進入商業市場的初始階段。我經常來此盤桓、流連，偶爾遇上好東西也淘換上幾件。

　　那時的高碑店，古家具堆積如山，且不是一座山，而是好幾座山，就這麼隨便地堆放在高碑店河邊的沿岸。隔三差五地，家具山沒了，又隔三差五，新的家具山又壘了起來。外地古家具就這樣被人一車一車地運送到高碑店來，一批又一批，一日復一日，我也就定期來此混跡其間、假裝是古家具商人的模樣而加入了觀賞與淘換的行列。那時節，來此地購買古家具的，多為建國門朝陽大棚一帶的古家具商人，他們來此賈上一批未曾修復的家具，拉回去簡單修復，轉身再拉到朝陽大棚，然後用一些簡單的英語將外國人的興趣勾引起來。當時買中國古家具的消費群多是些外國人，北京人卻忙於將家裡的老家具淘汰掉，換上一些時髦的組合櫃與聚脂類的

新潮家具。北京人現在也開始注意這些古家具了,卻有些晚矣,有很多好家具都被運到國外去了。於是現在的中國人開始買些破爛古家具以作為時髦,或者,去買那些新作的古家具。這一類對本民族文化遺產禮讓於人的態度,亦即先拋棄而後去尋找的模式,也算是中國人所特有的專利了。

我知道那時有人就用家傳的整一房清代紫檀家具換了一套羅馬尼亞組合櫃,更換之後,臨到紫檀家具出門,主人提出留下一隻紫檀方凳作為念想。紫檀家具新主人也就仁慈地容應了。十年之後,當社會上開始發熱古家具,那人請專家來看這只方凳,專家說這是一只帶有皇家氣的紫檀方凳,價值一輛小汽車;主人聞之,於是乎悵惘地想起了那一房更換羅馬尼亞家具的紫檀家具,我猜想他一定不會去多想,因為想多了,心臟會快速地搏動而顯得有些過分。

回想起來,也真有趣,僅十年,在中國人的集體意識裡就已經將一個關於古家具的大夢,完整地做了一遍。先是將其當作垃圾扔掉,再撿回來視如珍寶,最後,終於發出了失而復得的微笑。現在,我看到生活在大陸上的中國人重新帶著這般折騰古家具的微笑而去折騰建築了。

想想中國人這樣能折騰,很有一種過癮的感覺。

我寫過一篇隨筆,名〈琴〉,有一段這樣的文字,曰:

我原先放琴的那間屋子,羅列了諸件精心搜求的古家具,大多為明式風

格，亦有兩件清代之物。古家具的表面，龜裂而陳舊，樸素也淡遠，依然保持了歲月的痕跡。似乎歷史並未遠去，而如情人一般依附於古家具神韻之間，散發著清淡的記憶。

古琴，擱置一件明代的鐵梨木畫案上，協調極了，有一種生來如此而不可改變的意味。置身於如此環境，禁不住去想，古代的時空雖然消失了，而我刻意營造了一個消失的時空。人在其中未曾感受著時光的倒流，卻清晰地懷疑起時間的存在，因為時間在古家具的環繞下愈發地靜止了，於是忱然以為，時間早已消失無蹤。在沒有了時間的空間裡，我沉溺於空間裡的靜謐，惶然不知自己是今人乎、抑或古人乎。反正可以一時忘卻了什麼，而得到了莫名的什

麼。我以為說不清楚為好，蓋因這樣的作用亦如精神的致幻，我是很願意樂而忘返的。

中國古家具其實是儒家理念的產物，而非出於舒適的設計考慮，相比西方家具，顯然是缺少了人體工程學上的算計。它的魅力在於能製造出一個歷史的空間，這個空間早已消失了，但卻在記憶深處殘存著，一旦遇到古典家具之氛圍，適得其所，身心便有了一種歸巢之感。

實際上，消失之歷史時空是不可能再復返的，既然無處可返，能夠返回高牌店也是一種很滿意的選擇。

DVD機與影碟

在家與國際接軌

文 李郁江　圖 黎儷蕪

上小學的時候咱們把四大發明掛在嘴上，掛到中學的時候突然產生了自知之明，你看人家一個愛迪生就發明了多少東西，咱們幾千年就四個還宣傳，不是找寒磣嗎！客觀地說，咱們國家沒有科技開發的傳統，進入現代化後用的都是別人的技術。

所謂習慣成自然，既然別人的東西都那麼好用，不用白不用，所以咱們的專利觀念很淡薄。顯然，這種不和國際接軌的觀念遲早要受到懲罰的。比如說，國內的DVD機製造達到很高的水平，當國產DVD機的出口量日益增大，對日本等國外同類產品造成強有力的威脅時，國外廠商對此就「耿耿於懷」了。1999年以飛利浦為首的6C聯盟聯合聲明：6C擁有DVD核心技術的專利所有權，世界上所有從事生產DVD專利產品的廠商，必須向6C購買專利許可才能從事生產。2000年～2002年中國電子音

像工業協會與6C進行多達九次的談判，未有結果；2002年3月7日國產DVD在歐盟被扣；2002年3月15日國內一百多家DVD生產企業收到6C最後通牒；中國DVD機遭遇6C封殺，DVD機核心技術不足的「軟肋」被狠狠地一擊。

2003年7月，由十多家中國視盤機企業和相關研究機構聯手組建的北京阜國數位技術有限公司正式對外宣布，在投入一千萬元經費、經過二十多個月的研發之後，中國人終於打破了新力、飛利浦、微軟等國外公司的技術封鎖，擁有了屬於自己的DVD升級換代產品——EVD（新一代高密度影音光碟系統）。據了解，EVD系統的技術規範已經提交國際電工組織和國際標準化組織，有望成為國際標準。

這是DVD生產的一個巨大的技術背景。只能說，咱們的科技創新思想就跟懶驢拉磨一樣，不抽幾鞭子就不動。在

尊重知識產權的背景下，中國巨大的家電生產和銷售市場必須以自己的技術來支撐，否則就是吃人嘴軟，到時候吃不了兜著走。雖然像電燈、電視這些老發明別人不會找你為難，可是對最新的產品技術，還是要付出代價的。

那麼回到生活中來，DVD機正在取代VCD機進入千家萬戶，價位達到了工薪階層的標準。而淘碟，也成為上自BOBO小資下至憤青的生活中的一件大事。這些碟，當然是清晰度比較高的DVD盤，誰要在淘VCD盤誰就是農民。外地的朋友來，先要我帶到三里屯去坐一個晚上，然後帶到新街口淘碟。這樣一來，我才知道，淘碟已經成為一件品味的事了，至少讓淘碟者從民工中脫穎而出。

當然，根據淘碟者不同的選擇標準，還可以再細分歸類。比如說，淘最新好萊塢大片的，主要是正在惡補品味的白領或準白領，崇洋媚外到如癡似渴的地步。而淘那些歐洲乃至中東的藝術片的，則是頗有專業精神的發燒友。現在有些音像店裡都有自己刻錄的資料片（裝在牛皮紙套裡），主要是一些圈內公認的藝術片以及早期的片子，比如賈樟柯的《站台》、《小武》，是供給藝術青年的必修課。而小資乃至BOBO的選擇則體現了一種格調，既沒有好萊塢那麼媚俗，也沒有藝術青年那麼先鋒，他們喜歡對有格調的片子有先天的嗅覺，比如最近的美國熱門電視劇《*Sex and the City*（慾望城市）》一定是他們喜愛的搶手貨。

很顯然，淘碟的時尚現在正逢其時。你要是趕不上趟，過兩年又變成民工幹的活了。

陳小芃攝影

搖滾基地
讓我們撞起來

94

文 顏峻　圖 陳小芃‧廖偉棠　繪 徐福騫

　　北京是這樣的一個城市：你來到這裡，然後恨它、喜歡它、誹謗它、粉飾它、打擊它、祝福它，不知不覺已經成為它的一部分，而你是瞎子，它是象。它不夠瘋狂也不夠寬容，但是它足夠大，越大的系統就代表越多的空隙，它冠冕堂皇的高樓背後，是人性發芽和進化的小胡同。

　　我們帶著不同的口音和文化背景，在夜晚穿行於北京的漏洞之中，目的是搖滾起來。這也可以解釋為，中國大陸最豐富的地下搖滾場景，就在這樣一種複雜的景觀中展現開來，那些最討厭中心的地下人，必須來到和加入中心，然後完成他們的搖滾、蛻變、憤怒和娛樂。

　　遺憾的是開心樂園已經是歷史，萊茵河‧聲場酒吧已經在2002年7月易主，豪運在2004年初歇業，CD Café改成club沒有幾個月，終於勢如山倒地轉給了餐廳，至於北京波希米亞文化的聖地，河（River），也在2003年8月永遠地消逝，化做種子被浪人們帶走。今

天，北京只剩下新豪運（Get Lucky）、愚公移山、無名高地和13俱樂部可以有常規的搖滾樂演出。北京的「鐵托」——發源於京郊外地搖滾樂村落的新詞，就是忠實支持者的意思，more than groupies——必須習慣於打一槍換一個地方，在觀看演出的過程中成為活地圖和超級遊魂。

外地來的憤怒的重型樂隊，曾經在無數週末遊擊著，聚集著，改寫了北京夜色中的甜蜜。但搖滾樂也在分裂和進化，叛軍失去了旗幟，改換了語法。在工人體育場北面的太平洋停車場裡，從桌球俱樂部改過來的愚公移山，成了最坎普（camp）、最迷離、最多元的空間。獨立朋克、歐洲爵士、本地的筆記本噪音、巡演的某國電子、臨時召集的跳舞party、蓄謀已久的地下文藝聯歡會……，北京最有名的樂手和最無名的戰士混在一起，在那個分明是空曠的場子裡，穿過藍色的燈光，向柔軟的沙發倒去。

但新豪運顯然沒有這麼時尚，它不是相容，而是分裂，同時屬於夾著手機包的老闆和刺著鐵拳紋身的青年。高大的舞台和專業的設備，擺在一些飯桌那樣的方桌前面，周圍是半圈亮著紅燈的包廂。崔健的演出門票是限售的，其他大牌也一樣，包括已經不會唱歌的張楚。當那些流著窮人的汗，一心只想著搖滾樂的年輕人經過燕莎女人街對面這塊燈紅酒綠之地時，他們只是路過而已，因此新豪運的演出也越來越像是一種路過。

無名高地又是一類，屬於專做演出，兼營酒吧的地方。所以它的顧客除了來看演出的自己人，就是年輕一些的上班族，至少不用擔心他們的耳朵。位置在亞運村醫院北面，也就是說，已經出了四環，周圍是罕見文藝青年的住宅小區。沒有演出，誰會大老遠跑來？所以這裡的演出是單純的，地下金屬大par、新生代朋克大par、實驗電子聚會、民間民謠聚會，還有每週四的不一定樂隊的固定演出，黑暗中人們也不高聲交談，他們坐著，看著，直到凌晨一

點，所有的色彩和熱情都被重新亮起的燈光洗乾淨……，那些已經退役的步話機、子彈帶、偽裝網，把這裡打扮得像老兵俱樂部，而老闆也的確是老兵，在這個和平的年代，他和搖滾樂戰士在一起，想必是快樂的。

更專業的就是13俱樂部了。它打著「重返五道口」的旗幟，由軍械所樂隊吉他手劉立新經營，就在藍旗營萬聖書店對面的幾根歪歪扭扭的霓虹管下面。除了演出，就是演出。不大，簡單，live house的標準範兒。和無名高地一樣，金屬、朋克、民謠、英式來者不拒，因為靠近高校區，所以有學生冒著回不了宿舍的危險來看演出，他們在無所依賴又無所畏懼的樂手中間，靜靜地站著，靜靜地離開，讓人平白就感慨起來。

唉……別忘了河，那個集中了各路搖滾人士和各國浪人的夢鄉。從三里屯酒吧街往西再往南，就是曾經的波希米亞式的南街，那些青島啤酒只賣五塊錢的小酒吧吸引了滿街的老外和文藝青年──比較窮的、比較閒的、比較容易交朋友的那一類。除了周日和週一清靜一點，河酒吧總是爆滿的。說爆滿也不對，因為很多人只喜歡坐在門口，他們下圍棋、喝商店裡買的二塊錢的燕京啤酒、在固定時間背著鼓到來並敲打、歌唱和起舞。裡面倒是總有演出，甚至有最優秀的地下樂隊來做免費的非正式演出，像王凡、木馬、木推瓜、美好藥店等等。在這個狹小、低矮、樸素的空間裡，總是有人願意待到整條街都空了，然後推著自行車，優雅地離開。「有生活的地方就有河」，它關了，卻讓幾十個幾百個人流淌成了新的河，給北京，給中國的年輕人文化撒下了蒲公英的種子。

你可以在新豪運和光著膀子的外地樂手一起撞，也可以在河，和踩著桑巴步子的外國女孩一起撞，那是不一樣的北京地下音樂，但又是一樣快樂的法外生活。歸根結柢，你在來到北京的第一天就變成了一個北京人，或者用崔健的話說，一個──北京雜種。

迷笛音樂節

文 顏峻　圖 廖偉棠‧鞠保華

The Midi Music Festival

一年一度，迷笛音樂節已經成為我住在北京的一個理由；我也有理由認為這個想法代表了更多的人，他們是外地來的搖滾樂手和美術盲流，是北京本地的文藝混子和音樂戰士，是朋克和老炮，是每三個月換一次工作的美眉和每三個月去一次西藏的上路青年。

從2000年5月1日開始，我們在一個叫迷笛音樂學校的地方相遇，穿上最漂亮，也就是最古怪的衣服，露出紋身，發明新的髮型，交換貼紙和別針。對，我們喝酒。在幾十支樂隊輪番上陣的白天和黑夜，我們在朋友間走來走去、躺在草地上看星星、衝到舞台前參加上百人的大pogo、一起飛、一起胡鬧。

迷笛音樂學校是一家民間音樂學校，已經有了十年歷史，畢業生和老師包括中國大陸最好的爵士樂手和數百地下搖滾樂手（他們中又有很多人聚集在北京，組建了數十支樂隊）。它搬過幾次家，都是安靜、低科技、慢節奏的偏遠地方。後來，學校有了可以容納一萬人的巨大草坪，而這個草坪上都是我們的人——這就是2002年的迷笛音樂節變成了中國大陸第一個音樂節的原因。

現在我們的人多了，學校裝不下了，從2004年開始，音樂節改到了10月的頭幾天，地點也移到了石景山的雕塑公園。世上沒有不散的筵席，不和主流社會分享的秘密正在被打破、消失，叛逆的種子已經運到了更廣闊的天地。草坪沒有了，但星星還在人們眼睛裡，陌生表情的人也多了起來，但微笑還蕩漾在空氣裡。彼此失散的一年裡，這三天就像熘火。如果有一個人一年都不說話，卻在這一天微笑著和陌生人交談，你會說，那是因為迷笛音樂節把多數人都變成了小孩。而這就是地下文化所說的純潔。

The Beijing Dancing Hall
Shall We
Dance?

文 顏峻

跳舞是生而為人最容易的事情之一，但也是中國人最難做到的事情——在講究了很多年規矩之後，在經過了漫長的性壓抑年代之後，人們跳起舞來都像是表演，要麼附和著遠古的禮儀和當下的時尚，要麼就跟開屏的孔雀一樣，在異性面前散發荷爾蒙。而北京銳舞運動，就在這樣一個性感和裝蒜的環境中艱難地進行著，1997年開始有了party，2000年達到頂峰，如今呢，落花流水春去也，沒有人再死磕……。

工體北門的橙街（Club Orange）已經沒有了人氣，偶爾辦個party，也好像做夢一樣不被記住；而它新開的分店，則乾脆以俗氣的R&B Hip-Hop為招牌。想當年Orange黑暗擁擠的舞池，盛下了多少銳舞戰士的長夜？真是說不得。至於Club Green，已經淪為東北三環商人的清談家園：絲絨、甲55號和Club Vogue不復存在；越來越多的新場地都是糜爛型殖民地lounge風格；倒是大型disco的老闆在發言，說要追隨國際最新潮流，要帕岸島，要Ibiza。

舞的精靈，像沒有生育能力的單身人，離開了Club FM，離開了最後的CD Café，離開了扮酷的樂酷，轉眼間蓮九霄都拆了，轉眼間糖果橫空出世又自甘墮落，轉眼間DJ們都老了。北京人還在跳舞嗎？不知道。舞會動物們躲在夜色裡，他們不肯輕易熄滅，卻奈何只有零星的party，不見了定點扎堆的夥伴。這

都是錢惹的禍啊。張有待南征北戰，2005年的夏天到來之前，先去麗都飯店做了新的九霄，然後扎根朝陽公園西門的「生於七十年代」，儼然是一場漫長的死磕。去吧，有待在召喚，和他的house唱片，和東三環外的公園、飯館、蟬聲，和寬得沒有道理的馬路。三千萬人的北京，這幾乎是惟一的舞池。檔次下來了，但細節還在，沒有了糖果豪華奢侈的空間和裝修，沒有了三里屯夜生活動物的漫步，甚至沒有了匆忙而熱情的號召，生於七十年代的一代是打口的、殘缺的一代，也是死磕的、貪婪的一代，在二樓，他們不需要憑窗，就可以眺望，一盞燭火裡悶騷的時尚。

或者不如說，這些年來，豪邁的酷與驕傲的新，已然被證明是孤獨的，北京需要戰士，但資本不鼓勵風格。偶爾，人們去日壇的石舫做party，去工體的Mix和Vix混Hip-Hop大俗par，去蘇絲黃這個本不跳舞的地方跳挑逗的舞……要麼就再去後海慶雲樓邊地下的牆上俱樂部，和去年一樣的幽暗，一樣的簡潔，一樣的忽然就爆滿了忽然就落實了忽然就跳舞了忽然就換了一群人了，你知道那些4/4拍的心跳，已經不再整齊了……，夜色中，遊擊似乎成了一些人生存在北京的理由。

偌大的北京，沒有人跑來問你：「Shall We Dance?」只有你看著自己的影子，喃喃地問。

The Daytime in the Embassy District

使館區的白天

文 陳淑華　圖 廖偉棠‧何經泰

庭院深深。這是走在北京使館區人行道上的第一個感覺。幾步之外，一身嚴整的警衛背後，便是一個個遙遠而不能親近的國家。鐵門之內，似乎總不見人跡，不聞人聲，房間的窗簾終年深垂。每個使館都像一個懷抱心事而沉睡的夢。門前的警衛或動或靜，繃緊著姿勢和神色，為它們守護。

當你穿過筆直空曠的三里屯東四或東五街，你會發覺自己成了街道兩邊警衛的目光焦點，一路到底直到轉過街角。他們必須在注意中表現隨意，而你必須在好似隨意中保持注意，一種帶點刺激，又很安全的遊戲。

秀水使館區的建築更古老，厚重和滄桑些。部分石砌的圍牆代替了三里屯的鐵欄杆。各種爬牆植物或張揚，或蕭條委靡地長著，牆裡的樹更高大，隨意，更多些大宅人家的氣味。當東四街一長溜的銀杏樹黃燦燦地燒起來時，秀水使館的秋柿也紅了。即使是中國的土地，只因長在牆內，便和牆外的過客有了不可接近的距離，高高掛在樹葉凋零

廖偉棠攝影

的枝頭，空自繁華。

使館區裡的警衛列對行進，可算是一景吧。當他們為那些連他們也不能越雷池一步的使館站崗時，那似乎只是在一個固定背景前的例行事務，但他們成群結隊，步聲踏踏，精神地經過你的身旁時；當你經過營區看見晾曬成排的草綠色軍內衣，和正在簡陋的籃球架下奔跑爭球的年輕人，你似乎才感覺了屬於他們自己的青春和驕傲。

夜裡的使館區，特別是有月亮的夜晚，從酒吧街里喝夠酒，離開了喧鬧煩囂的人聲樂聲，和朋友悠悠地往亮馬河邊上走去，終於可以沉澱下來，說點心事。月光照著，將沿路的樹影葉影，在地面上織成了或繁或簡，或密或疏的暗花圖案，像是條華麗的月光地毯。人在上面走著，有著暗暗的，受寵的幸福感。

一日深夜，工作完後坐車經過三里屯使館區，人行道上每隔著一段距離，也像站崗似的，立著一個姑娘。有的還穿著短裙，在冬天寒冷的風裡瑟縮著。突然有一種想為她們送杯熱茶的衝動。一路想著她們和背後不遠處的警衛，兩種守望，各是種什麼樣的心情？

日光裡的三里屯酒吧街，素面朝天。那一個個緊挨著在夜裡聲色炫目，散光發熱的魔術盒，此時只是平常不過的道具。上場的角色也換了一批。人行

道上以急拍子走過的，目不斜視，形色匆匆的各色路人；有眼裡嘴上帶著另有意涵的表情看著家家窗內的人；另有一種，便是嘴裡不停叨念著「DVD?CD?」的賣碟的人。

酒吧裡的客人通常也只有兩種。一種才從夜裡的放縱或沉睡中醒來的，將自己在慵懶的日光放鬆和加溫的人，眼神飄忽不知所終；一種則埋首於眼前桌上成疊成疊的碟片中，眼神專注地幹著體力活。

夏日週末你在工商銀行邊上的餐廳KK外邊的小庭院吃中飯，總能看見各式各樣，各種年紀膚色的情侶，夫婦，一家人。一週的繁重工作之後，這些人在狂歡和睡飽休息之後，以他們最輕鬆適意的姿態，在酒吧街上的陽光下自在招搖。

午後，你可以在銀行邊上那個書報攤買幾本雜誌周刊，到對面的酒吧門前打好的傘下坐定，叫杯巴黎水看書，以及不時走過的美男美女，看著隨著日影移動椅子。然後你總會碰上不只一個熟人，然後他們總會停下和你說兩句。然後你會覺得有些寂寞有些煩，有點清閒有點熱鬧。而當太陽漸下時，你便可以收拾好買單，然後回家去準備燈火初上的那個聚會。

馬克西姆
第一家法國餐廳
The Maxim's Restaurant
The First French Restaurant

文 李海鵬　圖 何經泰

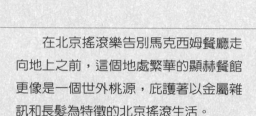

　　在北京搖滾樂告別馬克西姆餐廳走向地上之前，這個地處繁華的顯赫餐館更像是一個世外桃源，庇護著以金屬雜訊和長髮為特徵的北京搖滾生活。

　　1983年，在剛剛買下它的設計師皮爾‧卡登看來，北京無疑是重要的，他是先在北京開設了分店，然後才把餐廳開到了倫敦、紐約。在古老的北京的繁華地帶突然出現的馬克西姆餐廳依然保留著巴黎式的驕傲，門臉不大，外觀看上去並不氣派，但內部卻有著絕對精緻的情調。看到黑白兩色的小汽車在那無邊的自行車流中顯赫地駛過，皮爾‧卡登曾說，「再也找不到更神奇的場景來放置這神奇的餐館。」

　　在法國，這「神奇的餐館」的全套裝飾都列在國家《歷史文物名冊》之中。著名匠人亞歷山大‧布魯塞設計並打製了銅質花藤、葉飾等，鑲嵌在餐廳的大門、立柱和鏡框上。在裝著彩色玻璃的窗戶上，靠著柔和的光線襯托，一條兩岸開滿美麗罌粟花的小溪，早早地預示了後來才大面積流行的奢靡、柔軟的現代氣氛。

　　馬克西姆的北京故事也許會是它所有故事中最有張力的一個。它的優雅華貴並沒有完全同化身處其中的人，在上世紀的八、九〇年代，在最經常出入馬克西姆的搖滾青年當中，流行的是以「戲果」、「飛」、「黑饅頭」、「死磕」、「扒帶」這樣的辭彙為符號的街頭文化，而那些溫文爾雅者反而並不習慣馬克西姆。

　　另一方面，北京搖滾在這個根據地

裡所做的一切，沒有讓他們順著音樂理想親近民間，卻形成了一個奇怪的貴族化傾向。「搖滾並不接近人民，搖滾只接近馬克西姆。」

但是毫無疑問，馬克西姆餐廳為憤怒或惆悵的年輕人提供了擺脫平庸生活的場所。他們得到了馬克西姆餐廳，得到外交人員大酒店、國際飯店、國際俱樂部，但並不是坐下來享受鵝肝醬，也不準備類比上流社會方式，而是過上了波希米亞式的、亨利‧米勒式的、反體制化的生活。在生活方式上，北京搖滾圈全面地向下、向下，恰恰背反著馬克西姆餐廳的價值指向。搖滾的西方特色與馬克西姆餐廳的契合被注意到了，但搖滾的平民化與餐廳的貴族化的矛盾卻被一時忽略了。這由誤會造成的戀愛，

終於因為了解而分手。

從1979年起北京搖滾走過了漫長之路。比擬地說，這是一條從馬克西姆餐廳走向三里屯、走向郊外的路。如今在馬克西姆餐廳，出現更多的是情人、食客，而不再是另類價值觀的執著者。出現在其中的人們打扮時髦但並不驚人，遠離了北京搖滾之後，它開始回歸為那家由法國移植過來的優雅餐廳。

馬克西姆的法餐的正宗精細不受搖滾樂的去留的影響。儘管世事變遷，但花三百塊錢吃頓晚餐還是值得的，因為它仍然是馬克西姆餐廳，可以讓你覺得自己是坐在巴黎皇家大道上觀看著窗外的北京。

The Moscow Restaurant under Shining Red Stars

莫斯科餐廳
紅星照耀的餐館

文 李輝黎　圖 惠澄黎‧譯故

99

　　如果只看外觀，它高大雄壯地向整個建築群中心的紅星蔓延過去，不加掩飾地張揚著共產主義國家特有的威懾力量。但在內部，它卻是過去一、兩個時代中北京年輕、時髦和優雅的生活的象徵。當昔日的銀盤子裡盛裝著烏黑的魚子醬，在它尚未被修改的雪花頂下，曾縈繞著來自北方的哈恰圖良。

　　在它的拱形門上方寫著：1954，莫斯科餐廳。

　　餐廳坐落在酷似聖彼得堡海軍總部大廈的蘇聯展覽館的西側迴廊上。1954年「蘇聯建設和成就展」期間，它為蘇聯專家提供伙食。展覽結束後，莫斯科餐廳對外開放，贈送餐券，宗旨是「為中央服務，為政治服務，為賓客服務」。

　　俄羅斯特有的用麵包發酵製成飲料葛瓦斯冒著氣，被穿著布拉吉魚貫而行的服務員端上餐桌，還是五〇年代的經典場景，也是莫斯科餐廳最絢麗的時光。毛澤東、周恩來和彭真等中共領導人都曾到過莫斯科餐廳。能有機會到莫斯科餐廳來的大多是有過留蘇經歷的知識分子。這裡的水杯外面還套有一個銀托，牛肉由精雕細琢的銅罐盛裝，而黑魚子醬四塊多一份兒，只有一兩二，卻又鹹又腥。有些人不懂得拿它抹麵包，但寧可忍受著直接吃掉，也不願失去禮儀和尊嚴。

　　那時大廳中那四根巨大的雕刻有各種花草動物形象的銅柱還是黃澄澄的，走出餐館，立刻就可以到電影廳去看蘇聯電影，比如《蜻蜓姑娘》。

　　1966年，老莫的劫難將至，第二年紅衛兵進了餐廳，上了桌子，砸似

的事件幾次出現，老莫終於停業了。起
司、雞捲，都消失了。從1966年起，莫
斯科餐廳的俄式菜廚師開始做燒茄子和
京醬肉絲，為了接待串聯紅衛兵，廚房
用鏟車鏟飯。

　餐廳停業了一段時間。1968年莫斯
科餐廳的重新開業成為一件讓另一批年
輕人衝動的盛事。文藝青年已經在崇拜
梵谷，暗中流傳著聶魯達，到處都是細
細的潛流。「文革」期間猝然敗落的家
庭的子女不約而同地把老莫當作一個緬
懷失去的世界的場所。這些年輕人聚集
在老莫，把這裡當作電影上看到的冬宮
的映射，把青春身體中萌發的激情當作
理想。後來超出北京範圍、廣為全國所
知的老莫，事實上正是由這些年輕人
「創造」出來的。

　《陽光燦爛的日子》劇組1993年在

老莫拍攝老莫，兩場戲，拍攝了兩個晚
上，餐廳供應炒飯和紅菜湯。在眾多到
老莫來拍攝的電影中，只有它使其真正
地進入青春和歷史的檔案。

　或許老莫本身就是典藏青春的會
所。就像老莫保留的一張老照片，那是
1957年11月，從喀什到北京讀大學的阿
伊明與朋友一起來到莫斯科餐廳，享受
了紅菜湯、罐燜牛肉和莫斯科烤魚。餐
後他們到電影廳看了場電影，是匈牙利
的《2+2=5》。最後他們拍了照片。對照
這張照片，會發現一切與今天一樣。北
京展覽館的尖頂把紅星舉向天空，而在
它西側迴廊上的，始終是一家共產主義
的青春的餐館。

四合 Outside Courtyard Fly Swallows
燕子飛翔的所在

文 徐淑卿　圖 陳小苅

就在前兩年，繁殖力旺盛的星巴克，悄悄的在紫禁城的一個院落賣起咖啡來。莊嚴古典的紫禁城瀰漫著洋人的咖啡香，像話嗎？在輿論的口誅筆伐之下，星巴克與人為善，克己復禮的回到王府井，不再越筒子河一步。

為什麼紫禁城不能賣咖啡？當你看到賣礦泉水的、賣膠卷、賣小點心的，星星點點散布在故宮四處，你可能會浮現這樣的疑問。如果說咖啡是洋人的玩意，那小賣部裡的「可口可樂」又怎麼說呢？唉，這個問題太複雜，為了避免從英法聯軍火燒圓明園說起，還不如實事求是，如果你真想來杯咖啡欣賞故宮久已遠去的輝煌，其實有個遠比在紫禁城忍受人來人往更好的去處，那就是位於東華門邊，隔著筒子河與紫禁城比鄰而居的「四合」。

「四合」開設於1997年，老闆是華裔美籍律師李景漢。他買下四合院的一角，經過整修之後，一樓成了西餐廳，二樓則是可以吞雲吐霧的雪茄房，地下室則是著名的「四合苑藝廊」。別小看這佔地不廣的藝廊，它幫許多中國藝術

家辦展覽、印畫冊，還為他們在畫廊的網站做宣傳，使得這裡成為中國藝術家被西方認識的重要管道。

如果說「四合苑藝廊」是中國藝術家走向世界的前哨站，那麼「四合」整體來說，也像曼哈頓高級餐廳延伸到北京的一個據點。它以一個王朝才有的富麗堂皇為背景，讓置身其中的尊貴客人能夠以不可思議的距離，貼近著全世界獨一無二的紫禁城，當然消費者所要付出的代價也是非常尊貴的。

就在一個「感謝主，今天是星期五」的夜晚，我一個人來到「四合」用餐。之前我曾聽過關於「四合」許多的傳聞，包括菜單只有英文，大多數的客人都操持英語，顯示優雅的風度和教養，以及帳單會令你心跳加快等等。

這些傳聞誇大了「四合」的洋腔洋調。比如說，菜單其實有中文版，而領班雖是老外，但是「這份菜單送給你」這樣簡單的中文還是會的。不過就價錢而言，的確非常與國際接軌。以我當晚所點的食物為例，我點了一個前菜「什錦生菜沙拉配地中海凱撒汁」四十五

元，湯「烤西紅柿湯配酸奶油和泰辣醬」四十五元，主菜「煎三文魚配冬筍蕊，青蕃茄醬汁和果味芥末醬」一百八十五元，外加一杯白葡萄酒六十二元，最後算上百分之十五的服務費，一個晚上就可以花去普通市民四分之一的工資。

這樣的價錢合不合理，可就難說了，食物好壞人言言殊，但是偌大的北京城，還能找到比「四合」更華麗的背景嗎？背景，是了，這才是「四合」讓人恍惚迷醉，願意一擲千金的關鍵。當週五、週六晚上，紫禁城的燈光一打，東華門一掃沒落王朝的疲態，重拾帝國門面的偉岸，就這麼悄無聲息的矗立在「四合」窗前。等到城牆後頭的夜色逐層轉濃，將暗未暗之際，餐廳的燈光已經亮起，延續外頭即將逝去的日照，在這個「杜蘭朵」般金碧輝煌的場景裡，來到「四合」的人宛如置身舞台中央，他必須收斂起自己的張揚，表現出合宜的姿態。

文化人類學家紀爾茲曾以「劇場國家」的概念，詮釋十九世紀峇里島的尼迦拉國，原因是這個部族以各種演出和儀式來強調王者權威。位於天子腳下的「四合」，的確也像一個非正式的劇場，所有的人到這裡，也就不得不成為演員與入戲的觀眾。舉例來說，一樓餐廳最好的位子是窗邊的兩人座，這個位子通常必須一個星期前預定，在整個「四合」來說，這裡就像戲劇裡的男女主角一樣引人注意。有回我與友人在一樓喝咖啡，只見有一年輕男子獨坐窗邊坐立不安引領而望，情竇初開的樣貌溢於言表，我和友人因為他的緊張也跟著緊張起來，我們還緊張的是，已經把氣氛醞釀成這樣了，女主角總不能太出人意外吧？後來來了個清秀佳人，大家也都安心了。

比起一樓餐廳刻意的精緻，我最喜歡的還是傍晚時分到二樓喝咖啡，或是點上一杯白葡萄酒，讓落日在酒杯裡點燃蕩漾的金黃。這時你可以看到東華門的一角、延伸到天際的城牆與城牆裡若隱若現的宮殿屋頂，你還可以看到燕子在飛翔，一個帝國消失了，曾經在宮廷裡的人，也隨時間而去，如果沒有這些一代一代的燕子，紫禁城會多麼寂寞。

這些人的

北京像老槐樹。既有古老的精髓，每年又會長出新的枝椏。

黃金生，來自江蘇

「我認為北京是金黃色，因為透過冬天的陽光看過去，就是一片金黃。」

遭遇地點：太平洋百貨歡奇咖啡館

化金，北京

「北京應該是藍色的。因為天空是藍色的，藍色也代表純潔。現在北京因為開發的關係，天空已經不像以前那樣蔚藍，如果能重新恢復以前的藍色，也象徵著環境已經改善了。」

遭遇地點：首都國際機場

姚非拉，來自武漢

「北京是紅色和灰色的。紅色是壓抑、陳舊、厚重的紅色，代表了皇權、鬥爭和革命。灰色是紅色的對比，這是北京宿命的感覺。為了要襯托紅色，後面只剩下一個灰色。」

遭遇地點：崇文門

楊菁菁，北京

「灰色。雖然發展很快，但還是有很多沈重的東西，不自由的東西在裡面。」

遭遇地點：三聯書店二樓咖啡廳

張燕，來自河南

「藍色。北京是發展中的城市。藍色代表一種寬廣，象徵北京雖然發展但不張揚，比較深沈。」

遭遇地點：小貴州餐廳

璐璐，北京

「淺黃色。冬天晚上路燈下灰濛濛的，很美。也是沙塵暴的顏色，有好也有壞。」

遭遇地點：後海

李娟，北京

「紅色。北京不斷蓬勃發展，這是一個進步的顏色。」

遭遇地點：三聯書店二樓咖啡廳

李鵬，來自山東

「黑色。中國現在就像在資本主義發展的初期階段，像十七、十八世紀的英國。」

遭遇地點：萬聖書園

邵懿德，來自台灣

「灰色。灰色天空、灰色牆，百分之八十都是灰色。」

遭遇地點：歡奇咖啡館

李旭東，北京

「紅色，北京有多少年的歷史，大紅是一種歷史感。」

遭遇地點：後海

劉鐵竹，北京

「藍色。北京的天空原來就是瓦藍的。」

遭遇地點：三里屯「盛林府」餐廳

蕾蕾，北京

「明黃色。一般人可能會想到壓抑的灰色，但是在北京最美麗的季節是秋天，秋天則是明亮的黃色。」

遭遇地點：台基廠

陳政，來自重慶

「東華門散步，景山看落日。」

遭遇地點：麥樂迪KTV

胡春霞，北京

「地壇。秋天時一排銀杏樹的葉子落了一地，像是黃地毯。」

遭遇地點：三聯書店二樓咖啡廳

小V，北京

「後海。這是北京最美的拐彎處。」

遭遇地點：後海

菩提達摩，來自印度

「天壇。皇帝進行儀式前，必須在一個房子待三天，在那裡沒有女人，不能喝酒，不能吃肉。」

遭遇地點：三里屯「河」酒吧

唐壯，來自四川
「以前作經貿時，常去國貿、國展以即使館區一帶。現在清華教書，因地利之便，常到萬聖與雕刻時光。」
遭遇地點：萬聖書園

小雲，來自美國
「三里屯南街的『河』酒吧。」
遭遇地點：三里屯「河」酒吧

譚學新，來自重慶
「下雪時的大覺寺。」
遭遇地點：「文汝馨居」茶膳

劉婷，來自河北
「懷柔。感覺像到大自然。」
遭遇地點：三里屯商場

小任，來自河北
「自己的窩。」
遭遇地點：公主墳東來順飯庄

北京像什麼

陳政，來自重慶
「北京像開朗的中年人，大大咧咧但又有見識，有許多故事可說。」
遭遇地點：麥樂迪KTV

李娟，北京
「正在飛速行駛的汽車。北京這幾年蓬勃發展，建築、道路、人的文化素質飛速發展，沒有停步。」
遭遇地點：三聯書店二樓咖啡廳

張燕，來自河南
「像有深度的年輕人，年輕但又有一定的主見。」
遭遇地點：小貴州餐廳

王大爺，北京
「像個大集市。」
遭遇地點：後海

李剛，來自河北
「北京像剛過青春期的少年，一切都在起步，好像看不到終點，有很好的前景。」
遭遇地點：四合餐廳

唐英，來自四川
「北京像氣球，太膨脹了，人太多。」
遭遇地點：萬聖書園

李鵬，來自山東
「北京像港口。很多船來了，又走了。」
遭遇地點：萬聖書園

郭陽，來自山東
「北京像腫瘤，蠶食著健康，但健康也在生長，就看誰的速度快。」
遭遇地點：萬聖書園

小雲，來自美國
「北京像一條河，一直在變。」
遭遇地點：三里屯「河」酒吧

菩提達摩，來自印度
「北京像天安門上毛澤東像的畫布。感覺很滑很平，非常微妙。那幅畫本身很平靜，北京也很平靜。」
遭遇地點：三里屯「河」酒吧

曹璃，來自西安
「北京像很多交錯的圈圈。文化界有很多圈圈，像是音樂、美術等，但彼此之間是有聯繫的，所以是交錯的圈。」
遭遇地點：三里屯「河」酒吧

高菁，來自重慶
「北京像個外星球。好像在地球外面。」
遭遇地點：「文汝馨居」茶膳

劉鐵竹，北京
「老槐樹。既有古老的精髓，每年又會長出新的枝椏，變成不同的樣子。」
遭遇地點：三里屯「盛林府」餐廳

删錚，北京
「像國旗上的五角星。畢竟是首都嘛。」
遭遇地點：三里屯

蕾蕾，北京
「像老太太。北京的老太太，特別能接受新鮮事物。北京很老，不容易接受外來的東西，但一旦接受了，又接受的特別快，顯得不老不新的，就像老太太的臉。」
遭遇地點：台基廠

國家圖書館出版品預行編目資料

在北京生存的100個理由 / 尹麗川等合著.
——初版. ——臺北市：大塊文化, 2005〔民94〕
面： 公分. ——（catch：100）
ISBN 986-7291-51-4（平裝）

855   94013532